INSELNEBEL

Rieke Husmann, Jahrgang 1976, aufgewachsen in Emden/Ostfriesland, lebt heute mit ihrer Familie in Oldenburg. Nach dem Pädagogikstudium war sie in verschiedenen Einrichtungen tätig und arbeitet heute als Referentin in der Erwachsenenbildung.

RIEKE HUSMANN

INSELNEBEL

Kriminalroman

emons:

LChoice
Hier bestellen

Lust auf mehr? Laden Sie sich die »LChoice«-App runter, scannen Sie den QR-Code und bestellen Sie weitere Bücher direkt in Ihrer Buchhandlung.

Bibliografische Information der Deutschen Nationalbibliothek
Die Deutsche Nationalbibliothek verzeichnet diese Publikation in der Deutschen Nationalbibliografie; detaillierte bibliografische Daten sind im Internet über http://dnb.d-nb.de abrufbar.

Umschlagmotiv: istockphoto.com/eugenesergeev, istockphoto.com/MichaelUtech, istockphoto.com/RicoK69, istockphoto.com/soleg
Gestaltung Innenteil: César Satz & Grafik GmbH, Köln
Druck und Bindung: CPI – Clausen & Bosse, Leck
Printed in Germany 2019
ISBN 978-3-7408-0638-5
Originalausgabe

1

Hella Brandt, Leiterin des Kriminalermittlungsdienstes Wittmund, legte die letzte Akte des Tages auf den großen Stapel zurück. Sie hatte einen Blick auf die Vorgänge der vergangenen zwei Wochen geworfen und sich Notizen für die morgige Teamsitzung gemacht. Die Sonne schien durch ihr Bürofenster, für Anfang Oktober war das Wetter mit um die achtzehn Grad spätsommerlich mild. Für die nächsten Wochen war allerdings ein Wetterumschwung angesagt, der wohl die dunkle Jahreszeit einläuten würde.

Jemand klopfte an ihre Tür und öffnete sie gleich darauf. Lars Mattes, der seit einem Dreivierteljahr in Wittmund tätig war und somit nur unwesentlich länger als Hella, trat in ihr Büro und begrüßte sie. Der große, schlanke Mann war in der Woche zuvor sechsundzwanzig geworden und jüngstes Mitglied des Teams. In den letzten zwei großen Fällen auf den Inseln Spiekeroog und Langeoog hatte er sich an Hellas Seite bewährt und war zu einer Art Lieblingspartner für sie geworden.

»Darf ich kurz stören?«

»Wenn's wichtig ist«, murmelte Hella, die eigentlich vorgehabt hatte, früher Schluss zu machen, um sich mit Leon, ihrem Lebensgefährten, in Wilhelmshaven zu treffen.

»Genau das kann ich eben nicht einschätzen.«

»Dann mal raus damit, Herr Kollege.«

»Da sitzt eine Frau bei mir im Büro, die eine Vermisstenanzeige aufgeben will.«

Hella sah ihn verwundert an. Zwar wurden in ihrem Einzugsgebiet nicht jeden Tag Menschen vermisst, aber in aller Regel war das eine Routinegeschichte, die die uniformierten Kollegen übernahmen.

»Ingeborg Wittmeier ist ihr Name, und sie vermisst ihre achtzehnjährige Tochter Antonia. Und bevor du fragst: erst seit gestern. Sie hat alle Freunde der Tochter abtelefoniert und ist sich sicher, dass dem Mädchen etwas passiert ist.«

»Und? Wie ist deine Einschätzung?«

Lars zögerte kurz. »Die Frau macht mir nicht den Eindruck einer Mutter, die ihr Kind nicht kennt und jetzt plötzlich aus allen Wolken fällt, weil es über Nacht nicht nach Hause gekommen ist.«

Hella hielt, obwohl er noch jung war, große Stücke auf die Intuition ihres Kollegen. Er wäre nicht zu ihr gekommen, wenn er der Sache kein Gewicht beimessen würde. Hella stand auf. »Ich komme.«

Die Frau saß zusammengesunken auf dem Stuhl und schien vollkommen in Gedanken versunken zu sein. Als sich die beiden Kommissare näherten, schreckte sie hoch und stand auf.

»Das ist Frau Hauptkommissarin Hella Brandt«, erklärte Lars und bat sie, sich wieder hinzusetzen.

Hella zog sich einen Stuhl von der Wand und schenkte Frau Wittmeier ein Lächeln. »Mein Kollege hat Ihnen sicher schon erklärt, dass die meisten vermissten erwachsenen Personen nach kurzer Zeit wieder auftauchen.«

Frau Wittmeier schüttelte den Kopf. »Antonia hätte mir gesagt, bei wem sie ist. Oder sie hätte mir zumindest eine Nachricht geschrieben.« Sie griff in ihre Handtasche und zog ein Handy heraus. »Ihr Telefon ist abgestellt, und das schon seit gestern Nachmittag. Sonst wäre sie doch drangegangen.«

Die Stimme der Frau klang flehend. Die dunklen Augenringe wiesen darauf hin, dass sie vermutlich wenig oder gar nicht geschlafen hatte. Sie schien davon überzeugt zu sein, dass ihrer Tochter etwas zugestoßen war. Hella gab Lars ein Zeichen, er nickte.

»Vielleicht kann ich das Geschehen, so, wie Sie es mir vorhin geschildert haben, kurz zusammenfassen. Wenn ich etwas vergesse oder falsch verstanden habe, korrigieren Sie mich bitte.« Ingeborg Wittmeier nickte. »Antonia Wittmeier ist Abiturientin des Wittmunder Gymnasiums, achtzehn Jahre alt und wohnt bei ihrer Mutter in Holtgast, einem kleinen

Ort in der Nähe von Esens. Antonias Vater lebt nicht mit den beiden zusammen. In der Nacht von Samstag auf Sonntag hat das Mädchen bei ihrer Freundin Johanna übernachtet, die in Wittmund wohnt. Frau Wittmeier hat Johanna am Sonntagabend erreicht und von ihr erfahren, dass Antonia zwar bei ihr übernachtet habe, allerdings nach dem Frühstück gegangen sei. Die Eltern von Johanna konnte Frau Wittmeier nicht erreichen, weil sie angeblich für ein paar Tage beruflich unterwegs waren. Zwei weitere Freundinnen haben der Mutter auch nicht weiterhelfen können, Verwandte und Bekannte der Familie haben das Mädchen nicht gesehen. Frau Wittmeier wartete die ganze Nacht auf Antonia oder eine Nachricht von ihr, aber das Handy blieb stumm. Am Montagmorgen stand die Mutter vergeblich vor der Schule. Sie sprach mit der Rektorin und den Jahrgangsleitern, aber niemand hatte eine Ahnung, wo Antonia sich aufhalten könnte.«

»Hat Ihre Tochter aktuell einen Freund?«, fragte Hella.

»Nein, das hätte sie mir erzählt.« Frau Wittmeier schluckte. »Sie meinen jetzt sicher, dass ich eine dieser Helikoptermütter bin, die ihrer Tochter nichts erlaubt und sie ständig kontrolliert. Aber das ist nicht so. Wir haben ein wirklich gutes Verhältnis, und Antonia ist eine sehr verantwortungsbewusste junge Frau. Bis vor ein paar Wochen hatte sie auch einen festen Freund, den Lennard – und der hat auch schon mal am Wochenende bei uns übernachtet.«

»Wie ist der Nachname des jungen Mannes?«, fragte Lars.

»Lennard Folkers aus Esens. Er ist eigentlich ein guter Junge, aber ...« Sie brach mitten im Satz ab. Ihre Augen waren feucht geworden.

»Aber?«, fragte Lars weiter.

Frau Wittmeier seufzte. »Die jungen Leute nehmen es mit der Treue nicht so genau. Meine Antonia schon, und deshalb hat sie auch mit ihm Schluss gemacht, als sie das mit dieser Nele erfahren hat.«

»Nele?«, fragte Lars ruhig weiter.

»Ich kenne nur ihren Vornamen. Sie wohnt wohl hier in

Wittmund und … sie hat sich wohl an Lennard herangemacht … Sie wissen schon.«

Lars schrieb die Namen auf und warf Hella einen fragenden Blick zu. Als sie nickte, fuhr er fort. »Also hat Ihre Tochter die Beziehung zu Lennard beendet. Wie hat er darauf reagiert?«

Frau Wittmeier schüttelte den Kopf. »Nein, der Lennard ist ein guter Junge. Der hat nichts damit zu tun, dass …«, sie atmete flach und schnell, »… dass Antonia sich nicht bei mir meldet.«

»Johanna ist also die beste Freundin von Antonia?«

Ingeborg Wittmeier wiegte den Kopf hin und her. »Ja und nein. Sie haben sich auch schon gestritten und wochenlang nicht mehr miteinander gesprochen. Aber in der letzten Zeit haben sie wieder viel miteinander gemacht. Deshalb hat Antonia ja auch bei ihr geschlafen.«

»Haben Sie ein aktuelles Foto Ihrer Tochter dabei?«

Frau Wittmeier durchwühlte wieder ihre Handtasche und reichte Lars die Aufnahme. »Die ist erst zwei Wochen alt.«

Auf dem Bild strahlte eine junge Frau mit langen blonden Haaren in die Kamera. Sie hatte hellblaue Augen, eine offene und sympathische Ausstrahlung und sah etwas älter aus als achtzehn. Würde sie von einem Profi fotografiert, könnte sie durchaus als Model durchgehen, dachte Hella.

»Wissen Sie …«, fragte Lars, »… wie lange sie heute Schule gehabt hätte?«

Ingeborg Wittmeier schaute auf die Uhr. »Noch zwei Stunden.«

Hella stand auf. »Dann fahren Sie jetzt bitte nach Hause und rufen uns sofort an, falls Ihre Tochter sich bei Ihnen meldet. Mein Kollege und ich werden mit Johanna sprechen und anschließend zu Ihnen nach Holtgast kommen.« Hella reichte ihr eine Visitenkarte. »Sie können mich jederzeit anrufen, Frau Wittmeier.«

Im Sekretariat erfuhren sie, in welchem Unterrichtsraum sich Johanna Thies aufhielt. Nach wenigen Minuten hatten sie den richtigen Trakt gefunden und baten Johanna vor die Tür. Hella erklärte ihr Anliegen und fragte, wo sie sich mit ihr unterhalten konnten. Die junge Frau, die zunächst irritiert gewirkt hatte, schlug vor, in die Cafeteria zu gehen.

»Frau Wittmeier hat heute ihre Tochter Antonia als vermisst gemeldet«, begann Lars. »Wie sie uns sagte, hat Antonia von Samstag auf Sonntag bei Ihnen übernachtet.«

»Ja, das stimmt.« Johannas Stimme klang, als fühle sie sich von den Kommissaren bedrängt oder habe mit der Angelegenheit nicht das Geringste zu tun.

»Wie lange war Antonia am Sonntag bei Ihnen?«, stellte Lars unbeeindruckt die nächste Frage.

»Sie ist irgendwann nach dem Frühstück gegangen. Genau weiß ich das nicht mehr.« Erst jetzt schien ihr aufzufallen, wie ernst die Lage war. »Ist Antonia etwas passiert?«

»Das versuchen wir gerade herauszubekommen«, antwortete Lars. »War es von Antonia geplant, dass sie gleich nach dem Frühstück wieder geht?«

Nach kurzem Zögern gab Johanna zu: »Eigentlich nicht.«

»Sondern?«

»Nichts Besonderes«, antwortete das Mädchen schnippisch.

Hella räusperte sich leise. »Was genau bedeutet das?«

Johanna rollte mit den Augen. »Was schon! Wir haben uns gezofft. Ja und? Sie hat dann ihre Sachen gepackt und ist verschwunden.«

»Hatten Sie seitdem Kontakt zu ihr?«

Johanna schüttelte den Kopf.

»Keine WhatsApp-Nachricht oder Ähnliches?«, bohrte Lars weiter.

»Ich habe die blöde Kuh gesperrt.«

Hella musterte die junge Frau. Ihre halblangen dunklen Haare trug sie offen, ihr Gesicht war stark geschminkt, die Jeans und das Sweatshirt sahen teuer aus, die Markensneakers waren neu. Hella spürte, dass Johannas Selbstsicherheit gespielt war und unter der Oberfläche ein zutiefst verunsichertes Mädchen zum Vorschein kommen würde.

»Gab es häufiger Streit zwischen Ihnen?«, fragte Lars.

»Und wenn schon! Ich weiß gar nicht, was diese ganze Fragerei überhaupt soll. Wenn Antonia keinen Bock mehr auf ihre peinliche Mutter hat, ist das doch ihr Ding. Sie ist erwachsen.«

»Hat Antonia so über ihre Mutter gesprochen?«

»Keine Ahnung. Fragen Sie sie doch selbst«, fuhr die junge Frau Lars an. Sie stand auf. »Ich muss jetzt wieder zurück, sonst verpasse ich zu viel.«

»Setzen Sie sich doch bitte wieder«, sagte Hella in ruhigem, aber bestimmtem Ton. Sie wartete, bis Johanna Thies sich mit gespieltem Widerwillen auf den Stuhl fallen ließ. »Hatte Antonia Schwierigkeiten mit ihrer Mutter?«

Johanna antwortete mit einem Schulterzucken auf die Frage.

»Ihre Eltern sind momentan auf Reisen?«

Sie nickte und schien nicht gewillt, ausführlicher zu antworten.

»Wann kommen sie zurück?«

»Morgen. Mit dem Flieger. Bremen.« Sie machte Anstalten, wieder aufzustehen, nur Hellas Blick hielt sie davon ab. »Was denn noch?« Ihre Stimme klang, als würde sie mit einem kleinen Kind sprechen, das sich an ihrem Rockzipfel festhielt.

Lars beugte sich leicht nach vorn und fixierte sie. »Wenn Sie etwas über den Aufenthaltsort von Antonia wissen oder uns andere Informationen vorenthalten, machen Sie sich strafbar.«

Johannas Miene verfinsterte sich. »Ich weiß überhaupt nichts!« Sie hatte lauter und deutlich betont gesprochen. »Kann ich jetzt endlich gehen?«

Als Hella nickte, sprang sie auf und schien auf der Stelle lossprinten zu wollen. Die Hauptkommissarin erhob sich und reichte ihr eine Visitenkarte mit den Worten: »Rufen Sie mich an. Egal, wann.«

Johanna griff widerwillig nach der Karte, drehte sich abrupt um und ging schnellen Schrittes davon.

»Die weiß doch was«, sagte Lars verärgert. »Sollten wir sie nicht in die Mangel nehmen?«

Hella zog eine Augenbraue hoch. »In die Mangel nehmen? Eine Zeugin, die uns eigentlich nichts sagen muss?«

»Ich glaube kaum, dass ihr die Rechtslage bekannt ist«, sagte Lars und sah Johanna Thies hinterher. Das Mädchen öffnete gerade mit Schwung die Cafeteria-Tür und lief mit durchgedrücktem Rücken den dahinterliegenden Flur entlang.

»Da wäre ich mir nicht so sicher. Egal, was sie weiß, sie hätte uns auch nicht mehr erzählt.«

»Du bist die Chefin«, murmelte Lars merklich kühl und rückte seinen Stuhl an den Tisch.

2

Hella Brandt fuhr auf der L 10 in Richtung Esens. Kurz zuvor hatte sie sich vor der Schule von Lars verabschiedet. Er war auf dem Weg zurück ins Kommissariat, um die Krankenhäuser in der weiteren Umgebung abzutelefonieren und sich um Lennard Folkers, Antonias Ex-Freund, zu kümmern.

Hella wählte Leons Nummer.

»Hella, wo bist du?«, hörte sie einen Moment später seine liebevolle Stimme durch die Lautsprecher.

»Tut mir leid, Leon. Aus unserer Verabredung wird leider nichts. Ich muss jetzt noch zu einer Mutter nach Holtgast, deren Tochter vermisst wird.«

»Schade!« Er hielt kurz inne. »Wie alt ist das Kind?«

»Achtzehn.«

»Trotzdem nicht leicht, vermute ich mal. Bist du rechtzeitig zum Essen zu Hause?«

»Wenn nichts Überraschendes passiert.«

Hella hatte Leon bei ihrem ersten großen Fall auf Spiekeroog kennengelernt. Er betrieb dort in den Sommermonaten eine kleine Surfschule, ab Mitte September hatte er in den letzten Jahren in wärmeren Gegenden gearbeitet. Für dieses Jahr hatte ihn ein Freund gebeten, in dessen Surfschule in Australien auszuhelfen. Kurz vor dem geplanten Abflug hatte Leon Hella mit einer Neuigkeit überrascht. Eine Firma in Wilhelmshaven, die hochwertige Surfbretter für Profis herstellte, war auf Leon zugekommen und hatte ihm einen Job angeboten. Kurz entschlossen hatte ihr Freund seine Pläne geändert und war in Deutschland geblieben. Wilhelmshaven war von ihrer kleinen Bauernkate, die direkt hinterm Deich lag, eine Dreiviertelstunde entfernt. Leon hatte sich ein gebrauchtes Auto gekauft und fuhr jetzt seit drei Wochen fast jeden Tag zu seiner neuen Arbeitsstelle.

»Dann machen wir uns einen gemütlichen Abend?«, fragte Leon.

»Gute Idee. Ich wollte sowieso noch zum Weinhändler nach Esens.«

»Und ich besorge eine Kleinigkeit zu essen.«

»Klingt doch gut«, sagte Hella.

Leon schwieg eine Weile. »Alles okay bei dir?«

»Im Prinzip schon.« Wieder einmal wunderte sie sich, wie präzise Leon ihre Stimmungslage selbst übers Telefon orten konnte. »Der neue Fall ist wohl komplexer, als er im Moment erscheint. Ich glaube nicht, dass das Mädchen von zu Hause weggelaufen ist.« Sie verschwieg, dass ihr noch mehr auf der Seele brannte als die beginnenden Ermittlungen in der Vermisstensache. »Die Mutter ... Es ist ihr einziges Kind. Und sie ist seit einer Ewigkeit allein mit ihr.«

»Verstehe. Und du fährst jetzt gerade dorthin.« Leon seufzte. »Dann wünsche ich dir viel Kraft.«

»Bis heute Abend, Leon.«

»Ich liebe dich. Habe ich dir das heute schon gesagt?« Leon hatte leise gesprochen, und Hella wusste, dass er keine Antwort erwartete.

»Ja, das hast du. Mindestens drei Mal. Aber es ist trotzdem schön.« Seit Leon in Wilhelmshaven arbeitete, zog sich bei ihren oft nur kurzen Telefongesprächen das Ende meist lange hinaus.

»Besser einmal zu viel als ... Pass auf dich auf, Hella.«

»Und du auf dich!«

»Wer von uns legt zuerst auf?«

»Du!«

»Okay. Ausnahmsweise. Morgen bist du dran. Versprochen?«

»Ja.«

»Bis gleich, Hella«, sagte Leon und beendete nach einer kurzen Pause das Gespräch.

Hella atmete tief durch und nahm sich vor, in Esens bei einer Apotheke zu halten, um einen Test zu besorgen. Seit zwei Tagen war ihre Periode überfällig. Sie schob den Gedanken an eine Schwangerschaft zur Seite und konzentrierte sich auf das kommende Gespräch. Mit Eltern entführter Kinder zu sprechen war neben dem Überbringen einer Todesnachricht eine der schwersten Aufgaben von Kriminalisten. Selten konnte man den Erwartungen des Gegenübers gerecht werden, eine professionelle Distanz aufzubauen war in dieser Situation ausgesprochen schwierig. Hella konnte nachempfinden, was in den Eltern vorgehen musste. Hoffnung, Angst und Verzweiflung dominierten in schneller Folge die Gefühle. Oft war es die Polizei, die für die fehlenden Erfolge verantwortlich gemacht wurde. Hella hasste diese Situationen, die kaum kontrollierbar waren und letztlich schnell eskalieren konnten.

Sie wechselte von der L 10 auf die L 6 und passierte Holtgasterfeld, das unmittelbar vor Holtgast selbst lag. Sie aktivierte das Navigationssystem und folgte den Anweisungen der Stimme, bis sie die richtige Hausnummer an einem alten Siedlungshaus erkannte. Hella parkte ihr Dienstfahrzeug und ging mit schweren Schritten auf das Haus zu.

Bevor sie die Tür erreichte, wurde sie bereits geöffnet, und Frau Wittmeier trat hinaus. Sie lächelte matt, nickte Hella zur Begrüßung zu und trat zur Seite.

»Möchten Sie eine Tasse Tee? Ich habe gerade frischen gemacht«, fragte sie und führte Hella in die Küche. »Setzen Sie sich doch.« Als Frau Wittmeier Hella die Tasse auf den Tisch stellte, sah sie Hella mit müdem, traurigem Blick an. »Sie haben meine Antonia nicht gefunden, oder?«

»Nein, Frau Wittmeier. Wir konnten bisher nur mit Johanna sprechen. Mein Kollege ist gerade dabei, weitere Recherchen anzustellen.«

Die Frau sank stumm auf den Stuhl und schien zu erstarren. Hella beugte sich vor und griff nach der Teekanne, die Frau Wittmeier zuvor auf das Stövchen gestellt hatte. »Ein oder zwei Kluntje?«, fragte sie.

Ingeborg Wittmeier sah durch sie hindurch. »Wie bitte?«

Hella entschied für sie und schenkte ein. Die weißen Zuckerkristalle knisterten, der Teeduft stieg Hella in die Nase.

»Sahne?«, fragte Frau Wittmeier, und es klang, als spreche ein Computer. Hella nahm das kleine Kännchen entgegen und ließ die weiße Creme in die Tassen laufen.

»Erzählen Sie mir doch etwas über Ihre Tochter«, forderte sie Frau Wittmeier auf.

Die Frau zog die Achseln hoch. »Was möchten Sie wissen?«

»Fangen wir mit dem Vater von Antonia an. Seit wann leben Sie getrennt?«

»Schon lange«, antwortete sie tonlos, und Hella wartete, bis sie nach einer Weile fortfuhr. »Antonia war sieben Jahre alt. Bernd, also mein damaliger Mann, hat zu viel getrunken und mich …« Sie schluckte, ihr Blick verfinsterte sich. »Er hat mich geschlagen, und als er zum ersten Mal seine Hand gegen Antonia erhoben hat, bin ich zur Polizei gegangen. Sie haben ihn dann mitgenommen, und in der Zeit, wo er weg war, habe ich das Schloss auswechseln lassen.«

»Wie hat er reagiert?«

»Ich musste wieder die Polizei rufen. Antonia hatte ich zum Glück zu meinen Eltern gebracht.« Zu reden schien Frau Wittmeier gutzutun. Mit jedem weiteren Wort kehrten ihre Lebensgeister zurück. »Das dauerte einige Wochen, aber dann ist er nicht mehr wiedergekommen.«

»Wissen Sie, wo er sich jetzt aufhält?«

»Nein. Er zahlt schon lange keinen Unterhalt mehr für meine Tochter. Ich weiß nicht, wo er wohnt.«

»Wie heißt er mit vollständigem Namen?«

»Bernd Bakker. Bernd Johannes Bakker.«

Hella trank einen Schluck Tee und ließ Frau Wittmeier ein paar Minuten Zeit, in der sie über Unverfängliches sprachen und Hella sich in der Küche umsah. Trotz einfacher Ausstattung und günstiger Möbel wirkte der Raum heimelig auf Hella. Die Wände waren in einem angenehmen Apricot gestrichen, am Fenster hing auf halber Höhe eine Spitzengardine, auf einem alten Küchenschrank, dessen ursprüngliche Farbe vermutlich abgebeizt worden war, standen nostalgische Blechdosen mit Firmenaufdruck und mehrere Originalverpackungen aus

Pappe. An der freien Wand hing eine Reproduktion von Emil Noldes »Mohn und Rittersporn«, das sich harmonisch in den Mix der Möbel integrierte.

Schließlich kam Hella wieder zum Thema zurück. »Hat Antonias Vater jemals Kontakt zu ihr aufgenommen? Mir geht es dabei vor allem um die letzten Jahre.«

»Nein, das glaube ich nicht.«

»Aber sicher sind Sie sich da nicht?«, fragte Hella vorsichtig weiter.

»Kann man sich bei solchen Dingen überhaupt wirklich sicher sein? Vielleicht hätte sie es verschwiegen, um mich nicht zu belasten. Daran denken Sie doch gerade, oder?«

»Ja, durchaus.«

»Ich habe nichts bemerkt. Und eigentlich bin ich mir auch sicher, dass Antonia mir etwas davon erzählt hätte, wenn … er etwas von ihr gewollt hätte.«

Hella nickte und wechselte das Thema: »Hatte Antonia vor Lennard schon einen anderen Freund?«

»Nein. Es gab wohl viele, die gern mit ihr ausgegangen wären, aber sie hat immer gesagt, dass die Jungs nur das eine von ihr wollten.«

»Aber mit Lennard hatte sie schon intimen Kontakt?«

Frau Wittmeier nickte. »Sie hat die Pille genommen. Weiter habe ich sie nicht dazu gefragt, aber ich gehe davon aus, dass die beiden miteinander geschlafen haben.« Sie stutzte. »Meinen Sie denn wirklich, dass Lennard … Ich meine, dass Antonia vielleicht bei ihm ist?«

Hella zögerte, entschloss sich dann aber, Frau Wittmeier nichts vorzumachen. »Ich will ehrlich zu Ihnen sein. Bisher haben wir keine Anzeichen dafür, dass Ihrer Tochter etwas Außergewöhnliches passiert sein könnte. Unter diesen Umständen würden wir zwar eine Vermisstenmeldung an alle Polizeidienststellen herausgeben, aber nicht konkret ermitteln. Verstehen Sie, was ich meine?«

Frau Wittmeier starrte sie an. »Sie müssen also so lange warten, bis …«, sie atmete schwer, »ja, bis zum Beispiel ein

Erpresser bei mir anruft. Oder sie …« Ihre Augen waren feucht geworden.

»Ich bin ja jetzt hier bei Ihnen, und wir haben bereits mit der Suche angefangen, aber wenn wir nicht recht bald Indizien finden, die auf Fremdeinwirkung hinweisen, wird es schwer werden, ausgiebige Ermittlungen zu begründen. Und genau deshalb müssen wir jetzt in alle Richtungen ermitteln. Deshalb auch die Frage nach dem Ex-Freund Ihrer Tochter. Wenn ich nach ihm oder anderen Personen frage, heißt das nicht, dass wir sie verdächtigen. Wir haben im Moment nur keine anderen Anhaltspunkte als die Menschen, die mit Antonia in der letzten Zeit zu tun hatten.«

»Ja, das verstehe ich. Was wollen Sie zu Lennard wissen?«

Inzwischen liefen Tränen über Frau Wittmeiers Wangen. Hella reichte ihr ein Papiertaschentuch und wartete, bis sie sich beruhigt hatte. Dann fragte sie weiter: »Wie lange waren die beiden zusammen?«

»Ein Dreivierteljahr. Vielleicht auch etwas kürzer.«

»Hat Ihre Tochter jemals etwas davon erzählt, dass Lennard, in welcher Form auch immer, aggressiv geworden ist?«

Hella bemerkte das Erschrecken in ihren Augen. Verschwieg Frau Wittmeier ihr etwas? Nein, diese Frau würde alles tun, um ihrer Tochter zu helfen.

»Die Jungs in diesem Alter – Lennard ist zwanzig – sind ja alle schnell erregbar. Antonia hat schon mal erzählt, dass er sich mit anderen Jungs gestritten hat.«

»Nur gestritten?«

»Ich weiß es nicht so genau.« Ingeborg Wittmeier spielte nervös mit ihren Händen. »Einmal, das ist vielleicht ein halbes Jahr her, da hat Antonia erzählt, dass es auf einer Feier zu einem handfesten Streit gekommen ist. Sie hat es nicht so ausgedrückt, aber das ist das, was ich verstanden habe. Ich glaube, es ist dabei hoch hergegangen.«

Hella wusste aus Erfahrung, dass junge Frauen bei der Wahl ihres ersten richtigen Freundes dazu neigten, einen ähnlichen Typ wie den eigenen Vater zu wählen. Dies galt leider auch für Erzeuger, die keine positive Rolle im Leben der Mädchen gespielt hatten.

»Wo arbeitet Lennard?«

»Genau weiß ich das nicht. Aber er war einen Jahrgang über Antonia und hat im letzten Jahr Abitur gemacht. Jetzt ist er in einer Bank und macht da eine Ausbildung.«

»Gut, Frau Wittmeier, mein Kollege ist schon dabei, seine Adresse herauszubekommen. Ich denke, wir werden morgen mit ihm sprechen.«

»Morgen erst«, entfuhr es Frau Wittmeier.

»Ja. Wir brauchen vorab Informationen wie die, die wir uns gerade besorgen.« Hella hatte bemerkt, dass die Aufmerksamkeit und Energie von Frau Wittmeier nachließ. Sie entschloss sich, die weiteren Fragen zu konzentrieren. »Können Sie mir alle Freundinnen und Freunde von Antonia aufschreiben, die Sie kennen? Der Name und eventuell der Wohnort wären gut.« Hella stand auf. »Ich müsste auch noch einen Blick in Antonias Zimmer werfen. Wenn Sie mir zeigen würden, wo es ist.«

Frau Wittmeier sah erschrocken auf. »Das wäre Antonia sicher nicht recht.«

»Das müssen Sie entscheiden. Ich kann und will Sie dazu nicht zwingen, Frau Wittmeier.«

Die Frau schloss die Augen und schien in sich zu gehen. »Was suchen Sie denn dort?«

»Vielleicht finde ich dort Hinweise, mit wem oder was sie sich in der letzten Zeit beschäftigt hat. Zum Beispiel auf ihrem Laptop.«

Frau Wittmeier stand langsam auf, Hella folgte ihr.

3

Hella legte Antonias Laptop neben sich und startete den Wagen. Die Inspektion von Antonias Zimmer hatte bis auf den Rechner keine Erkenntnisse gebracht. Hella hatte, nachdem Frau Wittmeier sie allein gelassen hatte, sämtliche Schubladen und Ordner durchsucht. Weder hatte sie Namen oder Telefonnummern gefunden noch andere Hinweise auf Antonias Aktivitäten der letzten Wochen und Monate. Der Laptop war passwortgeschützt. Lars würde sich morgen damit beschäftigen müssen.

Nachdem Hella im Weinladen eine Kiste ihrer Hausmarke gekauft hatte, hielt sie vor einer Apotheke. Kurz vor der Tür blieb sie stehen. Wer hatte damals den Test besorgt? War es Florian gewesen oder sie selbst? Was wohl aus ihm geworden war? Er war kurz danach mit seinen Eltern nach Süddeutschland gezogen, und Hella hatte nie wieder etwas von ihm gehört.

»Entschuldigung!«

Hella wachte aus ihrem Tagtraum auf und trat zur Seite. Eine Frau um die fünfzig stelzte an ihr vorbei und warf ihr einen genervten Blick zu. Hella zuckte mit den Schultern und folgte ihr langsam in die Apotheke.

»Ich kann Ihnen diesen Test empfehlen«, sagte die Apothekerin, nachdem Hella ihren Wunsch geäußert hatte. »Kinderleicht und sicher.« Sie schmunzelte über ihren eigenen Wortwitz. »Das macht zwölf neunundvierzig.«

Hella legte einen Zwanzig-Euro-Schein auf den Tresen und erhielt das Wechselgeld.

»Dann wünsche ich Ihnen viel Glück«, verabschiedete sie die Apothekerin.

Hella nickte ihr zu und wandte sich ab. Glück? Wobei? Aber eigentlich passte der Wunsch auf beide Varianten. Auf die Frauen, die sehnsüchtig auf ein positives Ergebnis warteten, und ebenso auf die, die panisch dem Test entgegenfieberten. Zu welcher Kategorie gehörte sie? »Weiß ich nicht«, murmelte Hella leise und stand unschlüssig vor ihrem Wagen. Warum hatte sie Leon nichts von dem überfälligen Termin erzählt? Hatte sie Angst vor seiner Reaktion? Sollte sie tatsächlich schwanger sein, würde es sich nicht vermeiden lassen, ihn einzuweihen. Sie schüttelte sich. Wie konnte sie nur auf den Gedanken kommen, Leon eine Schwangerschaft zu verheimlichen? Es wäre ihr gemeinsames Kind.

Hella öffnete die Wagentür und warf den Test auf die Rückbank. Vielleicht war es doch besser, noch ein oder zwei Tage zu warten. Das Ziehen im Unterleib und die Schmerzen in der Brust mussten nicht automatisch bedeuten, dass sie schwanger war. Ähnliche Symptome hatte sie auch schon kurz vor der Regelblutung gehabt.

Sie schlug die Tür zu, startete den Motor und fuhr langsam den Weg nach Hause. Sie freute sich auf etwas Entspannung und Leons Kochkünste.

Als sie die Haustür aufschloss, stand Leon bereits am Herd und bereitete eine Fischsuppe zu. Dazu hatte er frisches Baguette besorgt und gesalzene Butter.

»Das duftet himmlisch«, schwärmte Hella und hob ihr Glas, das Leon ihr gereicht hatte. »Auf den Koch.«

Leon prostete ihr zu. »Danke, aber vielleicht solltest du erst mal probieren.«

»Ich vertraue dir voll und ganz.« Sie trank einen Schluck Wein und musste unwillkürlich an eine mögliche Schwangerschaft denken. Sollte sie vorsichtiger sein mit dem Alkohol? *Mach dich nicht verrückt*, sagte sie sich. *Das ist nicht das erste Mal, dass du über dem Termin bist.*

Leon nahm den dampfenden Suppentopf und zog Hella mit sich zum Esstisch. Als sie sich gesetzt hatten, beugte er sich über den Tisch und küsste sie. »Dann wünscht der Koch einen guten Appetit!«

Hella schmunzelte. »Meinst du jetzt die Fischsuppe oder …«

Leon griff nach seinem Löffel und warf ihr einen unschuldigen Blick zu. »Die Fischsuppe, was sonst?«

Sie aßen schweigend. Wie Hella nicht anders erwartet hatte, konnte die Suppe mit jedem Gourmetrestaurant mithalten. Sie füllte sich einen zweiten Teller und genoss jeden einzelnen Löffel.

»Wie war dein Tag?«, fragte Hella, als sie nach dem Essen darauf wartete, dass der Kaffee durchlief.

»Gut!«

»So ganz genau habe ich immer noch nicht begriffen, was du dort machst.«

Leon grinste. »Wenn ich ehrlich bin, ich auch nicht.« Er seufzte. »Im Grunde genommen sitze ich fast jeden Tag mit dem Produktdesigner zusammen und unterstütze ihn bei der Entwicklung eines neuen Bretts.«

»Klingt spannend.«

Leon wiegte den Kopf hin und her. »Von außen betrachtet könnte man das meinen, aber …« Er brach ab und stand auf, um sich um den Kaffee zu kümmern.

»Aber?«, fragte Hella, als er wieder am Tisch saß.

»Ein Surfbrett auf dem Bildschirm ist nun mal etwas anderes als in natura. Aber der Job ist in Ordnung und die Bezahlung sowieso. Bis zum nächsten Mai haben wir das Projekt abgeschlossen, und ich kann mich wieder in der realen Welt und auf dem offenen Meer bewegen.«

Hella musste an den Schwangerschaftstest denken, der immer noch auf dem Rücksitz ihres Wagens lag. Würde Leon die Schachtel erkennen können, wenn er am Auto vorbeiging? Sollte sie …

»Mach dir aber bitte keine Gedanken darüber, dass es mir in Wilhelmshaven nicht gefällt«, fuhr er fort. »Der Job ist wirklich interessant. Ich lerne eine Menge und werde auch noch bestens dafür bezahlt.«

Hella nickte, während sie weiter darüber nachdachte, ob sie Leon von ihrem Verdacht erzählen sollte.

»Und bei dir? Das klang am Telefon nach einer aufwendigen

Sache, oder? Ich möchte nicht in der Haut dieser Eltern stecken. Kind bleibt Kind, auch wenn es schon achtzehn ist. Wie hat die Mutter reagiert?«

Kind bleibt Kind! Warum hatte sie sich damals nicht gewehrt? Hatte der Schock so tief gesessen, dass sie alles getan hatte, was ihre Eltern von ihr verlangt hatten? *Schiebe nicht die Schuld auf die anderen, du warst alt genug.*

»Und der Vater?«, fragte Leon nach einer kurzen Pause weiter.

Hella schreckte auf. »Vater?«

»Ja, der Vater des vermissten Mädchens. Weiß der überhaupt Bescheid?«

Hella hatte Mühe, auf seine Frage zu antworten. Sie trank zunächst einen Schluck Kaffee und zuckte dann mit den Schultern. »Wir wissen nicht, wo er sich aufhält. Und es ist überhaupt nicht klar, ob der jungen Frau etwas zugestoßen ist oder ob sie sich einfach nur für ein paar Tage abgesetzt hat.«

»Ist sie so ein Typ?«

»Ich weiß es nicht, Leon. Wir stehen noch ganz am Anfang und müssen morgen weitersehen. Vielleicht löst sich alles schnell in Wohlgefallen auf.«

»Das wäre zu hoffen. Habe ich dir eigentlich mal erzählt, dass die Schwester von einem meiner Schulfreunde entführt wurde? Wir waren beste Freunde damals, und da habe ich hautnah mitbekommen, was da so abging. Die Eltern waren so was von fertig. Die ganze Geschichte hat dann auch noch zehn Tage gedauert, aber zum Glück ist die Schwester wieder freigelassen worden. So richtig ist die Familie allerdings über Jahre nicht wieder in den Tritt gekommen. Das Ganze war wohl zu traumatisch. Die Angst, ein Kind zu verlieren. Schrecklich!«

Ein Kind zu verlieren. Wieder versank Hella in Gedanken an ihre Situation als fünfzehnjähriges Mädchen. Was hatte ihr ihre Nachbarin Gesa vor ein paar Wochen gesagt? Sie müsse irgendwann mit Leon über ihre Eltern sprechen. Gesa Jansen war Anfang achtzig und in den letzten Monaten zu einer mütterlichen Freundin geworden. Sie wohnte nur wenige hundert Meter von ihrem Haus entfernt und war weit und breit ihre einzige Nachbarin. Gesa wusste von Hellas schwierigem Verhältnis zu ihren Eltern, aber den Grund dafür hatte Hella nie erwähnt.

»Ja, das muss schrecklich sein«, antwortete Hella benommen.

Leon warf ihr einen besorgten Blick zu. »Du wirkst so abwesend. Was ist mit dir los? Bist du müde? Sollen wir ins Bett gehen?«

»Nein, ich war nur in Gedanken. Entschuldige, Leon. Lass uns ein anderes Mal über den Fall reden.« Sie lächelte. »Ich wollte am Wochenende Gesa zum Essen einladen. Würdest du uns bekochen?«

»Ich bestehe sogar darauf.« Er grinste schelmisch. »Allerdings solltest du deinen Whisky vorher verstecken.«

Hella lachte. »Unsinn!« Im Sommer und Herbst hatten Hella und ihre Nachbarin sich hin und wieder oben auf den Deich gesetzt, den Blick über die Nordsee genossen und dabei das ein oder andere Glas Whisky getrunken. »Warum sollte eine Achtzigjährige keinen Whisky trinken? Wäre dir Eierlikör lieber?«

»Auf keinen Fall!« Leon hob abwehrend die Hände. »Gesa soll genauso bleiben, wie sie ist. Ich könnte mir keine bessere Nachbarin vorstellen.«

Leon hatte recht. Gesa war ein Geschenk des Himmels. Sie erinnerte Hella an ihre Oma, die zwar lieber Likör getrunken hatte, aber ihr ansonsten sehr ähnlich war. Wenn Hella die Augen schloss und Gesas Stimme lauschte, hörte sie ihre Großmutter sprechen.

»Kein Angst, sie wird sich sicher nicht mehr ändern«, meinte Hella schmunzelnd.

Gesa hatte an Leon regelrecht einen Narren gefressen und mit ihm gemeinsam so einige Nachmittage in der Küche beim Kuchen- und Brotbacken verbracht.

»Das will ich ihr auch geraten haben.« Leon reckte sich. »Sag mal, wann lerne ich eigentlich endlich deine Eltern kennen? Sie wohnen doch gar nicht weit entfernt, oder?«

Hella stand auf. »Kommt Zeit, kommt Rat. Ich bin müde. Und du? Kommst du auch gleich ins Bett? Ich spring nur noch kurz unter die Dusche und dann …« Sie lächelte verführerisch.

»Klar. Ich bin gleich bei dir.«

Sein Blick verriet ihr, dass er über ihr wiederholtes Ausweichen bei der Frage nach ihren Eltern enttäuscht war. *Nicht heute Abend. Wir sprechen darüber, wenn der Fall gelöst ist.* Sie hauchte ihm einen Handkuss zu und eilte aus der Küche.

4

Hella fuhr vorsichtig über den Feldweg, der ihre Kate mit der Landstraße verband, als das Handy klingelte. Sie hielt den Wagen an und nahm das Gespräch entgegen. »Schon im Büro, Herr Kollege?«

»Jawohl, Frau Hauptkommissarin«, antwortete Lars lachend.

»Erzähl! Ich bin gerade aus dem Haus.«

»Das dachte ich mir. Ich habe den Ex-Freund der Vermissten ausfindig gemacht und könnte dir seine Adresse geben. Nur falls du ihn auf dem Weg nach Wittmund kurz befragen möchtest.«

»Der ist doch sicher schon zur Arbeit oder liegt …«

»Dem ist nicht so«, unterbrach Lars sie. »Ich habe ihn gestern erreicht und für heute Morgen unseren Besuch angekündigt. Er hat momentan Urlaub und weiß Bescheid, dass gegen acht jemand bei ihm vorbeischaut.«

»Sieh an, der Herr Kommissar verteilt die Aufträge. Nun gut, schick mir die Adresse per WhatsApp. Ich fahre vorbei. Sag meinem werten Stellvertreter, dass wir die Teamsitzung eventuell etwas später machen müssen.«

»Wird gemacht, Chefin.«

»Und hör mit diesem Chefin-Blödsinn auf, bevor ich disziplinarische Maßnahmen ergreife. Erzähl mir lieber, was du sonst noch herausbekommen hast.«

»Wenn ich in den Krankenhäusern fündig geworden wäre, hätte ich dich selbstverständlich schon informiert. Dort ist keine Frau dieses Alters eingeliefert worden, deren Identität ungeklärt ist. Ich habe noch mit der Stufenleiterin der Schule telefoniert, und sie hat mir fünf Namen von Schülern genannt, die in derselben Clique wie Antonia sind. Johanna haben wir ja schon befragt – auch wenn ich ihre Antworten weiterhin als äußerst unbefriedigend betrachte …«

»Lars! Komm bitte zur Sache. Ich möchte gern weiterfahren.«

Er stöhnte theatralisch. »Zwei Freundinnen oder Schulkameradinnen habe ich telefonisch erreicht. Keine besonderen Erkenntnisse, die Details bekommst du später. Antonia ist die Klassenbeste, und ansonsten wurde sie eher als Spaßbremse dargestellt. Beide hatten nicht die geringste Ahnung, wo sie sich aufhalten könnte.« Er hielt kurz inne. »So, die Adresse von Lennard Folkers habe ich dir gerade zugeschickt. Bis gleich, Che… Hella.«

Hella verdrehte die Augen, übertrug die Daten ins Navi und startete den Motor.

Zehn Minuten später hielt sie vor einem vierstöckigen Mietshaus. Nach kurzer Suche hatte sie die Klingel gefunden, und ihr wurde nach einer Rückfrage durch die Gegensprechanlage die Tür geöffnet.

Lennard Folkers war einen Kopf größer als Hella, schlank, aber muskulös. Hella vermutete, dass der kurze Haarschnitt in Kombination mit den maskulinen Gesichtszügen auf viele Frauen anziehend wirkte.

Folkers warf ihr einen abschätzenden Blick zu und schien sofort beschlossen zu haben, dass von Hella keine Gefahr ausging. »Polizei? Interessant. Kommen Sie doch rein in die gute Stube.« Er führte sie in die Küche. »Wollen wir uns setzen, oder geht es schnell?«

Hella zog einen Stuhl vor. »Setzen wir uns doch.«

»Wenn's der Gerechtigkeit dient«, antwortete er grinsend.

»Sie wohnen hier allein?«

»Nein, das ist eine Wohngemeinschaft. Die anderen beiden sind aber bei der Arbeit.«

»Frau Wittmeier hat ihre Tochter als vermisst gemeldet. Wann haben Sie Antonia zum letzten Mal gesehen?«

Er zuckte mit den Schultern und meinte lässig: »Das ist eine Weile her.«

»Geht es etwas genauer?« Hella hatte weiter ruhig und in

normaler Lautstärke gefragt, obwohl Folkers die Befragung nicht allzu ernst zu nehmen schien.

»Ich habe ganz vergessen, mir Ihren Ausweis zeigen zu lassen«, sagte er jetzt statt einer Antwort.

Hella zog das Dokument aus der Tasche und legte es ihm auf den Tisch, ohne die Hand zurückzuziehen. Als er danach greifen wollte, nahm sie den Ausweis an sich. »Wann haben Sie Antonia das letzte Mal gesehen?«, fragte sie jetzt energischer.

Folkers bemerkte den geänderten Tonfall und schien zu überlegen, wie er darauf reagieren sollte. »Das muss ein paar Wochen her sein. Wir haben nichts mehr miteinander zu tun. Lieber ein Ende mit Schrecken als ein …«

»Herr Folkers, ich fürchte, Sie verkennen den Ernst der Lage. Ich kann Sie gern nach Wittmund vorladen lassen, und wir machen das alles dann drei Nummern offizieller.«

»Wollen Sie mir drohen?«

Hella stand auf. »Hier droht Ihnen niemand. Wie ist Ihre Entscheidung?«

Lennard Folkers zögerte kurz, und Hella sah ihm an, dass er im Sekundentakt unsicherer wurde. »Was wollen Sie genau wissen?«

Hella setzte sich wieder. »Wer von Ihnen beiden hat die Beziehung beendet?«

»Ich!«

Hella ließ sich nicht anmerken, dass sie eine andere Antwort erwartet hatte. »Warum?«

»Sie hat sich verändert. Wollte plötzlich allein bestimmen, wo es langgeht. Nicht, dass Sie denken, ich hätte etwas gegen emanzipierte Frauen.« Er strich sich mit der Hand durch die Haare. »Im Gegenteil, das ist vollkommen korrekt.«

»Aber?«

»Nichts, aber! Antonia hat sich verändert. Sie hatte ständig schlechte Laune und etwas an mir herumzumäkeln. Das hasse ich.«

»Sie haben also die Beziehung beendet. Wie ging es dann weiter?«

Lennard Folkers schien für einen Moment irritiert zu sein, fing sich aber schnell wieder. »Sie haben mit ihrer Mutter gesprochen? Okay, ich gebe es ja zu. Nachdem ich den Schritt gemacht hatte, habe ich es schnell bereut. Ist das nicht immer so? Man entscheidet aus einer Laune heraus – oder nennen Sie es ein Gefühl –, und wenn man dann einen Tag drüber nachdenkt, sieht die Welt plötzlich ganz anders aus. Ja, ich habe versucht, sie zurückzugewinnen. Wollen Sie mir das jetzt vorwerfen?«

»Wo waren Sie am Sonntagvormittag?«

Er lachte unsicher. »Brauche ich ein Alibi?«

Seine Worte klangen wie aus einem Vorabendkrimi. Entsprechend theatralisch riss er die Augen auf und spielte den Erschrockenen. Hella wartete, bis er sich genötigt fühlte zu antworten.

»Wenn ich kann, schlafe ich gern lang. Vor zwölf oder eins ist am Sonntag bei mir selten was los.«

»Sie haben also geschlafen. Hier in der Wohnung?«

»Leider ja!« Sein Grinsen misslang.

»Kann jemand bezeugen, dass Sie hier in der Wohnung übernachtet haben?«

Folkers rollte mit den Augen. »Keine Ahnung! Woher sollte ich wissen, dass ich aus heiterem Himmel ein Alibi brauche? Wofür überhaupt? Antonia ist für ein paar Tage untergetaucht, ja und?«

»Was haben Sie am Sonntag nach dem Aufstehen gemacht?«

»Was man halt so macht. Kaffee getrunken, gechillt, irgendein blödes Video geglotzt und später mit ein paar Kumpels abgehangen.«

»Ich brauche die Namen.«

»Gott! Sie machen hier einen Aufstand. Unglaublich.«

Hella reichte ihm eine Visitenkarte. »Schicken Sie mir die Daten per Mail. Noch heute!«

Er griff nach der Karte und musterte sie. »Klar. Immer zu Diensten. Kommt prompt!«

Hella stand auf. »Ich finde allein hinaus.«

Lennard Folkers zuckte mit den Schultern. »Na dann. Viel Glück bei der Suche nach Antonia.«

Die Teamsitzung dauerte länger, als Hella erwartet hatte. Erst kurz vor Mittag konnte sie sich mit Lars zur Besprechung zurückziehen. Hella gab einen kurzen Überblick über ihren Besuch bei Ingeborg Wittmeier und die Befragung von Lennard Folkers.

»Die Mutter hat mich übrigens heute schon dreimal angerufen«, beendete Hella ihren Bericht.

Lars tippte mit dem Kugelschreiber auf die Tischplatte. »Die Vermisstenmeldung ist seit gestern Nachmittag raus. Bis jetzt keine Rückmeldungen. Sicherheitshalber habe ich die Leichenfunde seit Sonntagmittag bundesweit kontrolliert. Nichts!«

»Ich habe den Staatsanwalt informiert, aber er sah noch keine Notwendigkeit für eine größere Aktion«, ergänzte Hella.

»Schwierig! Es sieht wirklich alles danach aus, als wäre Antonia Hals über Kopf für ein paar Tage abgetaucht.«

Hella wiegte den Kopf hin und her. »Ohne Klamotten? Die Mutter war sich sehr sicher, dass nichts fehlte.«

»Glaubst du wirklich, dass eine Mutter über die Klamotten ihrer achtzehnjährigen Tochter Bescheid weiß? Und sie hat bei der Freundin übernachtet. Insofern wird sie schon mit einer Tasche oder einem Rucksack unterwegs gewesen sein.«

»Spaßbremse, Klassenbeste ... Wurde sie nicht so bezeichnet? Und so ein Mädchen haut mal eben von zu Hause ab? Und wohin bitte? Sie ist nun wirklich nicht als Weltenbummlerin beschrieben worden.«

Lars fuhr sich durch die Haare. »Uns sind doch die Hände gebunden. Willst du eine Hundertschaft rausschicken und irgendwelche Wälder durchforsten lassen? Und wenn, welche?«

Hella fühlte sich trotz der frühen Tageszeit erschöpft. Schon während der Besprechung hatte sie Mühe gehabt, sich zu konzentrieren. Ihr Stellvertreter Enno Franzen, der sich im

Frühjahr auch Hoffnungen auf die Leiterstelle gemacht und sie seither skeptisch beäugt hatte, war in die Bresche gesprungen und hatte große Teile der Teamsitzung geleitet.

Hatte ihre trübe Stimmung etwas mit dem Schwangerschaftstest zu tun, der immer noch ungeöffnet auf dem Rücksitz des Dienstwagens lag? Oder mit den Ermittlungen, die sich um das Verschwinden einer Achtzehnjährigen drehten?

Schon vor vielen Jahren hatte Hella aufgehört, die Jahre zu zählen. Sie hatte einmal gelesen, dass schwerwiegende Probleme wie der Tod eines geliebten Menschen mindestens sieben Jahre an einem nagen würden. Zum Teil konnte sie das bestätigen, aber warum kamen die dunklen Tage gerade jetzt zurück?

»Oder welche Idee hast du?«, unterbrach Lars ihre Gedanken.

Hella atmete tief durch und versuchte, sich zu konzentrieren. »Ich habe auch kein Patentrezept, Lars. Natürlich kann Antonia morgen wieder auftauchen. Und wenn nicht?«

»Wir sind nicht für die ganze Welt verantwortlich«, antwortete Lars. »Sie ist erwachsen und hat das Recht, nicht ununterbrochen erreichbar zu sein.«

»Du hast gestern bei den Gesprächen noch weitere Namen bekommen?«

Lars reichte ihr eine Liste. »Mir fehlt nur noch Benjamin Weiher. Er geht in Esens auf ein Internat. Allerdings war er weder über Handy telefonisch zu erreichen noch in der Schule. Er hat erst am Nachmittag wieder Unterricht.«

»Wenn du jetzt Zeit hast, kümmere dich doch um Antonias Laptop. Wenn du das Passwort heute nicht knacken kannst, gib es bitte weiter an die Kriminaltechnik. Und was ist mit Antonias Vater? Hast du da schon was?«

»Den habe ich gefunden.«

»Und?«

»Er sitzt eine Haftstraße von sechs Monaten ab. Körperverletzung, und das wohl nicht das erste Mal. Somit ist er raus.«

»Okay«, sagte Hella. »Ich habe noch ein paar Akten auf dem

Tisch, und dann fahre ich nach Esens. Vorausgesetzt, dieser Benjamin ist erreichbar. Morgen sehen wir dann weiter.«

Ihr Handy klingelte. Als sie die Nummer auf dem Display sah, stöhnte sie leise. »Ingeborg Wittmeier. Da muss ich jetzt wohl endlich rangehen.« Sie nickte Lars zu und verließ sein Büro. »Guten Tag, Frau Wittmeier.«

»Frau Kommissarin, gibt es etwas Neues?«, platzte Antonias Mutter heraus.

Sich zu erkundigen, ob sich Antonia inzwischen bei ihr gemeldet hatte, wurde durch Frau Wittmeiers Frage überflüssig. Hella holte tief Luft und antwortete mit ruhiger Stimme: »Ich war inzwischen bei Lennard. Und auch andere Schulkameraden von Antonia haben wir erreicht. Leider gab es bisher noch keine konkreten Hinweise auf einen möglichen Aufenthaltsort. Aber wir arbeiten mit Hochdruck weiter.« Um ein Haar hätte sie »an dem Fall« gesagt.

»Also gar nichts«, fasste die Mutter der Vermissten hörbar enttäuscht zusammen.

»So kann man das nicht sagen, Frau Wittmeier. Glauben Sie mir, es dauert nun mal seine Zeit, bis sich relevante Hinweise finden. Was halten Sie davon, wenn ich Sie gegen Abend noch einmal anrufe und informiere, was bis dahin passiert ist?«

»Ja«, antwortete sie mit gepresster Stimme.

»Eine Frage habe ich noch. Kennen Sie einen Benjamin Weiher, der in Esens aufs Internat geht?«

»Benjamin? Ja, Antonia hat schon mal von ihm gesprochen. Was ist mit dem Jungen?«

»Der Name ist bei Befragungen gefallen, und wir müssen noch mit ihm sprechen.«

»Ja, jetzt erinnere ich mich. Antonia meinte, dass sie mit ihm gut befreundet wäre.«

»Aber er war nie bei Ihnen zu Besuch?«

»Ich bin nicht immer da, komme manchmal erst spät von der Arbeit. Ich weiß nicht, ob er schon einmal hier war, aber das kann schon sein.«

»Gut. Ich melde mich also heute Abend bei Ihnen.«

»Bestimmt?«

»Auf jeden Fall. Und wenn ich vorher etwas weiß, informiere ich Sie natürlich sofort.«

»Danke«, flüsterte sie. »Danke!«

5

»Ich höre!«

»Hella Brandt, Kriminalpolizei Wittmund. Mit wem spreche ich?«

»Benjamin.«

»Und weiter?«

»Weiter? Was genau meinen Sie?«

Hella atmete tief durch. Offensichtlich geriet sie in der letzten Zeit nur noch an arrogante Witzbolde, die keinen Respekt vor der Staatsmacht hatten. »Ich weiß ja nicht, wie das heute so gehandhabt wird, aber zu meiner Zeit kam es nicht so gut an, wenn die Polizei die Schüler aus dem Unterricht geholt hat. Und meine Eltern wären auch nicht so …«

Der junge Mann reagierte sofort. »Benjamin Weiher. Entschuldigen Sie bitte meinen Ton.«

»Ich muss mit Ihnen über Antonia Wittmeier sprechen. Ihre Mutter hat sie als vermisst gemeldet.«

Auf der anderen Seite der Leitung herrschte betretenes Schweigen.

»Es eilt!«, fügte Hella hinzu.

»Café ›Sturmfrei‹. Kennen Sie das?«

»Finde ich! Wann können Sie da sein?«

»In einer Viertelstunde?«

»Gut. Es könnte sein, dass ich ein paar Minuten später komme.«

»Kein Problem.« Sie hörte ihn schwer atmen. »Ist Antonia etwas passiert?« Seine Stimme zitterte. »Ich meine …«

»Bis gleich«, sagte Hella, ohne auf seine Frage einzugehen.

Hella, die aus dem Auto telefoniert hatte, hielt bei der nächstbesten Gelegenheit am Straßenrand, suchte das Café im Internet und gab anschließend die Adresse ein. Fast auf die Minute pünktlich stand sie vor einem zweigeschossigen Bau, den sie auf das Ende des 19. Jahrhunderts datierte. Sie betrat das Café und sah sich um. Das Lokal strahlte einen herben Charme aus – mit den Klinkerwänden und den dunklen Holzdecken. An einem kleinen Tisch mit zwei Ledersesseln saß ein junger Mann, der sich zu ihr umdrehte. Hella ging auf ihn zu. »Benjamin Weiher?«

Der Angesprochene schaute hoch und nickte. Hella erstarrte für einen Moment und wich leicht zurück. Ihr kam sein Gesicht bekannt vor. Die Augen, die Mundpartie, das Lächeln. *Nein, das war unmöglich.* Ihre Erinnerung spielte ihr einen Streich.

»Wollen Sie sich nicht setzen?«, fragte Benjamin Weiher, dem ihre merkwürdige Reaktion offensichtlich nicht entgangen war.

Hella löste sich aus ihrer Benommenheit und nahm Platz.

»Was ist mit Antonia? Vermisst? Warum? Ich verstehe das nicht.«

»Sie gehen hier aufs Internat?«

»Ja. Jetzt sagen Sie mir doch endlich …«

»Ich komme sofort dazu. Woher kennen Sie Antonia?«

»Wir sind uns vor ungefähr einem Jahr auf einer Geburtstagsfeier begegnet. Dann haben wir uns hier und da mal getroffen und sind schnell Freunde geworden.«

»Wann haben Sie das letzte Mal mit ihr gesprochen?«

Benjamin Weiher war sichtbar unruhiger geworden. Er rutschte im Sessel hin und her, fuhr sich immer wieder mit der Hand durchs Haar und atmete schwer.

»Das war … am Mittwoch. Nachmittags – hier im ›Sturmfrei‹. Sie saß genau in dem Sessel, in dem Sie jetzt gerade sitzen.«

»Worüber haben Sie gesprochen?«

»Gesprochen, gesprochen! Was ist denn jetzt mit Antonia? Vermisst? Was heißt das?«

Hella entschloss sich, dem jungen Mann reinen Wein einzuschenken. »Frau Wittmeier hat ihre Tochter als vermisst gemeldet. Sie hat seit Samstag keinen Kontakt mehr zu ihr – sie ist … verschwunden.«

»Antonia war nicht in der Schule?«, fragte er fassungslos,

schien aber gleich zu bemerken, dass seine Frage keinen Sinn ergab. »Nein, natürlich nicht. Aber …«

»Genau deshalb bin ich hier und befrage Sie. Wie genau ist Ihr Verhältnis zu Antonia?«

»Was meinen Sie damit?« Dann schüttelte er vehement den Kopf. »Wir haben keine sexuelle Beziehung, wenn Sie das denken.«

»Ja, darauf zielte die Frage ab. Sie sind aber sehr gut miteinander befreundet?«

»Habe ich das nicht schon gesagt?«, fuhr Benjamin Weiher Hella an, entschuldigte sich aber gleich darauf bei ihr.

»Sie hat sich vor ein paar Wochen von ihrem Freund getrennt oder der Freund von ihr. Sie wissen davon?«

»Natürlich. Wir haben uns ewig darüber gefetzt, ob er der Richtige für sie ist. Ich …« Benjamin Weiher schien die Überraschung in Hellas Blick bemerkt zu haben. »Okay. Aber bitte behalten Sie es für sich. Ich stehe nicht auf Frauen. Ich bin schwul.«

»Verstehe. Ich gehe einmal davon aus, dass Antonia das wusste?«

Er warf ihr einen verächtlichen Blick zu. »Ja, Antonia wusste *davon*!« Das letzte Wort hatte er besonders betont.

»Tut mir leid, ich wollte Ihnen nicht zu nahe treten und mich schon gar nicht negativ über Ihre sexuelle Orientierung äußern. Da haben Sie etwas missverstanden.« Hella wunderte sich über ihre persönlichen Worte. Normalerweise hielt sie eine professionelle Distanz zu Zeugen oder Beschuldigten. Aber der junge Mann war ihr auf den ersten Blick sympathisch gewesen.

Benjamin Weiher zögerte einen Moment. »Mag sein, dass ich in dieser Beziehung etwas übersensibel bin.«

»Verstehe ich durchaus.« Sie lächelte ihm aufmunternd zu. »Zurück zu Antonia. Hat sie Ihnen erzählt, was sie am Wochenende vorhatte?«

»Kann schon sein, aber ich erinnere mich nicht genau. Wir haben eher selten über solche Sachen gesprochen. Klar, sie wird es vielleicht erwähnt haben, aber …« Er schwieg betroffen.

»Vielleicht wollte sie mit diesen merkwürdigen Freundinnen etwas machen.«

»Warum merkwürdig?«, hakte Hella sofort nach.

»Gute Frage. Das ist mir gerade so rausgerutscht.« Er fuhr sich mit der Hand übers Kinn. »Wenn ich ehrlich bin: Ich mag diese Johanna nicht besonders.«

»Sie sprechen von Johanna Thies?«

»Ja, so heißt sie wohl. Als ich mich mal mit Antonia in Wittmund getroffen habe, kam sie zufällig dazu. Aufdringliche Person. Penetrant. Eine von diesen Menschen, denen es ganz wichtig ist, andere zu kontrollieren. Ich habe gleich gemerkt, dass sie Antonia nur benutzt. Und das habe ich Antonia später auch gesagt.« Er verzog das Gesicht. »Kam leider nicht so gut an.«

»Kennen Sie weitere Freundinnen oder Freunde von Antonia?«

»Ich habe noch eine gute Freundin in Antonias Jahrgang. Die beiden kennen sich auch, aber dass sie dick befreundet sind, glaube ich nicht. Sie heißt Marie Lohmann.«

Hella nickte. »Mein Kollege hat sie schon befragt. So sind wir auch auf Sie gekommen.«

»Dachte ich mir schon.« Er sah Hella mit ängstlichem Blick an. »Antonia ist doch nichts passiert? Ich kann mir wirklich nicht vorstellen, dass sie einfach so verschwindet, ohne irgendjemandem etwas zu sagen. Ich hätte zumindest gemerkt, wenn es in ihr brodelt und sie vorhat ...« Er schluckte. »Ja, was denn eigentlich?« Seine Augen waren feucht geworden. »Da stimmt was nicht. Sie hätte mich ...«

»Sie können Antonia helfen, wenn Sie mir so viele Informationen wie möglich über sie geben. Das erhöht unsere Chance, sie schnell zu finden.«

»Ja, fragen Sie!«

»Worüber haben Sie in den letzten Wochen und Monaten gesprochen? Wie ging es Antonia nach der Trennung von ihrem Freund? Was waren ihre Pläne?«

Benjamin Weiher ließ sich Zeit, bevor er antwortete. »Versprechen Sie mir, dass nichts von dem, was ich Ihnen erzähle, bekannt wird? Und falls Antonia wieder auftaucht, meine gesamten Informationen vernichtet werden?«

»Niemand außer mir und meinem Kollegen wird etwas erfahren. Für meinen Kollegen lege ich die Hand ins Feuer. Reicht das?«

Benjamin Weiher nickte, schien aber trotzdem nicht vollkommen überzeugt zu sein. »Antonia wird mich umbringen, wenn ...« Er schloss kurz die Augen. »Aber Sie haben recht. Jetzt geht es darum, ihr zu helfen.« Er hielt kurz inne. »Vielleicht haben wir uns deshalb so gut verstanden, weil wir beide Außenseiter sind. Antonia ist ...« Er schien nach den richtigen Worten zu suchen. »Ja, sie ist wunderschön. Viele Menschen denken, gut aussehende Frauen sollten nicht die geringsten Schwierigkeiten haben, einen Freund oder Mann zu finden. Das ist aber nicht so. Schönheit baut auch Distanz auf. Männer können sich nicht vorstellen, dass sich eine so hübsche Frau für sie interessiert. Gerade die stilleren Typen, die keinen auf Macho machen, die empathisch sind, sich für den Menschen hinter der Maske interessieren, weichen eher zurück. Was bleibt, sind die Draufgänger, für die Frauen nur Objekte ihrer Begierde sind. Sie wollen sich mit ihnen schmücken, wollen zeigen, was für tolle Hechte sie sind.«

Hella war erstaunt, wie tief greifend die Gedanken des jungen Mannes waren. Ihm schien Antonia sehr ans Herz gewachsen zu sein, und er machte sich spürbar Sorgen um sie.

»Antonia ist nicht ganz so selbstsicher, wie sie im ersten Augenblick erscheint. Ganz und gar nicht. Sie ist ängstlich, nachdenklich, überlegt, bevor sie etwas in die Welt hinausposaunt. Sie wissen sicher, dass ihr Vater die Familie vor langer Zeit verlassen hat. Auch wenn sie es nicht zugibt, ist es für sie ein Trauma, das immer wieder mal aufbricht. Mal mehr, mal weniger. Sie kann sich kaum noch an ihn erinnern. Mal ist er in ihren Augen ein Säufer und Schläger, dann wieder zweifelt sie, ob sie ihm nicht unrecht tut.«

»Hatte sie denn in der letzten Zeit Kontakt zu ihrem Vater?«

»Nein! Ich meine ... sie hätte mir bestimmt davon erzählt. Nein, sie hat ihn viele Jahre nicht mehr gesehen. Aber macht es das nicht umso schlimmer? Manchmal hatte ich den Eindruck, er war nur eine Hülle für sie, in die sie all ihre Gedanken projizieren konnte. Sie vermutete, dass er im Ausland lebte und inzwischen ein erfolgreicher Geschäftsmann war, dem Alkohol abgeschworen hat, ein ganz anderer Mensch ist, als ihre Mutter ihn beschreibt. Ja, genau so ist Antonia. Sie sieht in jedem Menschen nur das Gute.«

»Antonia ist leicht zu beeinflussen?«, fragte Hella nach.

Benjamin stöhnte leise. »Ja, das schon. Klar, immer wenn Menschen sich austauschen, etwas miteinander machen, beeinflussen sie sich gegenseitig. Die Frage ist nur, wer was beabsichtigt. Antonia ist zu leichtgläubig. Aber darüber habe ich mich mit ihr schon häufig gestritten. Dieser Lennard zum Beispiel. Er hat mit ihr gespielt, ihr etwas vorgemacht, um sie zu beeindrucken. Antonia war fest davon überzeugt, dass er sie von ganzem Herzen liebt. Ich glaube auch nicht, dass er sie nur ein Mal betrogen hat.«

»Wer von beiden hat denn jetzt Schluss gemacht?«

»Fragen Sie mich nicht«, winkte Benjamin Weiher ab. »Antonia tut sich schwer mit solchen Dingen. Sie hatte doch tatsächlich Angst, diesen Idioten zu verletzen. Ich will nicht mal ausschließen, dass sie darauf gewartet hat, dass er Schluss macht – und unbewusst alles dafür getan hat. Ich weiß es wirklich nicht.«

»Hat sich Antonia in den letzten Wochen verändert?«

Er ließ sich viel Zeit, bevor er antwortete. »In den letzten Wochen wohl eher nicht, aber wenn ich ein paar Monate zurückschaue, denke ich schon, dass sie sich verändert hat. Unterbewusst war ihr wohl auch klar, dass die Beziehung zu Lennard nicht mehr lange halten würde. So komisch es klingt, aber ich hatte den Eindruck, dass es ihr ganz wichtig war, einen Freund zu haben. Nach außen hin zeigen zu können, dass sie normal ist. Ich habe ähnliche Erfahrungen gemacht.« Er lachte. »Stellen Sie sich vor, ich habe noch vor einem Jahr eine Freundin gefragt, ob sie nicht mit zu meinen Eltern kommen würde. Nur für ein paar Stunden, um dann endlich Ruhe vor der Fragerei zu haben. Bei Antonia kommt es mir fast ähnlich vor. Es ist ihr viel zu wichtig, wie ihre Clique über sie denkt.«

»Ein wenig klingt das so, als wenn Antonia zwei Gesichter gezeigt hätte«, fasste Hella das Gehörte zusammen. »Hier die ernsthafte Antonia, die mit Ihnen über ihr Leben und ihre Träume spricht, dort die andere Antonia, der Äußerlichkeiten und ihr Stand in der Clique wichtig sind.«

»Niemand ist vollkommen. Aber Sie haben wohl recht. Es gibt mindestens zwei Antonias. Vielleicht verstehen Sie jetzt, warum ich das nicht an die große Glocke hänge.«

Hella nickte. »Sie sprachen vorhin von Johanna und anderen Freundinnen. Kennen Sie noch jemanden, mit dem sie etwas unternommen hat?«

»Ja, da war noch eine, deren Namen ich nicht behalten habe. Vielleicht hat Antonia ihn auch gar nicht erwähnt. Ich weiß es nicht. Diese Freundin ist wohl nicht mehr auf der Schule oder war nie dort. Die Eltern sind steinreich, das habe ich schon rausgehört. Sie haben irgendwo auf einer der Inseln so ein Protzhaus. Wangerooge oder Norderney. Ich verwechsle die beiden Inseln immer. Wo darf man mit dem Auto fahren?«

»Norderney. Wangerooge ist autofrei.«

»Dann war es da. Wenn ich mich richtig entsinne, ist das Johannas BFF.« Als Hella ihn fragend ansah, ergänzte er: »Best Friends Forever.«

6

Hella warf einen Blick auf die Uhr und wählte Lars' Nummer. »Noch im Büro?«

»Ja! Der Laptop von Antonia.«

»Hast du es nicht geschafft, ihn zu knacken?«

»Noch nicht!« Lars' Stimme klang genervt.

»Hat Johanna Thies eigentlich etwas von einer gemeinsamen Freundin erzählt, deren Eltern ein Haus auf Norderney haben?«

»Nein, daran erinnere ich mich nicht. Wie kommst du darauf?«

»Benjamin Weiher hat so was gemeint.«

»Warte mal. Ich bekomme gerade einen Zettel reingereicht.«

Hella hörte, wie er den Telefonhörer auf den Tisch legte und mit jemandem sprach. Kurz darauf war er wieder in der Leitung. »Antonia ist gesehen worden. Am Samstagvormittag auf der Fähre.«

»Von wem?«, fragte Hella erstaunt.

»Ein Kollege aus Emden, der heute die Vermisstenmeldung gelesen hat. Willst du ihn anrufen?«

Lars gab ihr die Nummer, Hella wählte und hatte direkt Kai Bode in der Leitung. Wie sich herausstellte, arbeitete er im Kommissariat in Emden und war am Wochenende auf dem Weg zu seinen Eltern gewesen, die auf Norderney lebten. Auf der Fähre von Norddeich auf die Insel hatte er Antonia gesehen.

»Sie sind sich ganz sicher?«

»Fünfundneunzig Prozent, würde ich mal sagen. Eine sehr hübsche junge Frau. Ich saß nur einen Tisch weiter und … Na ja, sie ist mir halt aufgefallen.«

»Verstehe. War sie allein?«

»Nein. Eine Dunkelhaarige gleichen Alters hat sie begleitet. Oder sie kannten sich zumindest sehr gut. Sie haben ziemlich viel miteinander geredet.« Kai Bode beschrieb die zweite Person noch genauer. »Können Sie damit was anfangen?«

»Sehr viel sogar, Herr Kollege. Würden Sie bitte ein kurzes Protokoll verfassen und es uns nach Wittmund schicken?«

»Kann ich machen. Ich hoffe, Sie finden die Kleine.«

Hella verabschiedete sich und rief direkt danach Lars an. »Hol bitte Johanna Thies zum Verhör ab. Der Kollege hat sie zusammen mit Antonia auf der Fähre gesehen. Ich fahre jetzt aus Esens los.«

»Wusste ich's doch!«, rief Lars. »Okay, ich bin schon fast weg. Bis gleich.«

Johanna Thies saß mit verschränkten Armen und finsterer Miene im Verhörraum, als Hella zu ihr an den Tisch trat.

»Dürfen Sie das überhaupt?«, fuhr sie Hella an.

»Selbstverständlich dürfen wir Sie zu einer Befragung bitten. Sie können natürlich auch gern darauf bestehen, dass die Staatsanwaltschaft Sie formal vorlädt und wir Sie regulär verhören.«

Als Hella das Wort »Staatsanwaltschaft« aussprach, zuckte Johanna Thies kurz zusammen und wurde um einige Nuancen blasser.

»Wir würden gern noch einmal mit Ihnen durchgehen, was Sie und Antonia am Samstag gemacht haben. Fangen wir einfach vorn an. Wann ist Antonia zu Ihnen gekommen?«

»Irgendwann am Vormittag.«

»Wo haben Sie sich getroffen?«

»Getroffen? Ich verstehe überhaupt nicht, was Sie von mir wollen? Antonia und ich waren bis Sonntagfrüh zusammen, und dann ist sie nach einem Streit gegangen. Alles andere ist doch unwichtig.«

Hella lächelte und fragte ruhig weiter. »Wen haben Sie auf Norderney besucht? Ihre Freundin, deren Eltern dort ein Haus haben?«

»Sie spinnen doch!«

»Okay. Sie müssen dann leider für eine Gegenüberstellung hier bei uns im Kommissariat bleiben. Eventuell auch über Nacht. Wir müssen zunächst …«

»Was für eine Gegenüberstellung?«, platzte Johanna Thies heraus.

»Einer unserer Kollegen hat Sie mit Antonia Wittmeier am Samstagmorgen auf der Fähre nach Norderney gesehen. Da Sie das abstreiten, müssen wir davon ausgehen, dass Sie etwas mit dem Verschwinden von Antonia zu tun haben. Ob es sich hierbei um eine Straftat handelt, werden wir dann später sehen.«

»Sind Sie vollkommen durchgedreht?«, zischte Johanna Thies Hella an. »Straftat? Ich habe nichts mit Antonias Verschwinden zu tun. Wie oft muss ich das noch sagen?«

Hella stand auf. »Ich denke, wir warten die Gegenüberstellung ab. Möchten Sie mit Ihrem Anwalt sprechen?«

Lars stand inzwischen neben Hella und fügte hinzu: »Schauen Sie doch bitte nach, ob Ihr Handy hier im Raum Empfang hat.«

»Ja, verflucht! Wir waren auf der Insel«, polterte Johanna Thies. »Ist das jetzt auch schon verboten?«

Hella und Lars setzten sich wieder. Hella stellte das Mikrofon des Aufnahmegeräts in die Mitte des Tisches und eröffnete eine offizielle Befragung. Nachdem sie Datum, Uhrzeit, Grund der Befragung und die Anwesenden benannt hatte, stellte sie erneut die Frage an Johanna Thies, wo sie sich am Samstag mit Antonia aufgehalten habe.

»Ein Freund hat uns nach Norddeich gefahren. Wir haben Antonia in Esens abgeholt und sind dann direkt weiter. In Norddeich haben wir die Neun-Uhr-Fähre nach Norderney genommen.«

»Wen haben Sie dort besucht?«

»Kim«, antwortete sie und schloss kurz die Augen.

»Wie weiter?«, wollte Lars wissen.

»Kim Krone. Ihr Vater hat ein Haus auf der Insel, in dem sie momentan lebt.« Sie nannte die Straße und Hausnummer.

»Sie haben auch beide auf Norderney übernachtet?«

»Ja.«

»Sie sagten gerade, dass das Haus dem Vater Ihrer Freundin

gehört. Waren er oder die Mutter ebenfalls am Samstag und Sonntag im Haus?«, fragte Hella weiter.

»Nein.«

Lars beugte sich nach vorn. »Wann haben Sie sich von Antonia getrennt?«

»Wir haben uns gestritten. Sie ist am Sonntagmorgen abgehauen.«

»Worüber haben Sie sich gestritten?«

Johanna Thies zuckte mit den Schultern. »Keine Ahnung. Antonia wird schnell zickig. Irgendwas wird ihr nicht gepasst haben.«

»Was genau haben Sie am Samstag gemacht, nachdem Sie auf Norderney angekommen waren?«, fragte Hella, die davon ausging, dass Antonias Verschwinden mit dem Streit zu tun hatte, der vermutlich nicht so harmlos gewesen war, wie Johanna Thies ihnen weismachen wollte.

»Dies und das.«

Hella schlug mit der flachen Hand auf den Tisch. Johanna Thies zuckte zusammen und starrte sie erschrocken an, als sie deutlich lauter und energischer als zuvor sagte: »Ist Ihnen nicht klar, wie ernst die Lage ist? Sie haben schon jetzt die Ermittlungen behindert, indem Sie uns gestern angelogen haben. Wenn Antonia etwas zustößt oder zugestoßen ist, weil Sie verhindern, dass wir an die notwendigen Informationen kommen, werden Sie strafrechtlich belangt werden. Wissen Sie, was das bedeutet?«

Johanna Thies schwieg betroffen.

»Sagen Sie uns jetzt, was genau vorgefallen ist, ansonsten übergebe ich die Angelegenheit direkt dem Staatsanwalt. Und der, das kann ich Ihnen versichern, ist nicht zimperlich in seiner Herangehensweise. Da sind Sie schneller in Beugehaft, als Sie bis drei zählen können.« Hella war sich natürlich klar, dass ihre Drohungen nur zu einem kleinen Teil etwas mit der Wahrheit zu tun hatten, aber im Moment schien jede Minute zu zählen.

Johanna Thies atmete schwer, während sie zwischen Hella

und Lars hin- und hersah. »Wir haben uns amüsiert. Ausgegangen sind wir.«

»Zu dritt oder waren noch mehr Personen dabei?«

Johanna Thies rollte mit den Augen. »Was denken Sie denn?«

»Ich denke erst mal gar nicht, sondern befrage Sie«, fuhr Hella die junge Frau scharf an. »Könnten Sie jetzt bitte antworten?«

»Wir sind durch die Clubs gezogen. Und klar, wir waren nicht lange allein. Und bevor Sie fragen, ich habe keine Namen und schon gar keine Adressen. Wir haben uns amüsiert.« Die letzten vier Worte sprach sie langsam und akzentuiert aus.

»Wo?«, fragte Lars und reichte ihr einen Zettel und Kugelschreiber.

Johanna Thies griff angewidert danach und schrieb drei Clubs oder Bars auf. »Reicht das jetzt endlich?«

»Wenn Sie uns noch verraten, was der Anlass Ihres Streits mit Antonia war«, antwortete ihr Hella.

»Keine Ahnung. Wahrscheinlich hat ihr der Abend nicht gefallen. Was weiß ich! Sie hat ständig wegen tausend Sachen rumgezickt.«

»Haben Antonia und Sie in der Nacht im Haus Ihrer Freundin geschlafen?«

»Da wir jeder ein eigenes Zimmer hatten, kann ich das für Antonia nicht beschwören.«

»Und Sie? Haben Sie im Haus geschlafen?«

»Nicht viel. Das war eine lange Nacht. Schlafen kann ich, wenn ich alt bin.«

Hella warf ihr einen warnenden Blick zu. Johanna Thies hob entschuldigend die Arme.

»Schon gut. Ich war gegen sechs Uhr morgens zurück. Reicht das jetzt endlich?«

»Nein!« Hella war kurz davor, das Mädchen für ein paar Stunden in die Arrestzelle des Kommissariats zu stecken. »Wann ist Antonia aus dem Haus gegangen?«

»Wir haben dann irgendwann gefrühstückt …«

»Sie haben also nicht mehr geschlafen?«

»Später dann schon … natürlich.«

»Und? Was passierte beim Frühstück?«

»Antonia hatte keinen Bock mehr. Sie fand die Nacht – aus welchem Grund auch immer – nicht so prickelnd. Hatte ich das nicht schon gesagt? Kim und ich hatten keinen Bock auf ihre miese Laune, und das haben wir ihr auch klargemacht. Und weg war es, unser Sensibelchen.«

»Warum haben Sie uns das nicht gleich erzählt?«, fragte Lars.

»Warum wohl? Denken Sie, meine Eltern sind begeistert, wenn sie hören, dass ich durch Clubs auf irgendwelchen Inseln ziehe?«

»Das wär's fürs Erste«, sagte Hella und beendete die Befragung.

Lars begleitete die junge Frau aus dem Polizeigebäude und betrat kurz darauf Hellas Büro. »War das jetzt die Wahrheit?«

»›Amüsiert!‹« Hella malte mit den Fingern Anführungszeichen in die Luft. »Was bitte bedeutet das? Und warum hat sie Angst vor ihren Eltern?«

»Vielleicht sind sie etwas … konservativ?«

»Hast du ihre Klamotten nicht gesehen? Und geschminkt hat sie sich nicht zum ersten Mal. Als wir in der Schule mit ihr gesprochen haben, war sie genauso aufgebrezelt.«

Lars sah auf die Uhr. »Schon zwanzig Uhr durch. Ich muss noch mal an den Laptop dran.«

»Okay. Mach nicht zu lange. Wir nehmen morgen die Fähre um neun von Norddeich.«

»Mit Übernachtung?«

»Nimm lieber ein paar Sachen mit. Könnte sein, dass wir abends um die Häuser ziehen müssen.«

Lars grinste. »Ich bin dabei!«

»Für die Getränke kommt jeder selbst auf«, sagte Hella lachend und machte sich auf den Heimweg.

Als Hella endlich im Auto saß, rief sie Leon an und sagte ihm, dass sie noch einen kurzen Abstecher zur Mutter des vermissten Mädchens machen würde. Leon versprach, auf sie zu warten.

Hella drückte den Klingelknopf an Ingeborg Wittmeiers Haus. Kurz hatte sie in Wittmund überlegt, die Mutter telefonisch zu informieren, hatte sich dann aber anders entschieden.

»Haben Sie Antonia gefunden?«, fragte Frau Wittmeier, noch bevor sie Hella begrüßt hatte. In ihren Augen sah Hella die Hoffnung, aber auch die Angst.

»Nein, noch nicht. Darf ich kurz reinkommen?«

Frau Wittmeier trat zur Seite. »Entschuldigung. Natürlich, kommen Sie.« Sie führte Hella in die Küche und bot ihr etwas zu trinken an, was Hella dankend ablehnte.

»Können wir uns kurz setzen?«

Frau Wittmeier nickte und zog den Stuhl vor.

»Wir wissen jetzt, dass Antonia nicht in Wittmund war, sondern mit Johanna Thies am Samstagvormittag nach Norderney gefahren ist.«

»Nach Norderney? Warum?«

»Sie hat dort bei einer weiteren Freundin übernachtet. Kim Krone. Haben Sie von dem Mädchen schon einmal etwas gehört?«

»Kim? Ja, ich glaube, Antonia hat mal von ihr erzählt. Die geht aber nicht aufs Gymnasium in Esens, oder?«

»Nein, sie scheint im Moment weder zur Schule zu gehen noch eine Ausbildung zu machen oder zu studieren. War Kim Krone schon einmal hier bei Ihnen?«

»Nein, davon wüsste ich. Norderney? Was wollten die beiden da? Der Sommer ist lange vorbei.«

»Nach Aussage von Johanna wollten sie feiern.«

»Feiern? Auf Norderney?«

»Dort gibt es einige Clubs. Hat Antonia nie etwas davon erzählt?«

Frau Wittmeier schien vollkommen ahnungslos zu sein. Sie sah Hella mit großen Augen an und schluckte. »Clubs? Sind das Diskotheken?«

»Ja, sozusagen. Tanzen, etwas trinken, Leute kennenlernen.«

»Norderney. Davon wusste ich nichts. Wirklich nicht.«

»Mein Kollege und ich werden morgen dort hinfahren. Ich informiere Sie sofort, wenn …«

»Ist Antonia denn noch auf der Insel?«, unterbrach Frau Wittmeier sie. »Was bedeutet das alles?«

Hella legte die Hand auf die von Ingeborg Wittmeier. »Das wissen wir noch nicht. Ich hoffe, dass wir morgen mehr erfahren.«

»Antonia ist etwas zugestoßen. Oder?«

Hella zögerte, entschloss sich dann aber, die Mutter der Vermissten nicht anzulügen. »Nach allem, was ich bisher von Antonia erfahren habe, scheint es unwahrscheinlich, dass sie sich bewusst nicht meldet. Ich fürchte, sie kann es im Moment nicht.« Hella versuchte, die Situation so vage wie möglich zu beschreiben.

»Sie meinen, Antonia wurde entführt? Aber von wem und warum?«

»Was passiert ist, wissen wir noch nicht. Und ja, eine Entführung, aus welchem Grund auch immer, wäre eine mögliche Erklärung.«

»Wir haben kein Geld. Warum sollte …« Sie brach mitten im Satz ab.

Hella bereute bereits, zu viel gesagt zu haben. »Was genau passiert ist, wissen wir noch nicht. Unter Umständen gibt es auch eine relativ harmlose Erklärung.«

»Wie sollte die lauten?«, fragte Frau Wittmeier mit brüchiger Stimme.

»Das müssen wir abwarten. Aber es gibt Fälle, wo Menschen für kurze Zeit ihr Gedächtnis verloren haben, durch einen Sturz oder Unfall, und nicht wissen, wer sie sind.«

Ingeborg Wittmeier sah sie ungläubig an. »Geht man dann nicht zur Polizei oder in ein Krankenhaus?«

»Auch dafür kann es Erklärungen geben. Ich will Sie nicht anlügen, Frau Wittmeier, und Ihnen vormachen, dass alles ganz normal ist. Sie kennen Ihre Tochter viel zu gut, um nicht zu wissen, dass irgendetwas Ungewöhnliches eingetroffen sein muss.« Hella hielt einen Moment inne und fuhr fort. »Haben

Sie vielleicht jemanden, der Ihnen in dieser Situation beistehen könnte? Eine Freundin oder Verwandte?«

»Eine Freundin hier im Ort. Sie weiß auch Bescheid.«

»Können Sie mir Ihre Nummer geben?«

Hella rief bei der Frau an, die zehn Minuten später bei ihnen eintraf. Hella erklärte ihr noch einmal die Situation und versprach, sich am nächsten Tag zu melden.

7

»Wie lange hast du gestern noch am Laptop gesessen?«, fragte Hella Lars, als sie sich am Ticketschalter in Norddeich trafen.

»Frag lieber nicht«, murmelte er und nahm seine Fahrkarte entgegen, die Hella für ihn gekauft hatte.

»Lass uns dahinten warten«, schlug Hella vor und zeigte auf eine ruhige Ecke.

»Ich bin jetzt auf jeden Fall reingekommen«, fuhr Lars fort, als sie außer Hörweite der anderen wartenden Fahrgäste waren. »Allerdings war es so spät, dass ich nur noch einen kurzen Blick auf den Inhalt werfen konnte.« Er zeigte auf seine Tasche. »Ich habe den Laptop aber dabei.«

Hella warf ihm einen missbilligenden Blick zu. »Das ist nicht ganz nach Dienstvorschrift. Aber gut. Ich habe den Kollegen Hinrichs auf der Insel gebeten, uns abzuholen. In Norden habe ich auch Bescheid gesagt, dass wir in deren Revier unterwegs sind.«

»Dann ist ja alles geregelt. Vermutlich hat Johanna Thies ihre Freundin schon gewarnt.«

»Davon müssen wir ausgehen«, sagte Hella und zeigte auf die Fähre, die gerade anlegte. »Ich habe allerdings etwas vorgesorgt. Zumindest wird sie die Insel nicht verlassen können.«

»Kollege Hinrichs?«

Hella nickte. Sie suchten sich einen ruhigen Platz auf dem Schiff. Während Lars sich Antonias Laptop vornahm, besorgte Hella zwei Becher Kaffee.

»Und?«, fragte sie, nachdem Lars eine Weile mit dem Rechner beschäftigt gewesen war.

»Arbeiten für die Schule, kaum Privates, ihren E-Mail-Account hat sie auch nur selten benutzt. Ich werde heute Abend weitersuchen.« Er schloss den Laptop. »Wie gehen wir auf Norderney vor?«

»Befragung von Kim Krone. Falls die Eltern vor Ort sind,

werden wir auch mit ihnen sprechen. Anschließend entscheiden wir, ob wir bleiben und unsere Suche ausdehnen oder die Insel wieder verlassen.«

»Okay. Warst du schon mal auf Norderney?«

»Ein paarmal, aber es ist eine Weile her. Die Insel ist allerdings weder mit Langeoog noch mit Spiekeroog zu vergleichen. Allein die Einwohnerzahl ist um ein Vielfaches höher. Soweit ich weiß, sind es fast sechstausend. Auf Spiekeroog leben nicht einmal achthundert Menschen.«

»So viel? Auf der Karte, die ich mir gestern noch angeschaut habe, sah das gar nicht so viel größer als Langeoog aus.«

»Norderney ist schon Ende des 18. Jahrhunderts zur ersten Königlich-Preußischen Seebadeanstalt an der Nordseeküste ernannt worden. Die königliche Familie hatte hier ihre Sommerresidenz, und das zog natürlich Europas damalige Elite an. Diverse schöne Bauten erinnern noch an diese Zeit. Allerdings gibt es auch zahlreiche Bausünden aus noch nicht allzu entfernten Tagen. Auf den Punkt gebracht: Auf Norderney ist reichlich was los. Nicht umsonst haben sich die jungen Damen die Insel für ihr Wochenende ausgesucht. Gut, es laufen hier sicher nicht so viele Reiche und Schöne wie auf Sylt herum, aber die eine oder andere Parallele zwischen den Inseln gibt es schon.«

Lars grinste. »Du bist ja ein wandelndes Lexikon. Nicht schlecht.«

Hella lachte. »Grundschule, vierte Klasse, mein Lieber.«

Inzwischen näherte sich die Fähre Norderney. Die Anlegestellen lagen am westlichen Zipfel der Insel. Hella beobachtete das Anlegemanöver und verließ zusammen mit Lars als eine der Letzten das Schiff. Auf dem Kai begrüßte sie ein uniformierter Kollege Anfang fünfzig, klein und untersetzt mit einem freundlichen Lächeln. Er reichte zunächst Hella, später Lars die Hand.

»Gerd Hinrichs, herzlich willkommen, Kollegen. Mein Auto steht dort hinten auf dem Parkplatz.« Als er ihre Reisetaschen bemerkte, fragte er: »Habt ihr eine Übernachtung eingeplant?«

»Vermutlich müssen wir bleiben«, antwortete Hella.

»Dann hoffe ich mal, dass ihr Zimmer gebucht habt.«

Sie gingen neben Hinrichs her zu seinem Dienstfahrzeug.

»Können Sie uns etwas empfehlen?«

»Sicher, aber ich fürchte, das wird nicht so einfach. Ich kümmere mich aber gern darum.« Er schloss das Auto auf und öffnete die Fahrertür.

»Wir würden gern gleich zum Haus der Krones fahren«, sagte Hella. »Sie haben gestern noch mit Kim Krone gesprochen?«

»Das habe ich gemacht und ihr aufgetragen, heute ab zehn zu Hause zu sein. Die erste Fähre, die schon raus ist, habe ich höchstpersönlich heute Morgen kontrolliert.«

»Danke, Herr Kollege.«

»Gern! Dann fahre ich euch mal zum Haus.« Er startete den Motor und fuhr langsam an.

»Sie kennen die Familie?«

»Nicht persönlich, wenn Sie das meinen«, antwortete Gerd Hinrichs. »Das Haus ist schon seit Generationen in deren Besitz. Eine Fabrikantenfamilie aus Essen. Kim ist die einzige Tochter. Der Vater ist nur selten hier, die Mutter habe ich schon seit Jahren nicht mehr gesehen.« Sie fuhren langsam durch den Ort. »Hier ist bis Mitte Oktober eigentlich Fahrverbot, aber mit dem Dienstwagen darf ich natürlich passieren. Eigentlich sind wir häufig mit dem Fahrrad unterwegs. Geht schneller und ist auch angenehmer für die Gäste.«

»Ist Kim Krone Ihnen ansonsten aufgefallen?«

»Dachte ich mir schon, dass Sie das fragen. Die junge Frau scheint gern zu feiern.« Er hielt vor einer Jugendstilvilla. »Ich will es kurz machen. Es gab Beschwerden, vier- oder fünfmal. Zu viel Alkohol, zu viele Drogen, die Stimmung ist umgekippt, es wurde laut, der Wirt hat mich gerufen. Die junge Dame war jedes Mal mittendrin, wenn Sie verstehen, was ich meine. Ich habe eine Verwarnung ausgesprochen und, als sie noch minderjährig war, den Vater informiert. Zu einer wirklichen Anzeige ist es nie gekommen.«

»Danke, Herr Kollege. Können wir die Taschen im Auto lassen? Wir würden dann später in Ihrem Büro vorbeikommen. Dann haben wir sicher noch einige Fragen.«

Er nickte. »Und ich hoffentlich Hotelzimmer für die Nacht.«

Hella und Lars stiegen aus. Die Villa war von einer verputzten Mauer umgeben. Am schmiedeeisernen Tor drückte Lars auf die Klingel der Gegensprechanlage.

»Ja bitte!«, erklang eine junge weibliche Stimme.

»Kriminalpolizei Wittmund«, sagte Lars.

»Haben Sie einen Ausweis?«

Lars hielt das Dokument vor die integrierte Kamera, kurz darauf summte der Toröffner. Hella und Lars liefen durch einen gepflegten Vorgarten und standen schließlich vor der verschlossenen Tür. Sie warteten, und als Lars sich gerade vorbeugte, um an die Holztür zu klopfen, wurde die Tür geöffnet. Eine junge Frau trat nach draußen, sah Hella und Lars abschätzend an und sagte: »Was kann ich für Sie tun?«

»Sie sind?«, fragte Lars.

»Kim Krone.«

»Wir haben ein paar Fragen an Sie im Zusammenhang mit dem Besuch von Antonia Wittmeier am letzten Wochenende.«

»Ja bitte?«

»Wir würden das gern im Haus besprechen«, sagte Lars ruhig.

»Ich weiß nicht, ob das meinem Vater recht wäre«, antwortete Kim Krone. »Es gibt ohnehin nicht viel zu sagen.«

Hella musterte die junge Frau. Sie trug eine hautenge Jeans von Armani und eine helle langärmlige Seidenbluse, deren Marke Hella nicht erkennen konnte, die aber vermutlich sündhaft teuer war. Die blonden langen Haare trug sie zusammengebunden, das Make-up war zurückhaltend, aber professionell aufgetragen. Nur der Lippenstift setzte einen deutlichen Akzent.

Lars blieb trotz des provokanten Auftretens von Kim Krone ruhig und sah ihr direkt in die Augen. Nach einer Weile seufzte die junge Frau theatralisch und trat zur Seite. »Wenn es unbedingt sein muss.«

Sie führte sie in eine Art Bibliothek. An zwei Wänden standen deckenhohe Bücherregale, der restliche Platz wurde von zwei roten sich gegenüberstehenden Sofas ausgefüllt. Kim Krone bot den Kommissaren einen Platz an und setzte sich zu ihnen.

»So, was wollen Sie wissen?«

Bereits auf dem Weg über den langen Flur hatte Hella Lars auffordernd zugenickt als Zeichen, dass er die Befragung in die Hand nehmen sollte.

»Sie hatten am letzten Wochenende Besuch von zwei Freundinnen vom Festland?«, begann Lars.

»Ja.«

»Wann sind Johanna Thies und Antonia Wittmeier auf der Insel angekommen?«

»Am späten Vormittag.«

»Was haben Sie dann gemacht?«

»Kaffee getrunken.«

»Und später?«

Die junge Frau lächelte amüsiert. »Gechillt, und abends sind wir durch die Clubs gezogen.«

»War Antonia Wittmeier die ganze Zeit mit Ihnen und Frau Thies zusammen?«

Kim Krone rollte mit den Augen. »Keine Ahnung. Ich habe getanzt und mich unterhalten. Irgendwo wird sie wohl gewesen sein.«

»Interessiert es Sie überhaupt nicht, weshalb wir hier sind?«, fragte Lars weiter.

»Die kleine Zicke hat die Biege gemacht. Und?«

Lars ließ sich mit der nächsten Frage Zeit. »Das klingt nicht gerade nach einem herzlichen Verhältnis unter Freundinnen.«

»Ist Streit jetzt auch schon strafbar?«

»Das hängt davon ab, inwieweit Sie etwas mit dem Verschwinden von Antonia zu tun haben.« Er zog die Augenbrauen hoch. »Haben Sie?«

»Bullshit! Bin ich ihr Kindermädchen?«

Hella hob demonstrativ ihren Arm hoch und schaute auf die

Uhr. »Sie haben genau eine Minute Zeit, um uns die Fakten zur Nacht von Samstag auf Sonntag zu geben. Wo waren Sie, wen haben Sie getroffen, wie lange war Antonia bei Ihnen, wann sind Sie nach Hause gekommen, und wann hat Antonia das Haus hier verlassen?«

Kim Krone starrte Hella wütend an.

»Fünfzig Sekunden.«

»Sie spinnen! Wollen Sie mich dann foltern, oder was?«

»Vierzig Sekunden.«

Die junge Frau wurde unsicher, schien zu schwanken zwischen dem Rauswurf der Kommissare und der vollständigen Aussage.

»Dreißig Sekunden.«

Die junge Frau sprang auf, lief einmal durch die Bibliothek und kam wieder beim Sofa an, als Hella mit Nachdruck verkündete: »Zehn Sekunden!«

»Jetzt hören Sie schon auf. Wir sind gegen elf ins ›Blue Moon‹. Da waren wir bestimmt bis zwei. Da die um drei schließen, sind wir weitergezogen. Zuerst ins ›Queens‹ und später in den ›Loft Club‹, die machen um fünf zu. Also werden wir wohl irgendwann dann nach Hause gegangen sein.«

Ihre Angaben deckten sich mit der Aussage von Johanna Thies. »Wir brauchen Namen von denjenigen, die Sie und Ihre Freundinnen dort getroffen haben«, sagte Lars, dem Hellas kleine Inszenierung sichtlich gefallen hatte.

»Nicht Ihr Ernst, oder? Ich merk mir doch nicht jeden Scheißnamen. Und nach einem Nachnamen frage ich schon gar nicht. Warum auch?«

Lars reichte ihr seinen Notizblock und einen Kugelschreiber. »Schreiben Sie jeden Namen auf, an den Sie sich erinnern. Jeden!«

Missmutig griff sie nach dem Block und begann, eine Reihe von Namen aufzulisten. Bis auf einen benannte sie acht Männer ausschließlich mit Vornamen.

Hella forderte sie auf, von dem Abend und der Nacht zu erzählen.

Nach kurzem Zögern begann Kim Krone. Im ersten Club hatten sie eine Gruppe von vier Männern kennengelernt, die sich über das Wochenende auf Norderney aufhielt und nach Anschluss suchte. Sie hatten getanzt und waren irgendwann weitergezogen. Zwei der Männer seien bei ihnen geblieben, und im nächsten Club sei eine weitere Gruppe von drei Männern zu ihnen gestoßen. Der Abend habe dann im »Loft Club« geendet. Wer mit wem später wohin gegangen sei, vermochte Kim Krone nicht zu sagen. Gegen sieben hätten sie sich im Haus getroffen und dort bei Kaffee und frischen Croissants gefrühstückt. Dabei sei es zum Streit gekommen. Worüber genau sie gestritten hatten, konnte oder wollte die junge Frau nicht verraten.

»Ist das Zimmer, in dem Antonia geschlafen hat, schon gereinigt worden?«, fragte Hella.

»Die Putzfrau war schon da. Wenn Sie das meinen.«

»Wir müssen das Zimmer trotzdem sehen.«

»Dürfen Sie das so einfach?«

»Wenn Sie es uns erlauben, dürfen wir das. Wenn nicht, kommen wir spätestens morgen mit einem Durchsuchungsbeschluss zurück. Sie können wählen.«

»Das ist …« Kim Krone schluckte den Rest des Satzes hinunter und sagte stattdessen: »Meinetwegen.«

»Wann wird Ihr Vater wieder auf Norderney sein?«, fragte Hella.

»Keine Ahnung. Er ist viel unterwegs und nur ganz selten hier auf Norderney.«

»Sie gehen im Moment nicht zur Schule?«

»Nein. Brauchen Sie auch noch meinen Lebenslauf?« Sie stand auf. »Ich denke, ich habe Ihnen alles gesagt, was mit Antonia zusammenhängt. Wollen Sie jetzt das Zimmer sehen?«

8

»Hunger, Herr Kollege?«, fragte Hella, an Lars gewandt.

Sie hatten bei der kurzen Durchsicht des Gästezimmers nichts Auffälliges gefunden. Ganz offensichtlich hatte die Haushaltshilfe ganze Arbeit geleistet.

»Eigentlich nicht«, antwortete Lars und versuchte, sich anhand einer Karte auf seinem Smartphone zu orientieren. »Der Ortskern liegt gut einen Kilometer in Richtung Westen. Die Polizeistation ist auch in dem Eck.«

»Das werden wir ja wohl noch schaffen«, meinte Hella schmunzelnd. Wenn wir den kleinen Weg da nehmen, sollten wir auch zum Strand kommen.«

Lars zuckte mit den Schultern und folgte ihr. Zwei Minuten später standen sie am Strandübergang und schauten auf die Nordsee, die kurz zuvor ihren Höchststand erreicht hatte. Sie liefen bis zur Wassergrenze, um hier auf dem harten Boden angenehmer laufen zu können.

»Und?«, fragte Lars, der den Reißverschluss seiner Jacke hochgezogen hatte, um sich vor dem frischen Wind zu schützen.

»Großes Schauspiel von der jungen Dame. Meine verstorbene Oma würde sie als ›durchtrieben‹ bezeichnen. Sie hat uns sicher nicht die ganze Wahrheit erzählt.«

»Das ist auch mein Eindruck. Fragt sich nur, was sie uns verschwiegen hat. Um worum hat sich der Streit gedreht? Drogen? Männer? Alkoholexzesse?«

»Wieso sind die drei gegen fünf nach Hause und frühstücken dann um sieben, statt auszuschlafen?«, fragte Hella weiter.

»Ist mir auch ein Rätsel.«

»Wenn sie denn überhaupt zusammen gegangen sind. Ich glaube nicht daran.«

»Sondern?«

»Kann ich dir noch nicht sagen. Im Moment ist das nur so

eine Ahnung. Eins steht fest, Antonia ist hier auf der Insel verschwunden oder direkt nach ihrer Rückkehr auf dem Festland. Es wäre schon sehr merkwürdig, wenn das nichts mit dem Streit zu tun hätte.«

»Wenn es denn einen Streit gab«, warf Lars ein.

»Du meinst, sie ist nachts gar nicht in das Haus der Krones zurückgekehrt?«

»Wäre das nicht eine Möglichkeit? Sie hat jemanden kennengelernt, ist mit ihm in ein Hotelzimmer oder Ferienhaus gegangen und ...« Lars rieb sich mit der Hand über die Stirn. »Keine Ahnung, was dann passiert sein könnte.«

Hella grinste. »Vielleicht ist sie an einen Zauberer geraten, der sie ...«

»Sehr witzig!«, fiel Lars ihr säuerlich ins Wort.

»Hey, Herr Kollege! Seit wann bist du so humorlos? Also gut, gehen wir einmal davon aus, dass Antonia mit einem Mann angebandelt hat. Wenn sie mit ihm gegangen ist, dann sicherlich nicht nur, um etwas zu schmusen. Was könnte schiefgelaufen sein, dass sie von dem Mann festgehalten wurde? Und noch wichtiger, wo ist sie jetzt? Eine Person von der Insel gegen ihren Willen aufs Festland zu bringen, ist ausgesprochen schwierig.«

»Gibt es hier nicht einen großen Hafen?«

»Du meinst, sie könnte an jemanden geraten sein, der mit seiner Yacht hier vor Anker lag? Durchaus möglich. Einer von uns sollte später zum Hafenmeister gehen und sich die Buchungslisten des letzten Wochenendes geben lassen.«

»Übernehme ich.«

»Ich muss zugeben, an die Sache mit dem Boot habe ich auch schon gedacht. Erkundige dich doch bitte, ob bestimmte Yachten häufiger hier festmachen. Es wird eine ganze Reihe von Schiffen geben, die hier ihren Heimathafen haben. Da musst du feststellen, wer an diesem Wochenende vor Ort war. Sicher sind ja auch Insulaner unter den Eignern.«

»Klingt nach reichlich Arbeit. Gibt es weitere Möglichkeiten, von der Insel zu kommen?«

»Norderney hat einen Flughafen. Sportflugzeuge. Schwierig,

aber möglich, damit eine Person gegen ihren Willen von der Insel zu bringen. Ich frage später den Kollegen Hinrichs, ob er jemanden da hinschicken kann. Es muss ja eine Liste geben. Das Zeitfenster ist ja eingrenzbar. Samstagnacht bis Dienstagabend, würde ich vorschlagen.«

Inzwischen waren sie an der Promenade angekommen und wechselten auf den gepflasterten Weg. Lars studierte noch einmal die Karte. »Entweder biegen wir hier gleich in den Ort ab oder gehen noch dreihundert Meter geradeaus und schwenken dann um.«

»Promenade«, schlug Hella vor. »Wir waren beim Flughafen stehen geblieben. Hast du noch mehr Ideen?«

»Es müssen doch reichlich Waren hier ankommen. Ich habe auf der Fähre diese kleinen Container gesehen. Die werden dann ja wahrscheinlich leer wieder zurückgeschickt. Könnte man da …?«

»Wenn man die entsprechenden Kontakte hat, wäre es vielleicht möglich. Allerdings wäre das schon eine haarige Angelegenheit, zu viele Mitwisser, und die Person im Container könnte sich bemerkbar machen. Wenn sie allerdings …« Hella stutzte. Ging sie intuitiv schon davon aus, dass Antonia nicht mehr lebte?

»… tot ist, meinst du?«, fragte Lars.

»Ja, ausschließen können wir das wohl nicht mehr.«

Lars blieb stehen und deutete auf eine größere Straße, die in den Ort hineinführte. »Wir müssen hier lang.«

Hella stand in der Fußgängerzone von Norderney und blickte auf die Eingangstür eines netten Cafés. Hinrichs hatte ihnen ein Hotel vermittelt, in dem Hella und Lars bereits ihre Zimmer bezogen hatten. Lars hatte sich anschließend auf den Weg zum Sporthafen gemacht, und Gerd Hinrichs war mit dem Dienstwagen zum Flughafen gefahren. Hella wollte sich noch einmal Antonias Laptop vornehmen, nachdem Lars die gelöschten Dateien mit einem Programm wieder sichtbar gemacht hatte.

Das Café war wohnlich eingerichtet. Hella nahm an einem

Tisch am Fenster Platz und bestellte sich einen Milchkaffee und ein Stück Apfelkuchen mit Sahne. Als sie gerade den Laptop aufklappen wollte, betrat ein junger Mann das Café, der ihr, obwohl er ihr den Rücken zuwandte, bekannt vorkam. Als er sich suchend nach einem Platz umsah, erkannte sie Benjamin Weiher.

Er zuckte kurz zusammen, kam dann aber direkt auf ihren Tisch zu. »Guten Tag, Frau Brandt.« Er reichte ihr die Hand.

»Setzen Sie sich doch«, schlug Hella vor und wartete mit ihrer Frage, bis er bestellt hatte. »Haben Sie heute keine Schule?«

Benjamin Weiher zuckte mit den Schultern. »Ich habe mich krankgemeldet.«

»Sie sind hier auf der Suche nach Antonia?«

Er nickte. »Verrückt, ich weiß. Aber ich musste irgendwas machen. Und Sie sind sicher auch nicht zufällig hier auf der Insel, oder? Haben Sie etwas entdeckt? Antonia war doch hier am Wochenende.«

»Woher wissen Sie das?«

»Johanna Thies. Ich habe sie angerufen und ... Erst wollte sie nichts sagen, aber dann ist sie damit rausgerückt. Ich verstehe einfach nicht, was Antonia an dieser blöden Kuh findet.« Er stutzte. »Entschuldigen Sie meine Wortwahl. Aber das trifft am besten, was ich von Johanna halte.«

»Kein Problem.«

Sein Blick fiel auf den Laptop. »Ist das Antonias?«

»Ja. Ihre Mutter hat ihn uns zur Verfügung gestellt. Bisher haben wir aber nichts Wichtiges darauf gefunden.«

»War der nicht passwortgeschützt? Antonia hat immer sehr darauf geachtet, dass niemand da drankam. Nicht einmal ich durfte ihr über die Schulter schauen.«

»Hat sie Tagebuch geführt?«

»Genau weiß ich das nicht, aber ich könnte es mir vorstellen.«

»Was könnte Antonia bewogen haben, mit Johanna nach Norderney zu fahren?« Als sie ihre Frage ausgesprochen hatte, wurden Kaffee und Kuchen serviert. Sie trank einen Schluck. »Und?«, fragte sie.

»Darüber denke ich schon nach, seit ich davon gehört habe. Vor ein paar Wochen hat Antonia etwas gesagt, was mir nicht mehr aus dem Kopf geht. Ihr Leben sei so langweilig wie das einer Sechzigjährigen.«

»Wie meinte sie das?«

»Das habe ich auch gleich gefragt und keine wirklich befriedigende Antwort bekommen. Abitur, Studium, Ehe, Kinder. Das waren die Stichworte, die sie mir genannt hat.«

»Hat sie deshalb mit Lennard Schluss gemacht?«, fragte Hella aus einer Eingebung heraus.

»Sie meinen …«, er schluckte, »es war gar nichts dran an der Sache mit Nele? Das ist alles von Antonia erfunden worden, um sich nicht rechtfertigen zu müssen?« Er zögerte kurz. »Das ist absurd.«

»Nur ein Gedanke. Antonia hatte also Angst vor einer langweiligen Zukunft. Sie wollte ausbrechen aus dem jetzigen Rahmen?«

Benjamin Weiher ließ sich Zeit mit der Antwort. »Rahmen? Wenn Sie es so nennen wollen. Ich sagte Ihnen ja schon beim letzten Mal, dass Antonia manchmal zwei Gesichter hatte. Die ruhige, vernünftige Antonia, die Abitur machte und mindestens Medizin studieren und Ärztin werden würde und gleichzeitig noch zwei oder drei Kinder aufzog. Und die andere Antonia, die zweifelte, die weglaufen und um die Welt reisen wollte, die … ja, die sich vielleicht sogar wünschte, mal ein Vamp zu sein.«

»Vamp? Hat sie das gesagt?«

»Gesagt nicht, aber als ich gefragt habe, was sie sich zum Geburtstag wünscht, hat sie mir gesagt, sie wolle verführerische Dessous. Natürlich hat sie gleich darauf gelacht und gemeint, dass das ein Scherz gewesen wäre. Aber später … Ich weiß nicht, es hatte gar nicht nach einem Scherz geklungen.«

»Warum hätte sie sich keine Dessous wünschen sollen? Die Figur dafür scheint sie ja zu haben.«

»Verstehen Sie mich nicht falsch, mir ist egal, ob Antonia Dessous trägt oder nicht. Aber sie ist einfach nicht der Typ dafür. Das ist nicht Antonia, wie ich sie kenne.«

Hella nickte. »Das glaube ich Ihnen schon, aber gehen wir mal einen Augenblick davon aus, dass Sie da falschliegen. Wäre es dann nicht durchaus denkbar, dass sie für ein paar Tage abtauchen wollte in eine vollkommen andere Welt?«

»Dass sie mir nichts davon gesagt hat, kann ich ja noch verstehen, aber dass sie ihre Mutter einfach darüber im Ungewissen lässt, wo sie ist und ob sie überhaupt noch lebt ... Nein, das würde Antonia niemals tun.«

»Es mag sein, dass Sie recht haben. Noch etwas anderes: War Lennard der einzige Mann, mit dem Antonia bisher intim war?«

»Ja, ich glaube schon. Direkt haben wir nicht darüber gesprochen, aber wenn ich eins und eins zusammenzähle, wird es wohl so sein. Warum fragen Sie?«

»Das ist mein Job. Ich muss so viel wie möglich zusammentragen und es dann bewerten«, wich Hella dem jungen Mann aus.

Hella sah, dass ihre Antwort Benjamin nicht zufriedenstellte.

»Waren Sie bei Kim Krone?«, stellte sie die nächste Frage.

»Ja, aber sie hat mich abblitzen lassen. Vor dem Tor. Ich solle verschwinden! Angeschrien hat sie mich, regelrecht ausgeflippt ist sie.«

Hella aß ihren Apfelkuchen auf und trank den letzten Schluck aus der Tasse. »Ich denke, Sie sollten mit der nächsten Fähre zurückfahren. Ich verspreche Ihnen, dass ich Sie sofort informiere, wenn es etwas Neues gibt.«

Benjamin Weiher legte den Kopf in den Nacken und zog scharf die Luft ein. »Es fällt mir schwer, aber wahrscheinlich ist es im Moment das Beste, wenn ich wieder nach Esens fahre.«

Er stand auf und reichte Hella die Hand. Sie war warm und weich. Als sich ihre Blicke trafen, erstarrte Hella kurz. Er schien es bemerkt zu haben, schwieg aber stirnrunzelnd.

»Danke, dass Sie so offen mit mir gesprochen haben«, sagte

er und wollte sich gerade abwenden, als Hella ihn zurückhielt: »Darf ich fragen, wie Ihr Vater heißt?«

»Mein Vater?«, fragte er erstaunt. »Warum?«

»Sie kommen mir so bekannt vor. Die einzige Erklärung, die ich habe, ist, dass Ihr Vater jemand ist, mit dem ich in meiner Jugend bekannt war.«

»Ehrlich? Mein Vater heißt Detlef Weiher, aber bevor Sie darüber nachdenken, ob Sie ihn von früher kennen, er ist nicht mein leiblicher Vater, sondern ich wurde adoptiert. Meinen Erzeuger kenne ich nicht, und ich will ihn auch nicht kennenlernen.«

Hella war inzwischen auch aufgestanden und wusste im ersten Augenblick nicht, wie sie reagieren sollte. »Ach, so ist das. Gut, dann muss ich mich wohl irren.«

Sie verabschiedeten sich, und Hella sah ihm unruhig hinterher, als er das Café verließ.

9

Hella schreckte auf. Die Kellnerin stand vor ihrem Tisch und fragte, ob sie ihr noch etwas bringen könne.

»Einen Milchkaffee, bitte«, sagte Hella, immer noch in Gedanken.

Die Kellnerin nickte und wandte sich ab.

Hella schloss die Augen und sah noch einmal Benjamin Weiher vor sich. Die Ähnlichkeit war verblüffend, er war adoptiert worden, trotzdem wäre es ein unglaublicher Zufall, wenn er … Nein, sie steigerte sich da in etwas hinein. Der Schwangerschaftstest kam ihr in den Sinn. Er lag immer noch auf der Rückbank ihres Dienstfahrzeuges auf dem Festland. Warum hatte sie ihn nicht eingesteckt, als sie an Bord der Fähre gegangen war? Hatte ihre Angst davor, den Test zu machen, etwas mit ihren Phantastereien um Benjamin Weiher zu tun? Am besten wäre es wohl, wenn sie später bei einer Apotheke vorbeigehen würde, um sich einen neuen Test zu besorgen.

Ihr Blick fiel auf Antonias Laptop, der immer noch unbeachtet vor ihr stand. Sie klappte ihn auf und öffnete den Ordner, den Lars für sie eingerichtet hatte. Hundertdrei Dateien hatte er mit seinem Programm wiederherstellen können. Die größte Anzahl hatte mit Antonias Schularbeiten zu tun, einige Dateien enthielten Fotos, die offensichtlich älteren Datums waren, und nur drei Dateien waren privater Natur. Zwei davon zeigten angefangene Briefe, die an Antonias Freund Lennard gerichtet waren. Im ersten schrieb sie, dass sie nicht mehr wisse, ob sie ihn liebe, und deshalb vorschlug, eine Auszeit zu nehmen. Der Brief endete mitten im Satz und schien dann von ihr verworfen worden zu sein. Der zweite Entwurf war auch unvollständig, aber wesentlich länger. Antonia schrieb an Lennard, dass sie sich eingeengt fühle, weil sie kaum noch unter Menschen komme, seit sie mit ihm zusammen sei. Sie beklagte sein einnehmendes Wesen und seine, wie sie es nannte, eifersüchtigen Phasen. In jedem dritten Satz milderte sie ihre vorherige Aussage wieder ab, schien aber fest entschlossen zu sein, die Beziehung zu beenden.

Das letzte Dokument war eine Art Tagebuch ohne Datumsangabe und anscheinend in unterschiedlichen Zeitabständen geschrieben. Die ersten Eintragungen datierte Hella anhand der Aufzeichnungen um zwei Jahre zurück. Antonia schrieb über die Freundinnen in der Schule. Sie fühlte sich häufig ausgeschlossen und überlegte, ob es an ihrem Verhalten lag. Die Avancen von Jungen wies sie zurück, weil sie Angst hatte, dass sie nur ihr Äußeres sehen würden oder nur darauf aus waren, mit ihr zu schlafen. Wenige Tage nach ihrem siebzehnten Geburtstag lernte sie einen Jungen kennen, der neu auf die Schule gekommen war. Sie beschrieb den ersten Kuss, die vorsichtige Annäherung und ihre Gedanken darüber, ob sie mit ihm intim werden wollte. Schließlich machte der Junge mit ihr Schluss, was Antonia schwer traf. Sie gab sich selbst die Schuld – ihrem Zögern – und nahm sich vor, beim nächsten Freund alles anders zu machen. Kurz darauf traf sie Benjamin und fühlte sich zum ersten Mal in der Nähe eines Jungen aufgehoben und verstanden. Zwischen den Zeilen las Hella, dass sich Antonia in den ersten Wochen Hoffnungen gemacht hatte, mit Benjamin zusammenzukommen, aber dann schrieb sie, dass sie einen wunderbaren Freund gefunden habe, den sie nicht mehr missen wollte.

Lennard trat zwei Monate später in ihr Leben. Auf einer Geburtstagsparty hatte Antonia zu viel Alkohol getrunken und wurde von Lennard nach Hause gefahren. Noch im Auto küsste er sie. Am nächsten Tag trafen sie sich wieder, Antonia verliebte sich in ihn und ließ sich vier Wochen später die Pille verschreiben. Ihr »erstes Mal« beschrieb sie sehr kühl und nachdenklich. Sie hatte Angst, etwas falsch gemacht zu haben, und schrieb, dass sie erstaunt war, wie schnell die Angelegenheit vorbei gewesen war. Lennard beschrieb sie als unbeholfen und hektisch. Einige Einträge später vermutete sie, dass es auch für ihn das erste Mal gewesen war, er es aber nicht hatte zugeben wollen.

In einem Eintrag beschäftigte sie sich mit ihrem Vater. Benjamin hatte ihr erzählt, dass er adoptiert worden sei und kein Bedürfnis habe, seine leiblichen Eltern kennenzulernen. Sie sprachen über ihren Vater, den sie seit vielen Jahren nicht mehr gesehen hatte. Sie machte sich auch Gedanken darüber, ob sie ihn jemals vermisst hatte und wo er sich aufhielt. Ihre Mutter wollte sie nicht danach fragen und überlegte, ob sie ihn ausfindig machen sollte.

Die Einträge über ihre Beziehung mit Lennard wurden weniger. Als er ihr einen Ring schenkte und damit unausgesprochen eine Art Verlobung verband, schrieb sie, wie schwer es ihr gefallen war, den Ring anzunehmen – und dass sie ihn nur tragen würde, wenn sie mit ihm eine Verabredung hatte.

Bei Benjamin fand sie kein Ohr für ihre Probleme und versuchte es bei Johanna, die sie darin bestärkte, den Langweiler abzuschreiben. Antonia zögerte, und Hella vermutete, dass sie Mitleid mit Lennard gehabt hatte. Je mehr sie sich von ihm entfernte, desto deutlicher warb er um sie. Sie sagte Verabredungen kurz zuvor ab, hatte schlechte Laune, wenn sie sich trafen, verweigerte den Sex, mit der Begründung, dass es ihr mit ihm keinen Spaß mehr mache. Das alles schreckte Lennard nicht ab, er schien sich noch mehr Mühe zu geben. Schließlich nahm sich Antonia vor, selbst Schluss zu machen.

Hier endeten die Eintragungen. Hella schloss den Laptop, als Lars das Café betrat. Er setzte sich zu ihr und bestellte sich einen Kaffee. Hella gab ihm eine kurze Zusammenfassung von dem Gespräch mit Benjamin Weiher und berichtete ihm von ihren Erkenntnissen zu den wiederhergestellten Dateien.

»Hast du im Sporthafen etwas erreicht?«

»Zum Glück habe ich den Hafenmeister angetroffen. Er hat mir die Listen ausgedruckt, auch wenn er nicht davon begeistert war und was von der neuen Datenschutzverordnung erzählt hat.«

»Werden denn alle Boote erfasst?«

»Wenn sie sich anmelden, schon. Und die, die auf Norderney einen Stammplatz haben, sind natürlich ohnehin bekannt.

Am Wochenende war er bis Einbruch der Dunkelheit vor Ort und geht nicht davon aus, dass später noch eine Yacht angelegt hat.«

»Hat er Antonia am Hafen gesehen?«

»Nein. Er kennt sie nicht. Wie gesagt, ich habe die Liste, aber die muss ich erst mal durcharbeiten. Das wird eine Weile dauern. Allerdings habe ich noch …« Er hielt einen Datenstick hoch. »Jetzt darfst du mal raten, was da drauf ist.«

»Gibt es Kameras am Hafen?«

»Die Kandidatin hat hundert Punkte. Eine Kamera – und die überwacht den einzigen Zugang zu den Booten. Vom Hauptsteg gehen dann jeweils die einzelnen Stege mit den Bootsliegeplätzen ab. Allerdings wird es dauern, bis ich die ganzen Aufnahmen durchgesehen habe.«

»Immerhin! Ein Anfang.«

»Wie gehen wir weiter vor?«, wollte Lars wissen.

»Trink deinen Kaffee aus. Wir gehen jetzt erst mal essen. Vor zweiundzwanzig Uhr ist doch ohnehin nichts los in den Clubs.«

Hella führte ihn durch den Ort. Lars schaute sich interessiert um und kommentierte das Gesehene: »So richtig Inselflair kommt hier aber nicht auf. Das fühlt sich eher wie in einer beliebigen Kleinstadt an.« Er sah an den drei- bis vierstöckigen Geschäftshäusern hoch. »Oder?«

»Wart's ab. Gleich hast du mehr Inselflair.« Sie schmunzelte. »Vertrau einfach mal deiner Chefin.«

»Mache ich doch immer«, murmelte Lars und folgte ihr.

»Hier müssen wir rein.« Hella zeigte auf ein Straßenschild mit der Bezeichnung »Lüttji Damenpfad«. Schon von Weitem hörten sie das Meer rauschen. Am Ende des Weges gingen sie an einer Hotelanlage vorbei und kamen an eine hohe Düne, die sie über zahlreiche Treppenstufen bestiegen.

»›Marienhöhe‹«, erklärte Hella. »Ist erst vor zwei Jahren komplett saniert worden. Ich war seitdem auch noch nicht wieder hier.« Der große weiße Rundpavillon mit grünem Kupferdach lag hoch über der Nordsee und bot einen phantastischen Ausblick. »Ich habe für draußen reserviert. Ist das in Ordnung? Achtzehn Grad sollten es noch sein.«

Lars nickte, und Hella fragte beim Servicepersonal nach ihrem Tisch. Kurz danach saßen sie auf bequemen Stühlen und genossen den Panoramablick.

»Wow! Wird nicht noch ein Kriminalkommissar für die Insel gesucht?«, fragte Lars schmunzelnd. Er bestellte »Backfisch Marienhöhe«, hinter dem sich Filet vom Seehecht verbarg, Hella wählte gebratenes Heilbuttfilet mit Gnocchi und geschmorten Paprika. »Meinst du, dass Antonia noch lebt?«, fragte Lars, als der Kellner zum nächsten Tisch gegangen war.

»Ich hoffe es doch sehr. Allerdings schließe ich nach den Tagebucheintragungen auch nicht mehr aus, dass sie freiwillig untergetaucht ist. Auch wenn es schwer vorstellbar ist, dass sie ihrer Mutter keine Nachricht hinterlassen hat.«

»Stand in den Einträgen denn gar nichts über die Mutter?«

»Genau das hat mich auch gewundert.«

»Aber wenn sie wirklich Probleme mit ihr gehabt hätte, hätte sie dann nicht etwas über sie geschrieben?«

»Denkbar ist vieles. Vielleicht hat sie ihre Mutter als Ursache für ihre Zerrissenheit ausgemacht, und das erst nach dem letzten Eintrag. Vielleicht will sie ihr eine Lektion erteilen. Von wegen: ›Lass mich mein eigenes Leben leben und misch dich nicht immer ein!‹«

Lars ließ seinen Blick über die Nordseelandschaft schweifen. Das Wasser hatte sich weit zurückgezogen und würde in Kürze wieder auflaufen. Das Watt glänzte in der tief stehenden Sonne, einige Möwen flogen dicht über den Sand auf der Suche nach Nahrung. Zahlreiche Spaziergänger flanierten über die Promenade. »Schön hier«, sagte er. »Ich glaube, ich sollte mal öfter ein Wochenende auf einer der Inseln verbringen. Einfach nur abhängen, an nichts denken, Kraft tanken.«

»Gute Idee! Sobald wir den Fall abgeschlossen haben, bekommst du Urlaub.«

»Wenn es denn überhaupt einen Fall gibt«, antwortete Lars.

»Meinst du wirklich, dass sich Antonias Mutter so anders präsentiert hat, als sie wirklich ist?«

»Wir dürfen keine Option außer Acht lassen. Aber du hast recht, wir sollten das nicht unbedingt als Ausgangspunkt für unsere Ermittlungen nehmen. Schauen wir mal, ob wir heute Nacht weiterkommen. Ich denke, wir gehen getrennt und inkognito. Als Polizisten können wir uns immer noch zu erkennen geben.«

»Zweiundzwanzig Uhr hast du gesagt. Dann kann ich mich vorher noch an die Aufzeichnungen vom Hafen machen.«

»Alles gut bei dir?«, fragte Leon, als Hella ihn am Abend anrief.

»Außer dass mir einige Stunden in verschiedenen Clubs bevorstehen, undercover und vermutlich mit vielen sabbernden Männern.«

»Muss ich mir Sorgen machen?«, fragte er lachend. »Vielleicht finde ich ja noch ein Flugzeug, was mich rüberfliegt. Dann begleite ich dich als Bodyguard.«

»Ich glaube, ich schaff das. Zur Not habe ich ja noch meine Watte, die ich den Typen unter die Nase halten kann.«

»Dir geht es nicht besonders gut, oder?«, fragte Leon, jetzt ernst und ruhig.

Hella fiel der Schwangerschaftstest ein, den sie vergessen hatte erneut zu besorgen. Weder über den Test noch über ihre seltsamen Gedanken zu Benjamin Weiher konnte sie mit ihm sprechen.

»Ich wäre lieber bei dir«, wich sie ihm aus.

»Morgen Abend. Du kommst doch?«

»Hundertprozentig kann ich dir das nicht versprechen. Ehrlich gesagt ist der Fall extrem verzwickt. Wir sind uns nicht einmal sicher, ob die junge Frau nicht freiwillig untergetaucht ist.«

»Hatte sie einen Grund?«

»Gute Frage! Warum taucht man unter?«

»Weil man Angst vor jemandem hat«, schlug Leon vor. »Oder weil man etwas getan hat, was nicht ganz koscher war.

Oder weil man sich schämt, Rede und Antwort zu stehen, wem gegenüber auch immer.«

Sich schämen. Das wäre eine Reaktion, die sie Antonia vielleicht zutrauen würde. Aber vor wem sollte sie sich schämen? Vor ihrer Mutter? Vor Benjamin? Vor Johanna und Kim?

»Bist du noch da?«, fragte Leon.

»Entschuldige. Du hast mich gerade auf eine Idee gebracht. Tut mir leid, ich kann offensichtlich nicht richtig abschalten. Wie war dein Tag?«

»Alles gut. Wir sind einen Riesenschritt weitergekommen. Wahrscheinlich können wir bald den Prototyp herstellen lassen, und dann geht es für eine Woche ab in wärmere Gefilde – zum Testen.«

»Oh, davon hast du mir ja noch gar nichts erzählt.«

»Bisher war nicht klar, ob ich das übernehme oder der bisherige Tester. Er hat sich aber heute für ein halbes Jahr abgemeldet. Angeblich Burn-out, aber die Kollegen hier vermuten, dass er für die Konkurrenz arbeitet.«

»Darf er das denn so einfach?«

»Natürlich nicht. Er hat Verträge, die das ausschließen. Deshalb ja die Geheimnistuerei. Ich vermute, dass das ein böses Ende für ihn nimmt. Wenn das wirklich zutrifft und beweisbar ist, wird er reichlich Ärger bekommen.«

»Und dabei dachte ich, mein Beruf ist der spannendere«, antwortete Hella lachend.

»Zumindest habe ich dich etwas aufheitern können. Habt ihr eigentlich eine halbwegs passable Unterkunft gefunden?«

»Für ein oder zwei Nächte wird es gehen. Etliche Bundesländer haben im Moment Herbstferien, da wird es auf den Inseln noch mal voll. Schon gar bei so gutem Wetter.«

10

Hella klopfte an Lars' Tür, die er kurz darauf öffnete. »Auf in den Kampf?«, fragte er grinsend.

»Bist du mit den Aufnahmen vom Sporthafen weitergekommen?«

Er zog seine Jacke an und schloss die Tür. »Ich habe mir das zu einfach vorgestellt. Die Aufnahmen sind qualitativ nicht gerade der Hit. Bei zwei Paaren bin ich mir unsicher, ob nicht die Gesuchte dabei sein könnte. Aber ich bin auch noch nicht durch.«

»Okay.«

Sie verließen das Hotel und spazierten durch den Ort in Richtung Westen. Die drei Clubs waren jeweils nur fünfzig Meter voneinander entfernt. Hella betrat das »Blue Moon«, während Lars weiter zum »Queens« ging.

Hella setzte sich an die diskret beleuchtete Theke und bestellte einen Martini. Von ihrem Platz aus hatte sie die Tanzfläche und die verschiedenen Sitzbereiche im Blick. Die Plätze waren nur spärlich belegt, die Männer waren deutlich in der Überzahl. Das Durchschnittsalter der Gäste schätzte Hella auf Anfang vierzig.

Der Barkeeper, ein Mann in Hellas Alter, reichte ihr das Glas. »Urlaub?«

»Ein paar Tage ausspannen ist immer eine gute Idee«, erwiderte Hella ausweichend.

»Ja, bei dem schönen Herbstwetter nur zu empfehlen.« Der Barkeeper ließ den Blick über sein Revier schweifen, keiner der Gäste schien etwas bestellen zu wollen. »Ganz allein unterwegs?«

»Im Moment, ja«, sagte Hella und lächelte. »Aber bei dem Männerüberschuss hier wird sich das wohl bald ändern.«

»Finn«, stellte er sich vor.

»Hella.«

»Wo bist du untergekommen?«

»Im Hotel ›Seesteg‹.«

»Nett.«

»Ist hier immer so wenig los?«

»Der Abend ist noch jung, Hella. Die Herren und Damen machen sich gerade ausgehfein und werden sicher bald hereinschneien.«

Ein Gast am anderen Ende der Theke hob seinen Arm, Finn nickte Hella zu und eilte davon. Fünf Minuten später stand er ihr wieder auf der anderen Seite der Theke gegenüber.

»Immer noch allein?«, fragte er schmunzelnd.

»Du bist doch da«, erwiderte Hella. »Eine Freundin hat mir euren Club empfohlen. Sie war am letzten Wochenende hier. Samstag.«

»Ja, da war hier der Bär los. Ich bin erst um sechs ins Bett gekommen.«

»Viele junge Leute, meinte meine Freundin.« Hella schaute sich um. »Heute eigentlich nicht.«

»Nein, eigentlich haben wir hier ein gutes Alter. Manche Damen sind schon mal etwas jünger. Aber die Herren sind mehr in meinem Alter oder darüber.«

»Stimmt, Britta sprach von drei jungen Mädchen, die aussahen, als wären sie sechzehn.«

Finn grinste. »War da jemand neidisch auf die jungen Damen?«

Hella erwiderte sein Grinsen. »Könnte durchaus sein. Britta hat da manchmal so ihre Vorbehalte. Ihre Tochter wird bald fünfzehn, da kommt man schon mal ins Grübeln.«

»Ich kann dich beruhigen. Die drei Grazien waren volljährig. Da achtet der Chef strikt drauf. Und sie haben sich auch gut benommen.«

»Ups! Sind die drei schon aufgefallen?«

»Darf ich ja eigentlich nicht erzählen, aber weil du's bist. Zwei von denen sind in der letzten Zeit ständig hier.« Er schaute sich um. »Jetzt nicht. Meistens nur am Wochenende.«

»Auf der Jagd sozusagen?«

Finn lachte. »Könnte man so formulieren. Ich bin ja eigentlich von Berufs wegen blind, aber manches Mal dachte ich schon, die beiden wären Professionelle.«

»Hier? Auf Norderney? Und dann noch in dem Alter?« Hella verbarg ihr Erstaunen nicht.

Finn hob schützend die Hände. »Ich habe nichts gesagt. War nur so mein Eindruck. Wählerisch sind die beiden auf jeden Fall nur in einer Richtung.« Er rieb den Zeigefinger und den Daumen aneinander. »Sprich: Ich hätte bei den Damen sicher keine Chance gehabt.«

Hella schüttelte den Kopf. »Die Jugend ist auch nicht mehr das, was sie mal war. Als ich in dem Alter war, fand ich alle über dreißig …« Sie legte bewusst eine Kunstpause ein. »Sorry, dass ich das so sage, also ich fand sie nicht so sexy.«

Finn lachte. »Kein Thema. Ich weiß schon, was du meinst.«

Er ließ wieder seinen Blick über die Theke schweifen und bemerkte eine kleine Gruppe, die noch nicht mit Getränken versorgt war. »Ich muss mal kurz …«

Im nächsten Moment war er bei ihnen und nahm die Bestellung auf.

Ein Mann um die vierzig, leger gekleidet, zurückgegelte Haare, trat an die Theke und lächelte Hella an. »Hallo! Zum ersten Mal hier?«

»Nein«, antwortete Hella. »Du?«

Der Mann schmunzelte. »Gut gebrüllt, Löwe. Ich wollte dich nicht anmachen, falls du das meinst.«

»Da bin ich aber froh.«

Finn, der Barkeeper, kam zurück. »Hey, Karl. Whisky?«

Karl nickte und bekam im nächsten Augenblick ein Glas gereicht.

»Wie geht es deiner Frau?«, fragte Finn. »Deiner Tochter bin ich übrigens gestern über den Weg gelaufen. Sie ist ja richtig groß geworden.«

»Ja, das ist sie wohl«, antwortete Karl und glitt vom Barhocker. Zu Hella gewandt murmelte er: »Man sieht sich.«

»Danke!«, sagte Hella, als Karl außer Hörweite war.

»Dachte ich mir doch, dass er nicht dein Typ ist.«

»Eher nicht. Schenkst du ihm immer den billigen Whisky ein?«

Finn winkte ab. »Alles andere wäre doch Perlen vor die Säue. Karl kann Fusel nicht von Topware unterscheiden. Nun gut, als Fahrradverleiher ist man nicht unbedingt Whisky-Experte.« Finn grinste. »Bezahlen wird er übrigens den Preis für den Vierzigjährigen.«

»Gute Strategie!« Hella sah sich im Club um, der sich langsam füllte. »Gibt es denn wirklich Professionelle hier? Ich meine, das war doch eben ein Scherz von dir, oder?«

Finn beugte sich zu ihr rüber und sprach leiser. »Eigentlich nicht. Dabei hat zumindest eines der Mädchen keine Geldsorgen. Ihr Vater besitzt hier eine stattliche Villa und ist wohl Industrieller oder so was. Auf jeden Fall Knete bis zum Abwinken.«

»Das Mädchen macht das zum Spaß? Nicht dein Ernst.«

»Ich habe nichts gesagt. Und wenn du mehr wissen willst, frag lieber Karl oder einen seiner feinen Freunde.«

Hella tat erstaunt. »Sieh an! Habe ich mich doch nicht getäuscht. In der Ecke hätte ich den Herrn auch vermutet. Was soll's! Jedem das Seine. Und wenn die Mädchen Spaß dabei haben …«

»Noch einen Martini?« Finn schien bemüht zu sein, das Thema zu wechseln.

»Gern.«

Finn reichte ihr ein neues Glas und nahm das alte in Empfang.

»Wartet auf dich kein Mann zu Hause?«, fragte der Barkeeper.

Hella hielt ihre rechte Hand hoch. »Ich bin nicht verheiratet, falls du das meinst.«

Er musterte sie. »Dann halt ein Lebensgefährte oder wie immer du es nennen willst.«

»Ich bin gern allein«, antwortete Hella und spürte einen kleinen Stich in der Herzgegend. War das jetzt ihre Undercover-Rolle oder …

»Ja, das ist mir schon klar, aber da ist noch mehr. Oder täusche ich mich?«

»Hobbypsychologe?«, fragte Hella schroffer, als sie es vorgehabt hatte.

Ein Gast rief Finn zu sich, er meinte an Hella gewandt: »Bin gleich wieder da.«

»Wo waren wir stehen geblieben?«, fragte Hellas neuer Bekannter wenige Minuten später. »Stimmt! Hobbypsychologe.« Finn grinste. »Ehrlich gesagt ist es schon etwas mehr als ein Hobby. Aber mein Psychologiestudium liegt jetzt schon ein paar Jahre zurück.«

Hella warf ihm einen ungläubigen Blick zu. »Und was machst du hier auf Norderney?«

»Das Übliche. Die Liebe. Mein Mann arbeitet hier als Hotelmanager. Mir ist irgendwann die Decke auf den Kopf gefallen und da …« Er zuckte mit den Schultern.

»Geschichten gibt's! Ist es dir nicht schwergefallen, wegen der Liebe alles stehen und liegen zu lassen?«

»Klar. Aber es ist auch nicht für immer. Nur, da ich mit Jan zusammen sein wollte, musste ich mich entscheiden. Und das habe ich gemacht.«

Hella musste an Leon denken, der das Gleiche hätte sagen können. Er hatte verzichtet und war geblieben, Finn hatte verzichtet und war mit seinem Lebensgefährten mitgegangen.

Sie schob den Barhocker nach hinten. »Ich muss los. War nett bei dir.« Sie lächelte ihn an. »Sehr nett sogar.«

»Lass dich wieder blicken. Würde mich freuen.«

Hella legte einen Zwanzig-Euro-Schein auf den Tresen und nickte Finn zu. »Bis dann!«

Draußen auf der Straße atmete sie tief durch, bevor sie Lars eine Nachricht schrieb. Er meldete sich sofort und war zehn Minuten später bei ihr. Sie suchten sich eine Kneipe in der Nähe und bestellten sich einen Kaffee.

»Wie ist es gelaufen?«, fragte Hella.

»Lauter Laden. Hippe Musik. Unfreundliches Personal, was nicht sehr auskunftsfreudig war. Also ich …«

»Bedeutet?«

»Chefin, kannst du mich vielleicht mal ausreden lassen?«

»Bitte!«, sagte Hella mit einer entschuldigenden Geste.

»Eine nette Gesprächspartnerin habe ich noch gefunden. Ein Dauergast, würde ich mal vermuten. Sie arbeitet in der Sommersaison in einem der Hotels als Eventmanagerin und ist, wenn sie nicht selbst um die Zeit arbeiten muss, im ›Queens‹. Wie gesagt, wir sind ins Gespräch gekommen. Sie war letzten Samstag im Club. Und kennt Kim Krone, wenn auch nicht namentlich, aber vom Sehen und ihren Auftritten dort.«

»Lass hören!«

»Kim Krone ist seit einigen Monaten regelmäßig unterwegs. Nach Ansicht von Nadine, das ist die Eventmanagerin, ist sie immer auf der Suche nach – Originalton Nadine – Frischfleisch. Sie lässt sich von erheblich älteren Männern, offensichtlich wohl in erster Linie Feriengäste, aushalten und amüsiert sich mit ihnen. Johanna scheint auch schon einige Male dabei gewesen zu sein, Antonia am Wochenende wohl das erste Mal. Zumindest kannte Nadine sie nicht.«

»Aushalten? Was meint deine Informantin damit?«

Lars schmunzelte. »Das habe ich auch gleich gefragt, aber Nadine ist darüber hinweggegangen. Du denkst an …«

»Prostitution«, ergänzte Hella. »Freizeitprostitution. Oder …« Sie legte den Kopf in den Nacken und überlegte. »Worum geht es den beiden Mädchen? Lassen wir mal einen Augenblick Antonia außer Acht und konzentrieren uns auf Kim und Johanna.«

»Geld, worum sonst?«

»Macht! Sie spielen mit den Männern und zeigen ihnen, wer der Boss ist. Vielleicht wollen sie gar kein Geld für ihre eigentlichen Dienste, sondern es geht hier um eine Art Erpressung.«

»Weit hergeholt, oder?«

»Vielleicht ist es ja beides. Geld und Macht.«

»Mag alles sein, aber was hat das mit dem Verschwinden von Antonia zu tun?«

»Wenn ich das wüsste, wären wir einen Riesenschritt weiter.

So, lass uns zusammen in den ›Loft Club‹ gehen, dieses Mal aber offiziell. Dort waren die drei am längsten und bis zum Schluss.«

»Kriminalpolizei.« Hella zeigte dem Türsteher ihren Ausweis. »Wir müssen den Geschäftsführer sprechen.«

Der junge Mann an der Tür erschrak, bat sie dann darum, einen Augenblick zu warten. Er trat einen Schritt zur Seite und telefonierte. Schließlich führte er die beiden Kommissare durch den Club in einen langen Flur, an dessen Ende das Büro des Geschäftsführers lag. Er klopfte, trat ein und kündigte sie an.

Ein Mann Anfang vierzig in Anzug, weißem Hemd, mit kurzen blonden Haaren und glatt rasiert, kam auf sie zu und bot ihnen einen Platz an. Nachdem er sich die Ausweise hatte zeigen lassen, stellte er sich als Rob Meier vor und fragte, was er für die Kommissare tun könne.

»Sie waren am letzten Samstag auch im Club?«, begann Lars.

»Selbstverständlich. Der Samstag ist neben dem Freitag unser Hauptumsatztag. Ist etwas Besonderes vorgefallen?«

Lars beugte sich vor und reichte ihm das Foto von Antonia Wittmeier. »Diese junge Dame war nach Mitternacht bis zur Schließung bei Ihnen zu Gast. Ist sie Ihnen aufgefallen?«

Er musterte das Foto, schob es dann zu Lars zurück. »Wie gesagt, am Samstag ist es brechend voll. Mag sein, dass das Mädchen hier war. Ist sie noch nicht volljährig?«

»Kennen Sie Kim Krone?«, fragte Hella, ohne auf seine Frage einzugehen.

»Kim? Ja, selbstverständlich. Was ist mir ihr?«

»Herr Meier, *wir* stellen hier die Fragen. Vielleicht können wir uns darauf einigen?«

Er hob entschuldigend die Arme. »Natürlich, Frau Hauptkommissarin.«

»War sie am letzten Samstag hier?«

»Ja.« Rob Meier lächelte abgeklärt.

»Wer war in ihrer Begleitung?«

»Ach, Sie meinen die beiden Freundinnen von Kim.« Er beugte sich vor. »Darf ich noch einmal das Foto sehen?«

Lars reichte es ihm.

»Wo Sie es jetzt sagen, ja, das könnte durchaus eine von ihnen gewesen sein. Ich erinnere mich. Ein bildhübsches Ding. Entschuldigen Sie, dass ich nicht gleich geschaltet habe.«

»Sie kennen Kim Krone privat?«, fragte Hella, die sein kleines Schauspiel amüsiert verfolgt hatte.

»Ach, wissen Sie, ich mache da nicht so einen großen Unterschied. Alle Stammkunden sind per se meine Freunde. Das ist in etwa so wie auf Facebook. Als Geschäftsführer habe ich da nicht die große Wahl. Die Gäste müssen sich bei uns wohlfühlen, quasi wie zu Hause. Wir sind so was wie eine Ersatzfamilie für manche unserer Besucher. Sie verstehen?«

Hella lächelte zurück. »Die junge Frau ist also bei Ihnen Stammgast?«

»Ja, sie lebt wohl seit dem Frühjahr auf Norderney. Aber das wissen Sie ja sicher.« Rob Meier grinste selbstsicher. »Sonst wären Sie ja nicht die Polizei.«

»Darf ich bitte Ihren Personalausweis sehen?«, fragte Hella.

»Ups! Wenn ich erfahren darf, was hier überhaupt gespielt wird?«

Hella hielt ihm die Hand hin. »Bitte!«

Er zog widerwillig eine Schublade auf und reichte Hella den Ausweis, den sie an Lars weitergab.

»Mit wem hatten die drei jungen Frauen am Samstag Kontakt in Ihrem Club?«

»Ich bitte Sie! Das ist nun wirklich nicht unsere Aufgabe – unsere Gäste zu bespitzeln. Tut mir leid, selbst wenn ich es wüsste, würde ich es nicht sagen. Was glauben Sie, wie lange uns unsere Gäste noch erhalten bleiben würden, wenn wir jeden Kontakt nach außen posaunen würden?«

»Wir brauchen die Namen und Adressen von Ihren Mitarbeitern, die am Samstag zwischen zwölf und fünf im Club anwesend waren.«

»Dürfen Sie das überhaupt? Ich kann doch nicht einfach sensible Daten herausgeben.«

Hella sah ihn ruhig an. »Wollen Sie es wirklich darauf ankommen lassen?«

Robert Meier zog die Tastatur zur sich her, tippte etwas ein und druckte ein Blatt aus, das er Hella reichte. Die Liste umfasste vier Namen, zwei Männer und zwei Frauen. »Im Moment ist nur Niklas da. An der Bar, falls Sie ihn suchen.«

Hella stand auf, Lars folgte ihr, nachdem er dem Clubbesitzer seinen Ausweis zurückgegeben hatte. »Vielen Dank für Ihr Entgegenkommen, Herr Meier. Falls wir noch Fragen haben, wissen wir ja, wo wir Sie finden.«

11

Niklas, der Barkeeper, ein junger Mann Mitte zwanzig, bejahte Hellas Frage, ob er Antonia auf dem Foto wiedererkannte.

»Ja, die war am Samstag mit Kim und Johanna hier. Warum?«

»Zum ersten Mal?«

»Zumindest habe ich sie vorher noch nie bemerkt«, antwortete er vorsichtig.

»Wie lange war sie hier?«

»Das kann ich nicht sagen. Ich habe von hier keinen freien Blick auf den Ausgang.«

»War sie in männlicher Begleitung?«

Niklas lachte. »Das kann man so sagen. Die Typen haben sich den Hals nach ihr ausgerenkt.«

»Ist Ihnen jemand besonders aufgefallen?«

»Wissen Sie, was hier Samstagnacht los ist? Tut mir leid, da kann ich nicht helfen.«

»Was für einen Eindruck hat sie auf Sie gemacht?«, fragte Lars.

Niklas zuckte mit den Schultern. »Keine Ahnung. Warum sollte …«

»Antworten Sie einfach!«, fiel ihm Hella scharf ins Wort. Sie fixierte ihn. »Also?«

»Hab ich irgendwas verpasst?«, fragte er mit patzigem Unterton.

»Bisher noch nicht. Wenn es Ihnen lieber ist, dass wir Sie mit allem Drum und Dran vorladen …« Hella wandte sich langsam ab.

»Hey, ist ja schon gut.« Er sah sich kurz um, bevor er antwortete. »Die Kleine war ganz schön drauf. Sie wissen schon, diese niedlichen kleinen Pillen, mit denen man auch mal zwei Tage durchtanzen kann. Aber Sie haben das nicht von mir.«

»Alkohol?«

»Von mir nicht. Aber das muss nichts heißen. An den Tischen

wird ja auch serviert, und was jemand mit den Drinks macht, die er hier bei mir abholt, kann ich nicht kontrollieren.«

»Kennen Sie Karl? Er hat einen Fahrradverleih auf Norderney.«

»Logo.«

»War er Samstagnacht hier?«

»Mag sein.«

»Hatte er oder einer seiner Kumpel ein Auge auf das Mädchen geworfen?«

Niklas lächelte unsicher. »Dazu kann ich jetzt wirklich nichts sagen.« Er drehte sich zu einem Gast um, der wartend an der Bar stand. »Ich müsste dann auch mal …«

Hella nickte. »Danke für Ihre Informationen.«

Die beiden Kommissare verließen die Bar und gingen die Straße hinunter.

»Und nun?«, fragte Lars.

»Ich bleibe noch eine Weile hier, und du legst dich schlafen. Morgen um acht Frühstück?«

»Im Hotel?«, fragte Lars und verzog dabei sein Gesicht.

»Zwei Straßen weiter habe ich ein ruhiges Café gesehen, das ab acht ein Frühstücksbüfett anbietet.«

»Klingt gut! Und was machst du jetzt noch hier?«

»Nur so eine Ahnung.«

Lars verabschiedete sich, nachdem er sich noch einmal vergewissert hatte, dass Hella keine Unterstützung wollte.

Nach nicht einmal zehn Minuten trat Rob Meier aus dem Club, schaute sich nach beiden Seiten um und ging danach mit schnellen Schritten die Straße hinunter. Hella, die im Halbschatten eines Hauseingangs gewartet hatte, folgte ihm in gebührendem Abstand. Ihre Vermutung stellte sich schnell als richtig heraus. Meier war offensichtlich auf dem Weg zur Krone-Villa. Als er ans Tor trat, erklang der Türöffner, er ging hinein und verschwand hinter der Mauer.

Hella lief an der Grundstücksbegrenzung entlang. Die Wartezeit vor dem Club hatte sie damit verbracht, die Umgebung der Villa auf Google Earth zu studieren. Sie überquerte den Zaun des Nachbargrundstücks und ging weiter, bis die Mauer in eine Hecke überging, die sie problemlos durchqueren konnte.

Robert Meier stand im hell erleuchteten Wohnzimmer des Hauses und redete mit wilder Gestik auf Kim Krone ein. Die stand mit beiden Händen in den Hosentaschen vor ihm und schien darauf zu warten, dass er sich beruhigte. Schließlich wandte sie sich ab, ging zur Hausbar und schenkte dort zwei Whisky-Gläser halb voll. Meier schüttelte zunächst den Kopf, als die junge Frau wieder vor ihm stand, griff dann aber nach dem Glas und nahm einen kräftigen Schluck. Kim lächelte verführerisch und trat nah an den Clubbesitzer heran. Schließlich knöpfte sie langsam ihre Bluse auf, Knopf für Knopf, und ließ sie mit einer graziösen Bewegung auf den Boden fallen. Als Nächstes folgte die Jeans, die sie wie in einer eleganten Tanzbewegung auszog. In schwarzen knappen Dessous stand sie vor ihm, er stellte das Glas ab und zog sie an sich. Hella, die die gesamte Szene gefilmt hatte, stoppte in diesem Augenblick die Aufnahme und verließ den Garten.

Lars und Hella bedienten sich am Frühstücksbüfett und setzten sich in eine ruhige Ecke des Cafés.

»Gut geschlafen?«, fragte Hella, die Lars noch nicht über ihren nächtlichen Ausflug informiert hatte.

»Bis eins habe ich noch hochinteressante Filmaufnahmen studiert.« Er grinste. »Gestochen scharfe Bilder, HD-Qualität.«

»Also dunkel und pixelig.«

»Ja, leider. Und du?«

Hella zog ihr Smartphone aus der Tasche und legte es Lars vor. »Ich bin unter die Filmemacher gegangen.« Sie startete das Video und aß danach genüsslich ihr Rührei mit Krabben weiter.

»Warum hast du ausgerechnet da gestoppt?«, fragte Lars schmunzelnd und schob ihr das Handy zurück.

»Ich habe an dein Alter gedacht und …«

Lars rollte mit den Augen. »Sehr witzig!«

Hella unterdrückte ein breites Grinsen. »Was sollte da noch kommen? Auf diese Vorstellung hatte ich nun wirklich keine Lust. Und? Was sagst du?«

»Die beiden kennen sich besser, als dieser Robert Meier zugeben wollte. Aber was hat das nun mit Antonias Verschwinden zu tun?«

»Meier steckt in der Sache mit drin. Was immer das für eine Sache ist. Und sie scheint nicht unbedingt legal zu sein.«

»An was denkst du?«

»Da Kim Krone sich auch mit anderen Männern einlässt, ist er entweder ihr Zuhälter …«

»Ich weiß nicht«, unterbrach Lars sie. »Sie machte mir nicht den Eindruck, als wenn sie sich von so einem Typen sagen lassen würde, was sie zu tun und zu lassen hat – und als ob sie anschließend auch noch das verdiente Geld an ihn abliefern würde.«

»Da stimme ich dir zu, aber vollkommen ignorieren können wir den Ansatz trotzdem nicht. Aber gut, suchen wir nach einer anders gearteten Geschäftsbeziehung. Vielleicht bekommt er eine Provision, weil die Anbahnungen in seinem Club passieren?«

»Oder sie erpressen die Männer?«

»Das wäre auch meine letzte Vermutung gewesen.«

»Und Antonia?«, wiederholte Lars. »Wie passt sie in die ganze Geschichte? Wegen ihr sind wir schließlich hier.«

In diesem Augenblick machte sich Hellas Handy bemerkbar. Gerd Hinrichs, der Inselpolizist, meldete sich.

»Moin, Kollege«, begrüßte ihn Hella.

»Alexander Krone hat mich gerade angerufen. Seine Tochter ist verschwunden, und er hat ein Erpresserschreiben im Briefkasten gefunden.«

»Sind Sie sicher?«, fragte Hella erstaunt. »Ich meine …«

»Ganz sicher. Sind Sie noch auf der Insel?«

Hella nannte ihm das Café, und Hinrichs bat sie darum, in zwei Minuten vor der Tür zu warten. Er würde sie mit dem Auto abholen.

Hella war schon während des Gesprächs aufgestanden. Lars sah sie fragend an. »Was ist passiert?«

»Sag ich dir gleich. Bezahl bitte schnell. Hinrichs holt uns sofort ab.«

Lars sprang auf, griff seine Jacke und war bereits auf dem Weg zum Tresen, als Hella den Wagen vorfahren sah. »Ich geh schon raus«, rief sie Lars zu.

Hella setzte sich auf den Beifahrersitz. »Einen Augenblick noch. Mein Kollege bezahlt gerade.« Hinrichs war mit seinem eigenen Fahrzeug gekommen und hatte keine Uniform an.

»Tut mir leid, dass ich Ihr Frühstück unterbrechen musste.«

Lars öffnete die hintere Tür und ließ sich auf die Rückbank fallen. »Sagt mir mal einer, was hier los ist?«

Gerd Hinrichs startete den Motor und fuhr an, während Hella sich zu Lars umdrehte. »Kim Krone ist offensichtlich entführt worden. Der Vater hat sich soeben beim Kollegen Hinrichs gemeldet.«

»Wie bitte?«, fragte Lars und stöhnte auf.

»Ich bin auch mehr als erstaunt …«, meinte Hella nur und blickte unruhig aus dem Fenster.

Gerd Hinrichs parkte seinen Wagen auf Hellas Anraten in einer Seitenstraße. Nacheinander liefen sie in kurzen Zeitabständen die hundert Meter zurück und fanden das Tor geöffnet. Als Hella und anschließend Lars mit schnellen Schritten aufs Haus zueilten, stand Hinrichs bereits neben Kims Vater an der Haustür.

»Das sind zwei Kriminalbeamte aus Wittmund, die sich wegen einem anderen Fall hier auf Norderney aufhalten«, erklärte er Alexander Krone, der die drei Polizisten ins Haus bat. Auf den ersten Blick entsprach Kims Vater nicht im Mindesten Hellas Vorstellungen. Er trug Jeans und ein Sweatshirt. Beides keine teure Designerkleidung. Selbst die Sneakers waren Massenware. Er war einen Kopf größer als Hella, hatte für einen Mann weiche Gesichtszüge, freundliche Augen und blonde Haare, denen man ansah, dass er vermutlich bei der Überfahrt auf dem Oberdeck gestanden hatte.

»Ich bin mit der ersten Fähre gekommen«, begann Alexander Krone und bat die Polizisten ins Wohnzimmer. »Kim war nicht da. Ich habe gleich ihre Nummer angerufen, aber das Handy ist ausgestellt. Und dann habe ich das hier im Postkasten gefunden.«

Hella hatte sich bereits Latexhandschuhe übergezogen und nahm das Blatt in Empfang.

»Kennen Sie sich überhaupt aus mit Entführungen?«, fragte Kims Vater. In seiner Stimme klang die Verzweiflung mit, und seinem Gesichtsausdruck sah Hella an, wie schwer die Last auf ihm lag.

»Ich bin Hauptkommissarin und habe lange Jahre beim LKA gearbeitet. Unter anderem in genau diesem Bereich. Sie können mir vertrauen.« Sie hatte inzwischen das Blatt in einer Asservatentüte verstaut, die Lars ihr gereicht hatte, und las laut vor:

»›Wir haben Ihre Tochter. Bleiben Sie ruhig und schalten Sie auf keinen Fall die Polizei ein. Besorgen Sie zwei Millionen in kleinen, gebrauchten Scheinen. Sie haben bis Donnerstag um zwölf Uhr Zeit. Dann setzen wir uns mit Ihnen in Verbindung. Noch mal: keine Polizei, sonst stirbt Ihre Tochter.‹«

»Das sind nicht einmal drei Stunden«, sagte Alexander Krone. »Das ist unmöglich. Deshalb habe ich auch angerufen.« Er schluckte. »Obwohl mir das ausdrücklich untersagt war.«

»Wann haben Sie das letzte Mal mit Kim gesprochen?«, fragte Hella.

»Am letzten Freitag. Ich war geschäftlich in Singapur und habe ein paarmal versucht, sie zu erreichen. Wir haben dann nur kurz gesprochen, weil ich … egal. Sie wusste auch nicht, dass ich heute komme. Ich wollte sie überraschen und …« Er brach mitten im Satz ab und schloss mit schmerzverzerrtem Gesicht seine Augen.

Hella stand auf. »Wir müssen uns kurz draußen besprechen, Herr Krone. Wir sind gleich wieder bei Ihnen.«

Kims Vater nickte, aber Hella war sich nicht sicher, ob er sie verstanden hatte. Sie gab Lars und Gerd Hinrichs ein Zeichen, zusammen verließen sie den Raum.

»Ich habe Kim gestern spätabends mit Robert Meier vom ›Loft Club‹ gesehen.«

»Wann?«, fragte Hinrichs.

»Kurz nach zwölf. Meier hat sie hier im Haus aufgesucht, und es sah nicht so aus, als wenn er unmittelbar wieder hätte gehen wollen.«

»Die Zeit drängt! Was machen wir?«, fragte Lars.

»Können Sie, Kollege Hinrichs, zu Meier nach Hause fahren und ihn, falls er anzutreffen ist, befragen? Wann hat er sich von Kim getrennt? Ist ihm etwas Besonderes aufgefallen? Und so weiter. Rufen Sie mich bitte an, wenn Sie fertig sind oder falls Sie ihn nicht finden.«

»Okay! Wer bleibt hier bei Herrn Krone?«

»Kannst du das machen, Lars? Wenn er dazu in der Lage ist, befrage ihn vorsichtig. Ich fahre zur Polizeiwache, spreche mit dem Staatsanwalt und hole die notwendigen Kollegen nach Norderney. In spätestens einer Stunde bin ich wieder hier.«

Lars nickte. Hella und Hinrichs verließen das Haus im Abstand von einigen Minuten. Während der Fahrt lobte Hella ihren Kollegen, dass er so umsichtig gewesen war, in Zivilkleidung und mit seinem Privatwagen zum Haus der Krones zu fahren. Er ließ sie bei der Polizeistation aussteigen und fuhr weiter.

Ihr erstes Telefonat galt dem Staatsanwalt. Es endete damit, dass er sie weiterreichte an Oberstaatsanwalt von Bohlen, als er den Namen Krone hörte. Sie schilderte von Bohlen die Situation und einigte sich nach kurzer Diskussion mit ihm darauf, dass sie die Leitung der Ermittlungen übernehmen würde. Zudem sollte aus Emden Verstärkung in Form von speziell für Entführungsfälle ausgebildeten Kriminaltechnikern, zwei weiteren Kommissaren und einer Polizeipsychologin eintreffen. Vermutlich würden die Kollegen aus Emden am frühen Nachmittag vor Ort sein.

Hellas zweiter Anruf galt Enno Franzen, dem sie die aktuelle Situation erklärte. Sie teilte ihm mit, dass Lars und sie ihren Einsatz auf Norderney zeitlich ausdehnen mussten. Als Nächstes rief sie Antonias Mutter an und fragte, ob sich Antonia inzwischen bei ihr gemeldet habe. Frau Wittmeier verneinte mit zitternder Stimme und wollte wissen, was Hella unternehme, um Antonia zu finden.

»Wir sind weiter auf Norderney und verfolgen die Spur Ihrer Tochter«, erklärte ihr Hella. »Ich melde mich spätestens heute Abend bei Ihnen.«

Den Weg zurück zur Villa der Krones ging Hella zu Fuß. Sie versuchte, ihre Gedanken zu ordnen, fand aber nicht den geringsten Ansatz, wie Antonias Verschwinden und Kims Entführung zusammenhängen konnten. Kurz bevor sie das Anwesen erreichte, meldete sich Hinrichs telefonisch bei ihr.

»In der Wohnung ist niemand, ich habe sie vom Hausmeister öffnen lassen. Er hat Meier heute auch noch nicht gesehen. Bei seinem Handy springt sofort die Mailbox an, und im Club habe ich nur die Putzfrauen angetroffen. Ich bin aber jetzt auf dem Weg zu Meiers Stellvertreter und hoffe, dass zumindest der erreichbar ist.«

»Merkwürdig«, murmelte Hella, bedankte sich bei Hinrichs für seinen Einsatz und bat ihn darum, nach seiner Rückkehr in die Polizeistation Kontakt mit Emden aufzunehmen, um die Ankunft der weiteren Kollegen zu koordinieren.

12

Lars öffnete ihr das Tor.

»Hat sich irgendwer gemeldet?«, fragte Hella.

»Nein, bisher nicht«, antwortete er. »Krone hat die ganze Zeit wegen dem Lösegeld telefoniert. Vor morgen scheint es auf keinen Fall anzukommen.«

Hella fand Alexander Krone in seinem Arbeitszimmer. Er saß hinter einem großen Schreibtisch – gebeugter Rücken, geschlossene Augen. Als Hella auf ihn zukam, richtete er sich auf und nickte ihr zu. »Setzen Sie sich doch.«

»Es wäre gut, wenn mein Kollege sich etwas in Kims Zimmer umsehen könnte. Ist das in Ordnung, Herr Krone?«

»Im ersten Stock, den Flur entlang – die Tür ganz hinten.«

»Danke!« Hella ging zurück zu Lars, der auf dem Flur gewartet hatte, und teilte ihm mit, wo Kims Zimmer lag. Er nickte und begab sich auf den Weg zur Treppe, während Hella ins Arbeitszimmer zurückkehrte. Alexander Krone saß immer noch in der gleichen Stellung und starrte auf seinen Schreibtisch.

»Spätestens in vier oder fünf Stunden werden die Kollegen mit der entsprechenden Technik aus Emden hier sein«, sagte Hella. »Bis dahin müssen wir improvisieren, wenn sich die Entführer melden.«

Auf dem Schreibtisch lagen griffbereit zwei Handys und das Telefon des Netzanschlusses.

»Darf ich Ihnen ein paar Fragen stellen, Herr Krone?«

»Ja, natürlich.«

»Wie ich gehört habe, ist Ihre Tochter seit dem Frühjahr auf Norderney. Wie kam es dazu?«

Alexander Krone stöhnte leise. »Kim war eigentlich auf einem Internat in der Schweiz. Sie sollte dort ihr Abitur machen, aber … Nun ja, sie ist dort nicht zurechtgekommen, und eigentlich war die Idee, dass sie hier auf der Insel etwas zur

Ruhe kommt und sich überlegt, wie es mit ihrer Ausbildung weitergehen soll.«

»Hat Kim wegen der Leistungsanforderungen die Schule abgebrochen?«

»Mag sein, dass das letztendlich auch eine Rolle gespielt hätte, aber das Internat ist ihr zuvorgekommen und hat mich gebeten, den Vertrag vorzeitig zu beenden. Es gab da wohl ein paar Vorfälle.« Er blickte auf. »Aber die Ereignisse in der Schweiz haben ja wohl kaum etwas mit dieser …«, ihm schien es schwerzufallen, das Wort »Entführung« zu benutzen, »… mit dieser Sache zu tun.«

»Das kann ich im Moment noch nicht beurteilen. Es ist einfach wichtig, dass wir in der jetzigen Situation so viele Informationen wie möglich zusammentragen. Hat Kim denn eine Entscheidung für die Zukunft getroffen?«

»Ich fürchte, nein.«

»Wo ist Kims Mutter?«

»Nicht in Deutschland. Wir haben uns vor fast zwei Jahren getrennt. Vermutlich ist sie in Florida. Ich habe ihr schon eine Nachricht auf die Mailbox gesprochen.«

»Kim hatte keinen Kontakt zu ihr?«

»Wenn überhaupt, dann nicht sehr intensiv. Die beiden waren nicht immer einer Meinung, wenn Sie verstehen, was ich meine.«

»Durchaus. Und wie ist Ihr Verhältnis zu Kim?«

Alexander Krone stand auf und drehte eine Runde durch sein Arbeitszimmer. Schließlich setzte er sich wieder. »Die Frage kann ich, wenn ich ganz ehrlich bin, nur schwer beantworten. Wir streiten uns häufig und …« Er schluckte. »Dabei geht es auch sehr heftig zur Sache. Gut, wir reden dann irgendwann wieder miteinander, aber zu einem wirklichen Ergebnis kommen wir selten. Ich habe natürlich Verständnis für ihre Situation, aber ich habe auch gefordert, dass sie mehr aus ihrem Leben macht. Und das durchaus mit Nachdruck.«

»Sie haben ihr das Taschengeld gekürzt?«

»Taschengeld? Ein merkwürdiger Begriff für eine Neunzehnjährige, oder? Aber es stimmt, ich habe Ihre Kreditkarte auf ein normales Limit begrenzt. Letztlich läuft es wohl aufs Gleiche hinaus.«

»Wie hat Kim darauf reagiert?«

Alexander Krone fuhr hoch. »Wie meinen Sie das?«

»Es tut mir leid, Herr Krone, aber ich muss solche Fragen stellen. Es fällt mir auch nicht immer leicht. Setzen Sie sich doch bitte wieder.«

Kims Vater sank zurück auf den Stuhl. »Schon gut, Sie haben ja recht. Begeistert war Kim ganz sicher nicht. Wobei ich sagen muss, dass sie immer noch über einen erheblich größeren Betrag verfügen kann als Gleichaltrige in ihrer Situation.«

»Wie genau muss ich mir ›nicht begeistert‹ vorstellen?«

Alexander Krone zögerte. »Kim ist manchmal sehr impulsiv. Aus dem Grund ist das Verhältnis zu ihrer Mutter auch auf einem Tiefpunkt. Beide haben sich in manchen Situationen nicht im Griff. Um es kurz zu machen: Kim hat drei Wochen nicht mehr mit mir geredet, danach kam die übliche Charmeoffensive und der Versuch, mich umzustimmen. Ihren Wünschen stand ich, sagen wir mal, nicht so offen gegenüber, wie Kim sich das vorgestellt hatte. Aber gut, das Ganze hat sich vor über einem halben Jahr abgespielt, und inzwischen hat sich unser Verhältnis wieder normalisiert.«

Hella konnte sich lebhaft vorstellen, was zwischen Vater und Tochter abgelaufen war. Auf jeden Fall passte die Information zu ihrem Verdacht, dass Kim sich über andere Wege Geld beschafft haben könnte. Hella warf einen verstohlenen Blick zur Uhr. Halb elf. Würden sich die Entführer Punkt zwölf melden? Einiges sprach dafür.

»Mein Kollege sagte mir, dass Sie bereits wegen des Geldes telefoniert haben?«

»Die zwei Millionen können frühestens morgen Nachmittag hier auf der Insel sein.« Er stutzte. »Gehen Sie davon aus, dass die Übergabe hier stattfinden soll?«

»Dazu habe ich noch zu wenige Informationen. Falls die Entführer gleich anrufen werden, muss ich auf jeden Fall mithören und das Gespräch zumindest provisorisch mitschneiden.« Sie legte ihr mobiles Aufnahmegerät, das sie normalerweise bei Verhören einsetzte, auf den Tisch.

»Und was soll ich sagen?«

»Fordern Sie zunächst ein Lebenszeichen von Ihrer Tochter. Und bleiben Sie dabei konsequent. Ohne Lebenszeichen kein Geld. Dann fragen Sie nach der Übergabe, und als Letztes müssen Sie denen dann mitteilen, dass das Geld auf dem Weg nach Norderney ist. Sagen Sie einfach, dass sie gerade erst vor einer Stunde auf der Insel eingetroffen sind und noch nicht mit Ihrer Bank sprechen konnten. Fügen Sie hinzu, dass es kein Problem sein wird, das Geld zu besorgen, Sie aber Zeit brauchen.«

»Und wenn die drohen, Kim etwas anzutun?« Alexander Krone schien den Tränen nahe zu sein. Er atmete schwer, seine Hände wanderten unruhig auf der Tischplatte hin und her.

»Das werden die Entführer mit hoher Wahrscheinlichkeit machen. Lassen Sie sich dadurch nicht verunsichern. Beharren Sie darauf, ein Lebenszeichen von Ihrer Tochter zu bekommen, und versichern Sie denen, dass Sie auf jeden Fall bereit sind zu zahlen.«

»Und wenn die Sprache auf die Polizei kommt?«

»Sagen Sie, dass Sie in der Hinsicht nichts unternommen haben und es auch nicht tun werden. Meinetwegen können Sie auch eine abfällige Bemerkung über unsere Inselkollegen machen.«

Alexander Krone hatte sich, während Hella sprach, Notizen gemacht. Jetzt sah er auf und nickte. »Ich hoffe, ich bekomme das hin.«

»Wenn die Entführer anrufen, lassen Sie den Spickzettel beiseite. Es ist wichtig, dass diese Typen das Gefühl bekommen, dass Sie der verängstigte Vater sind, der alles tun würde, um seine Tochter wieder freizubekommen.«

Alexander Krone warf ihr einen empörten Blick zu. »Das bin ich auch!«

Hella nickte. »Das sehe und das weiß ich. Aber die Entführer müssen es auch spüren. Deshalb, nichts ablesen. Machen Sie sich keine großen Gedanken. Wichtig: Lebenszeichen – Geld ist auf dem Weg – wie soll die Übergabe vonstattengehen. Diese drei Punkte.«

»Ja, das habe ich verstanden.« Er warf einen ängstlichen Blick auf seine Armbanduhr. »Ein Alptraum. Und das hier auf unserer Insel.«

Genau das trieb auch Hella um, seit sie von der Entführung erfahren hatte. Sie hatte um kurz nach halb eins in der Nacht den Garten der Krones verlassen, sicherlich war Meier nicht kurz nach ihr gegangen. Entweder war er mit entführt worden, oder die Tat hatte erst später stattgefunden. Die einzige Möglichkeit, die Insel unbemerkt in der Nacht zu verlassen, war eine private Yacht. Wie hatten die Täter Kim vom Haus zum Sporthafen gebracht? War der Täter, der das Auto gefahren hatte, auf der Insel geblieben? Oder stand das Auto noch in der Nähe des Hafens?

»Hat Kim hier ein Auto zur Verfügung?«

»Nein, wir haben Fahrräder. Ich finde es vollkommen überflüssig, auf einer so kleinen Insel mit dem Auto zu fahren.«

Wieder der Blick zur Uhr. Noch fünf Minuten.

Hella kontrollierte das Aufnahmegerät und nickte Alexander Krone aufmunternd zu.

Vier Minuten.

»Meinen Sie, dass Kim wieder freigelassen wird, wenn ich bezahle?«

»Die Wahrscheinlichkeit ist sehr hoch. Ja, wir können davon ausgehen, dass sie wieder freikommen wird, wenn alles glattläuft.«

Drei Minuten.

»Es gibt aber auch andere Fälle. Ich habe selbst davon gelesen.«

»Das ist richtig. Aber in der Regel …«

Eins von Alexander Krones Handys machte sich bemerkbar. Er warf einen hastigen Blick aufs Display, riss das Handy hoch und fauchte: »Jetzt nicht! Rufen Sie morgen wieder an.«

Im selben Moment beendete er das Gespräch und legte das Telefon zurück auf den Tisch. »Mein Büro! Diese Idioten!«

Eine Minute.

Alexander Krone starrte auf die vor ihm liegenden Telefone. »Und wenn …«, begann er, als das zweite Handy klingelte.

Mit zitternder Hand griff er nach dem Gerät, atmete einmal tief durch und stellte das Handy auf Empfang. Gleichzeitig klickte er auf das Lautsprechersymbol. »Krone hier!«

»Alexander Krone?« Die Stimme klang verzerrt. Hella hätte nicht sagen können, ob ein Mann oder eine Frau am anderen Ende der Leitung sprach.

»Ja.«

»Haben Sie das Geld?«

Kims Vater warf Hella einen hastigen Blick zu. Sie schüttelte den Kopf und deutete ihm an, nach Kim zu fragen.

»Wie geht es Kim? Ich will mit ihr sprechen.«

»Haben Sie das Geld?«

Hella nickte.

»Es ist auf dem Weg nach Norderney.«

»Wann?«

»Das kann ich noch nicht sagen. Ich bin erst vor einer Stunde hier angekommen und habe da erst Ihren Brief entdeckt. Die Bank tut alles Menschenmögliche, um das Geld schnell zu beschaffen. Morgen, ist mir gesagt worden. Morgen Nachmittag. Es wird mit einem Helikopter eingeflogen.«

»Verdammt, wo waren Sie?«

»Auf Geschäftsreise in Singapur. Ich kann wirklich …«

»Morgen ist der allerletzte Termin. Haben Sie mich verstanden?«

Hella formte mit dem Mund das Wort »Kim«.

»Ich will mit Kim sprechen. Hören Sie! Ich muss mit meiner Tochter sprechen. Ich muss wissen, ob es ihr gut geht.«

»Wir melden uns. Ihrer Tochter geht es gut. Ihr wird nichts passieren, wenn Sie tun, was wir Ihnen sagen.«

»Wo soll ich das Geld hinbringen?« Seine Stimme klang

von Mal zu Mal verzweifelter. Hella war sich sicher, dass die Entführer keinen Verdacht schöpfen würden.

»Wir melden uns! Morgen. Zwölf Uhr.«

Das Gespräch wurde unterbrochen. Alexander Krones Hand, in der er das Telefon hielt, sank langsam nach unten. Mit aufgerissenen Augen, die sein ganzes Entsetzen ausdrückten, starrte er Hella an. »Sie haben mich nicht mit Kim sprechen lassen.«

Hella stoppte das Aufnahmegerät. »Das muss nichts heißen, Herr Krone. Vielleicht war Kim nicht in der Nähe desjenigen, der angerufen hat. Beim nächsten Gespräch werden Sie von vornherein darauf bestehen, mit Kim zu sprechen.«

Alexander Krone nickte, aber Hella sah ihm an, wie viel Kraft ihn die letzten Stunden und vor allem das Telefongespräch gekostet hatten. Er saß mit geschlossenen Augen da und atmete flach. Beide Hände lagen auf dem Schreibtisch, als hätte er Angst, dass sie ihm entgleiten könnten.

»Kann ich Sie kurz allein lassen?«, fragte Hella und ging aus dem Büro, als Krone die Augen öffnete und nickte.

Sie fand Lars im ersten Stock, wo er eines der Gästezimmer durchsuchte. »Haben die Entführer schon …«

»Ja. Ein kurzes Gespräch. Ein Lebenszeichen von Kim haben sie verweigert. Hast du was gefunden?«

»Das kann man wohl sagen«, antwortete Lars und wollte gerade weitersprechen, als Hellas Handy klingelte. Sie nahm das Gespräch an und fragte Hinrichs, ob er etwas erreicht hätte.

»Wie man's nimmt. Ich habe Meiers Stellvertreter aus dem Bett geklingelt. Er hat nicht die geringste Ahnung, wo sich sein Chef aufhält. Er sei gestern nach Mitternacht aus dem Club verschwunden und nicht wiedergekommen. Als der gute Mann dann sein Handy kontrollierte, fand er eine Nachricht von Meier. Er sei einschließlich dem kommenden Wochenende abwesend. Mehr nicht. Er hat auch versucht, ihn zu erreichen, war aber genauso erfolglos wie wir.«

»Okay. Sind die Kollegen aus Emden auf dem Weg?«

»Ich hole sie um zwei vom Flughafen ab. Die Frage ist, wie

bekommen wir die Kriminaltechniker ins Haus, ohne dass wir auffallen?«

»Kennen Sie die Nachbarn von Krone? Das Haus links, wenn Sie vor dem Tor stehen.«

»Ja, das ist Johann Groth. Der hat ein Restaurant im Ort. Warum?«

»Rufen Sie ihn bitte an. Wenn ich das richtig gesehen habe, ist sein Grundstück von zwei Seiten zu erreichen. Sie könnten die Kollegen über den Garten ins Haus bringen.«

»Okay! Ich kümmere mich darum.«

»Und?«, fragte Hella, nachdem sie das Gespräch beendet hatte.

»Komm mit!« Lars verließ das Gästezimmer und eilte über den Flur zu einem Zimmer, das doppelt so groß und deutlich individueller eingerichtet war. Es war wohl das Zimmer von Kim. Lars zeigte auf das Bücherregal. »Das vierte von links.«

Hella trat näher an das Regal und ließ von Lars, der immer noch seine Latexhandschuhe trug, das Buch herausnehmen. Er öffnete es und zeigte Hella das Innenleben des Buches, das aus einer Mikrokamera und einem Sender bestand, die höchst professionell ins Buch eingebaut worden waren. Von außen war die Kamera nur mit viel Mühe zu erkennen.

»Direkt neben dem Fenster. Vermutlich deshalb, damit die Herren, die hier unfreiwillig zu Schauspielern geworden sind, davon ausgehen, dass von außen gefilmt wurde.«

Hella nickte. »Hast du den Empfänger gefunden? Wo werden die Aufnahmen gespeichert?«

»Noch nicht, aber ich vermute, dass die Daten zum Laptop gesandt und da dann gespeichert werden.«

»Weitere Kameras?«

»Ich war gerade dabei, das Gästezimmer zu durchsuchen. Das Zimmer, das Kim Krone uns als angebliches Zimmer von Antonia gezeigt hat, ist auf jeden Fall clean.«

»Womit wir wieder bei Antonia wären. Was ist mit ihr passiert, und was hat das mit der Entführung von Kim zu tun?«

13

Hella informierte den Oberstaatsanwalt und sprach mit ihm die nächsten Schritte ab. Ein zweiter Anruf galt ihrem Chef in Aurich, Kriminalrat Onken, den sie bereits auf dem Weg zur Villa über den Entführungsfall informiert hatte.

»Trauen Sie sich das zu?«, stellte Onken die gleiche Frage wie schon zwei Stunden zuvor.

»Ist Ihre Frage nicht eher die, ob Sie mir das zutrauen?« Es wurde still in der Leitung. »Ich habe an drei großen Entführungsfällen in der SoKo-Leitung mitgearbeitet. Wir können natürlich auch Unterstützung in Hannover von meinen ehemaligen Kollegen vom LKA anfordern, wenn Ihnen das lieber ist.«

»Der Oberstaatsanwalt ist der Meinung, dass Sie die richtige Person sind. Ich schließe mich seinem Urteil an. Was ist im Übrigen mit dem vermissten Mädchen? Deshalb waren Sie doch eigentlich auf der Insel.«

»Ich gehe davon aus, dass die Fälle zusammenhängen. Allerdings weiß ich noch nicht, wie. Wir sind dran.«

»Ich will regelmäßig informiert werden. Egal, zu welcher Zeit.« Er hielt kurz inne. »Sie wissen sicher, dass die Familie Krone nicht irgendwer ist.«

Daher wehte der Wind. Onken hatte Angst, dass etwas schieflaufen würde und er dafür die Verantwortung tragen müsste. »Durchaus, Herr Kriminalrat.«

»Sagen Sie Bescheid, wenn ich Ihnen, wie auch immer, helfen kann.«

Sie verabschiedete sich von ihrem Chef und ließ kopfschüttelnd das Handy zurück in die Tasche gleiten.

»Onken?«, fragte Lars, als sie zu ihm ins Gästezimmer trat.

»Der Herr hat Angst, dass ich versage und etwas an ihm hängen bleibt. Vergiss es einfach!« Lars stand auf einem Hocker und suchte mit der Taschenlampe die dunklen Stellen im Zimmer ab.

»Die Kamera aus dem anderen Zimmer ist doch mobil. Vielleicht hat Kim sie bei Bedarf hier auf dem Regal positioniert.« Hella trat ans große Fenster und öffnete es. »Oder ... Du hast nicht zufällig ein Fernglas dabei?«

»Nein, aber in Kims Zimmer war eins. Brauchst du es?«

Wenig später reichte Lars ihr das Fernglas, sie öffnete erneut das Fenster und suchte die Bäume an der Grundstücksgrenze ab. Schließlich reichte sie das Glas an Lars weiter. »Siehst du das Vogelhaus? Wenn mich nicht alles täuscht, ist das da ein Objektiv.«

»Ich fass es nicht«, murmelte Lars. »Clever! Aus der Position aufgenommen, kann man wirklich abstreiten, etwas damit zu tun zu haben. Vielleicht gibt es ja noch mehrere von diesen digitalen Vogelhäuschen.« Er schwenkte das Glas über die Baumreihe. »Ich glaube, ja. Wahnsinn!« Er gab Hella das Fernglas zurück und zeigte auf zwei weitere Bäume.

»Sieht ganz so aus. Aber wir können da jetzt nicht raus und in den Bäumen rumklettern. Das wäre viel zu auffällig in der jetzigen Situation.« Sie schloss das Fenster. »Was ist hier im Haus mit Antonia passiert?«

»Wir sollten Johanna Thies noch einmal in die Mangel nehmen. Sie ist Kims beste Freundin und hat doch garantiert bei dem – ich nenne es jetzt mal, gefährlichen – Spiel mitgemacht.«

»Ich weiß. Nur will ich es nicht Franzen überlassen, sie zu befragen. Nicht, dass er das nicht könnte, aber wir stecken viel tiefer in dem Fall drin und können sie deshalb besser unter Druck setzen.« Sie warf einen Blick auf die Uhr. »Ich gehe wieder zu Herrn Krone, kannst du darauf achten, wann die Kollegen aus Emden kommen? Hinrichs wird sie über den Garten des Nachbarn einschleusen.«

Hella fand Alexander Krone in der Bibliothek. Er hatte die drei Telefone auf einen kleinen Beistelltisch gelegt und trank aus einem gut gefüllten Whisky-Glas.

»Ich weiß, ich sollte jetzt nichts trinken. Es bleibt auch bei dem einen Drink, versprochen.« Er nahm Platz auf einem der beiden Sofas und bat Hella darum, sich zu ihm zu setzen. »Sind Sie schon lange Polizistin?«

»Direkt nach dem Abitur bin ich auf die Polizeiakademie gegangen.«

»Das ist sicher ein anstrengender Beruf.«

»Ich habe gewusst, auf was ich mich einlasse. Bisher komme ich gut damit klar.«

»Sie waren beim Landeskriminalamt?«

»Ja, das ist richtig.«

»Und jetzt sind Sie in Wittmund?«

»Ich komme ursprünglich aus Ostfriesland. Ich wohne in der Nähe von Bensersiel direkt hinter dem Deich.«

»Verstehe. Trotzdem nicht unbedingt ein Karrieresprung nach oben, oder?«

»Manchmal sind andere Dinge wichtig. Ich fühle mich hier wohl, mein Lebensgefährte ist Surflehrer, ich liebe die Nordsee und die Küste.« Hella vermied es normalerweise, mit Zeugen oder Angehörigen über persönliche Dinge zu sprechen, aber in diesem besonderen Fall schien es ihr sinnvoll, auf Alexander Krones Fragen zu antworten.

»Mein Großvater hat dieses Haus gebaut«, sagte er. »Ich habe zwar nie mehr als ein paar Wochen auf Norderney verbracht, aber die Insel war mir von Kind auf ans Herz gewachsen. Ich hatte gehofft, dass es Kim irgendwann auch so geht, deshalb habe ich auch zugestimmt, als sie auf die Idee kam, hier einige Zeit zu verbringen. Aber jetzt ahne ich, dass das ein Fehler war. Nicht wegen der Entführung. Die hätte überall passieren können. Nein, das nicht …«

»Wann fingen die Schwierigkeiten mit Kim an?«

Alexander Krone sah kurz auf, als wundere er sich über die Frage, aber dann zuckte er mit den Schultern. »Wenn ich das nur wüsste. Ich arbeite viel, und schon bevor sich meine Frau von uns verabschiedet hat, hatte Kim Probleme gemacht. Ich weiß nicht, ob sie gespürt hat, dass unsere Familie den Bach runterging, aber letztlich blieb nur noch das Schweizer Internat. Wie Sie wissen, gab es aber auch hier kein Happy End.«

»Ich vermute mal, dass Sie Kims momentanen Weg nicht mehr lange unterstützt hätten.«

Er seufzte leise. »Ja, darauf wäre es wohl hinausgelaufen. Ich habe mir eine Woche freigeschaufelt und wollte tatsächlich mit ihr ernsthaft darüber reden, wie es weitergehen soll. Was sie aus ihrem Leben machen will. Selbst das Abitur wäre noch drin gewesen, wenn sie sich zusammengerissen hätte. Und jetzt das! Ich bange hier um ihr Leben.«

»Es kommen jetzt bald die Kollegen aus Emden. Die werden hier ein wenig Technik aufbauen und auch die Nacht über bleiben. Ist das für Sie in Ordnung?«

»Ja, natürlich. Und wo sind Sie?«

»Ganz in der Nähe. Es könnte sein, dass ich morgen kurz aufs Festland muss.«

Alexander Krone sah sie fragend an. »Sie haben eine Spur?«

»Nein, noch nicht, aber ich werde dort mit Kims Freundin Johanna sprechen. Sie kennen Johanna Thies?«

»Ja, natürlich. Sie war häufiger hier bei Kim auf der Insel. Ein nettes Mädchen. Ich hatte immer den Eindruck, dass sie auf Kim einen positiven Einfluss hat.«

Hella stand auf, als sie eine Nachricht von Lars bekam, der ihr mitteilte, dass die Kriminaltechniker und die Psychologin in wenigen Minuten eintreffen würden. »Ich bin gleich wieder bei Ihnen, ich fahre schnell zur Polizeistation.«

Lars saß neben Gerd Hinrichs, ihnen gegenüber die beiden Kollegen aus Emden. Hella stand vor ihnen und hatte in den letzten zehn Minuten über den Ermittlungsstand beider Fälle referiert. Hinrichs hatte eines der Büros ausräumen lassen und es mit mehreren aneinandergestellten Tischen ausgerüstet.

»Inzwischen wurde versucht, die Handys von Kim Krone und Robert Meier zu orten. Beide sind entweder ausgestellt oder befinden sich außerhalb eines Netzes.«

»Wie sollen die beiden mitten in der Nacht oder am frühen Morgen die Insel verlassen haben?«, fragte Eike Eilers, Oberkommissar aus Emden.

Hinrichs hob seine Hand. »Flugzeug ist ausgeschlossen. Ich war heute Morgen schon auf dem Flugplatz und habe das geprüft.«

»Also mit einem Boot«, schlussfolgerte Lars. »Haben Krone oder Meier eine Yacht hier im Hafen liegen?«

»Krone habe ich gefragt«, sagte Hella. »Seine Segelyacht liegt gerade in Emden in einer Werft und wird dort auch bis zum Frühjahr bleiben. Wir sollten das überprüfen. Wer macht das?«

Eilers meldete sich, Hella nannte ihm den Namen der Werft.

»Was ist mit Meier?«, fragte sie Hinrichs. »Hat der ein Boot hier liegen?«

»Ich muss gestehen, kein großer Kenner der Szene zu sein. Ich weiß es leider nicht.«

»Ich kann nach der Besprechung direkt zum Sporthafen gehen«, schlug Lars vor. »Dann werde ich auch gleich die Aufnahmen von heute Nacht besorgen.«

Hella nickte. »Wichtig ist im Moment, dass wir so unauffällig wie möglich recherchieren. Wir wissen nicht, ob die Täter – oder einer von ihnen – auf Norderney sind und Ausschau nach einem möglichen Polizeieinsatz halten. Ich weiß … das ist, gerade hier auf der Insel, leichter gesagt als getan.«

»Wie gehen wir weiter vor?«, fragte der zweite Emder Kollege.

»Ich werde in einer halben Stunde von einem Hubschrauber abgeholt, um in Wittmund die Befragung von Johanna Thies durchführen zu können. Ich hoffe, dass ich in drei Stunden wieder vor Ort bin. Bis dahin vertreten Sie mich, Kollege Eilers.«

Eilers nickte.

»Können Sie …«, sprach Hella den zweiten Emder Kollegen an, »… alle Informationen zusammenstellen, die zu einem gewissen Karl, einem Fahrradverleiher, zu finden sind? Kollege Hinrichs kann Ihnen sicher den Nachnamen nennen und unter Umständen auch Freunde von Karl. Zusätzlich brauche ich Informationen über Robert Meier und seinen Club. Alles, was auf die Schnelle zu bekommen ist.«

»Was ist mit Alexander Krone? Soll ich ihn durchleuchten?«, fragte Lars.

»Klar, aber bitte mit Vorsicht. Ich möchte nicht, dass er davon erfährt.«

»Natürlich.«

Eike Eilers räusperte sich. »Ich kann mir überhaupt nicht vorstellen, dass das Geld hier auf Norderney übergeben werden soll. Das wäre doch vollkommen verrückt.«

Hella nickte. »Darüber denke ich schon die ganze Zeit nach. Der oder die Täter können sich nicht darauf verlassen, dass Krone die Polizei aus dem Spiel lässt. Eine Insel als Übergabeort ist auch meines Erachtens die schlechteste Wahl. Aber vielleicht gibt es ja noch eine Variante, auf die wir nicht gekommen sind. Falls jemand von Ihnen jetzt oder später eine Idee hat, bitte raus damit.«

»Hat die Suche nach Antonia Wittmeier im Moment keine Priorität mehr?«, fragte der zweite Kollege aus Emden.

»Das wäre mein letzter Punkt. Ihr Handy ist nicht zu orten und war auch seit Samstagnacht nicht mehr eingeloggt. Einer von uns sollte sich mit der Besatzung der drei Fähren unterhalten und sie nach Antonia befragen. Das Gleiche gilt für den Fahrkartenverkauf, auch wenn ich davon ausgehe, dass die Mädchen gleich Hin- und Rückfahrt gebucht hatten.«

Lars meldete sich. »Wenn ich im Sporthafen durch bin, versuche ich mein Glück im Fährhafen. Hat jemand zufällig einen Plan für die An- und Abfahrtzeiten?«

Gerd Hinrichs ging zur Pinnwand und nahm dort ein bedrucktes Blatt ab. »Hier sind die Zeiten. Welche Fähre wann eingesetzt wird, müssen Sie vor Ort erfragen.«

»Wie weit bist du eigentlich mit der Liste der Yachten, die du vom Hafenmeister bekommen hast?«, fragte Hella Lars.

»Ich habe damit angefangen, aber vielleicht können wir ja spätestens morgen mit vereinter Kraft weitermachen.«

14

Enno Franzen begleitete Johanna Thies in den Verhörraum, in dem Hella auf die beiden wartete. Ihr Flug war reibungslos verlaufen, bei klarer Sicht hatte sie die ostfriesische Landschaft von oben genossen und freute sich schon auf den Rückflug.

»Guten Tag, Frau Thies«, begrüßte Hella die junge Frau.

Johanna Thies antwortete nicht und setzte sich erst, als Hella sie dazu aufforderte. Enno Franzen nahm auf Hellas Seite Platz und aktivierte die Aufnahme.

»Was wollen Sie denn noch von mir?«, fragte die junge Frau in genervter Tonlage.

»Ein paar Antworten, die der Wahrheit etwas näher kommen als Ihre bisherigen Aussagen.« Hella sprach die Formalien ins Mikrofon und stellte die erste Frage: »Was ist das?« Sie hatte ihr ein Foto des Bücherregals aus Kim Krones Zimmer vorgelegt.

Johanna sah sie spöttisch an. »Bücher auf einem Regal.«

»Und das?« Das zweite Foto zeigte das Innenleben des Buches.

Johanna konnte ihr Entsetzen nicht verbergen. Sie atmete tief durch, bevor sie antwortete. »Woher soll ich das wissen? Irgendetwas Technisches.« Sie machte Anstalten, sich zu erheben. »Sind wir jetzt fertig?«

Hella legte ihr eine Nahaufnahme von dem Vogelhäuschen vor, die die Kriminaltechniker mit einem starken Teleobjektiv gemacht hatten.

»Hat Kim …?«, begann sie, stoppte aber sofort und sagte: »Was soll das sein?«

»Ja, die Fotos haben wir in der Villa gemacht. Die ersten in dem Schlafzimmer Ihrer Freundin, und das Vogelhäuschen steht in unmittelbarer Nähe zum Fenster des Gästezimmers, in dem Sie übernachtet haben. Es handelt sich hier um eine versteckte Kamera, die aufs Bett gerichtet ist. Erzählen Sie mir jetzt bitte nicht, Sie hätten davon nichts gewusst, und schieben

Sie nicht alles auf Ihre Freundin Kim. Das ist wenig glaubhaft. Prostitution ist nicht strafbar, Erpressung aber durchaus.«

»Kamera? Schlafzimmer? Ich hatte keine Ahnung.« Johanna sah sie mit weit aufgerissenen Augen an.

Hella spürte, dass sie mit letzter Kraft das Schauspiel durchzog.

»Ehrlich! Das müssen Sie mir glauben.«

Hella entschloss sich, mitzuspielen und sie eine Zeit lang in Sicherheit zu wiegen. »Okay! Lassen wir das mal so stehen. Waren es immer nur Feriengäste, mit denen Sie dort im Zimmer zusammen waren?«

»Ja und? Kann ich nicht pennen, mit wem ich will?«

»Sie hatten dort also wechselnden Kontakt zu Männern?«

Johanna Thies rollte mit den Augen. »Was wollen Sie von mir?«

»Wir gehen im Moment davon aus, dass in den verschiedenen Zimmern Personen ohne ihre Einwilligung gefilmt wurden und diese Aufnahmen dazu verwendet wurden, die Männer zu erpressen.«

»Davon weiß ich nichts. Und ich glaube auch nicht, dass Kim …«

»Johanna, Sie verkennen Ihre Lage«, unterbrach Hella sie energisch. »Wir sprechen hier nicht von einem Kavaliersdelikt, sondern von einer ernsthaften Straftat, die in aller Regel mit Gefängnis geahndet wird.« Sie machte eine kurze Pause und fixierte die junge Frau. »Wollen Sie ins Gefängnis? Im Moment weisen alle Ermittlungsergebnisse darauf hin, dass Sie sich ebenso wie Kim Krone strafbar gemacht haben.«

Johanna Thies schluckte und schien sichtlich irritiert über die deutliche Anschuldigung. Hella hatte alles auf eine Karte gesetzt. Bisher hatte sie nur den Fund der Kameras. Weder gab es Filmmaterial, noch hatten sie Männer gefunden, die erpresst worden waren. Für die hierfür notwendigen Ermittlungen hatten sie im Moment keine Zeit und wollten im Umkreis von Kim Krone keinen Staub aufwirbeln, solange die Entführung lief.

»Sie haben verstanden, was ich gesagt habe?«, fragte Hella, als die junge Frau wie erstarrt vor ihr saß.

»Ja.«

»Wie hat die Geschichte begonnen? War es sozusagen ein Spiel zwischen Ihnen und Kim?«

Johanna Thies schwieg betroffen. Ihr Atem ging flach, die letzte Farbe war aus ihrem Gesicht gewichen.

»Hat es so begonnen?«, wiederholte Hella ihre Frage.

Johanna Thies nickte. »Kim ... sie hat schon vorher ... Aber nicht so, ich meine, sie hat schon Sachen bekommen, aber ...« Tränen liefen über ihre Wangen. Hella reichte ihr ein Taschentuch.

»Kim hat sich von den Männern, die sie kennengelernt hat, beschenken lassen?«

»Essen gehen ... einen Ring ... was zum Anziehen ... so was halt.« Johanna Thies sprach leise und stockend. Hella war sich sicher, dass der Damm gebrochen war und sie weitere Informationen von Johanna bekommen würde.

»Und dann wollte Kim mehr?«, fragte Hella vorsichtig.

Johanna nickte. »Kim meinte ...« Sie starrte vor sich hin und schien einen Augenblick nicht zu wissen, wo sie sich befand. »Die Männer hätten genug davon. Ich wollte das nicht ... Und ich habe auch nicht mit jedem was ... Es war doch nur Spaß.«

»Du hast auch Geld bekommen?« Langsam näherten sie sich den problematischeren Fragen. Hella hatte bewusst angefangen, Johanna zu duzen.

»Nein ... oder ja, aber nicht so direkt. Sie haben es Kim gegeben, und sie ... Wir sind shoppen gegangen, waren in London und ... Paris.«

»Hat Kim mit den Männern verhandelt?«

Johanna warf ihr einen verwirrten Blick zu. »Verhandelt?«

»Hat Kim mit den Männern über das Geld gesprochen?«

Johanna nickte. »Ich glaube, ja. Ich wollte das nicht.«

»Und Antonia? Was ist mit Antonia? Warum ist sie mit nach Norderney gekommen?«

»Warum nicht? Wir wollten feiern.«

»Hat sie gewusst, dass Kim Geld von den Männern bekommt?«

»Nein, nicht wirklich. Das war eine Wette. Zwischen ihr und mir und Kim. Sie wollte es selbst. Und dann … Sie hat völlig aufgedreht, crazy, total.«

»Was für eine Wette?«

»Dass sie sich traut, jemanden zu verführen, den sie nicht wirklich kennt. Einen One-Night-Stand durchzuziehen. Ein Spiel. Mit erwachsenen Männern und nicht mit diesen Milchgesichtern.«

»Sie ist mit jemandem mitgegangen?«

»Ich weiß es nicht. Wirklich nicht. Im ›Loft‹ war sie plötzlich … Sie war weg. Kim war wütend. Sie sollte doch …«

»Besorgt Kim immer die Pillen?«

Johanna zuckte kraftlos mit den Schultern. Dann nickte sie kaum merkbar. Hella machte sich eine Notiz, um später das Protokoll ergänzen zu können.

»Hast du gesehen, mit wem Antonia getanzt oder getrunken hat?«

»Ich kann mich nicht mehr genau erinnern.«

»Und dann seid ihr ohne Antonia zurück in die Villa gegangen?«

»Ja.«

»Wann war das ungefähr?«

»Um drei vielleicht. Vielleicht etwas früher. Ich weiß es nicht mehr genau.«

»Habt ihr Antonia gesucht, bevor ihr zurückgegangen seid?« Johanna nickte. »Und dann?«

»Kim wollte los.«

»Du weißt, dass Kim Filme gemacht hat?«

»Sie hat mir versprochen, es nicht mehr zu tun. Und sie hat gesagt, dass ich auf keinem dieser … dass ich nicht da drauf bin. Ich wollte das nicht, und das habe ihr auch gesagt. Ich habe damit nichts zu tun.«

Hella registrierte, dass Johanna aus ihrer Trance aufgewacht zu sein schien. Die Stimme hatte sich verändert, war klarer geworden, ihre Antworten schienen überlegter zu kommen. Spielte Johanna ihr die ganze Zeit etwas vor? Oder waren sie an einem sensiblen Punkt angelangt, bei dem Johanna sich nicht selbst belasten wollte? War ihr inzwischen bewusst geworden, dass sie sich auf einem gefährlichen Weg befand?

»Hast du je selbst so einen Film gesehen?«

Sie schüttelte vehement den Kopf, als wolle sie sich überzeugen, nichts Schlimmes getan zu haben. »Ich wollte das nicht sehen. Warum auch.«

»Ist dir am Samstag in einem der Clubs jemand aufgefallen, der sich merkwürdig verhalten hat – der euch drei vielleicht beobachtet hat?«

»Ich weiß nicht. Nein … oder vielleicht doch. Kim meinte, dass da so ein Stalker gewesen sei. So ein Typ, der hinter uns hergeschlichen ist. Aber im ›Loft‹ war er wohl nicht mehr.«

»Hast du den Mann gesehen?«

»Ich habe viel getanzt. Nein, ich weiß nicht, wer das hätte sein können.«

»Überhaupt keine Idee?«, fragte Hella noch einmal nach.

»Kim meinte, er hätte andauernd Antonia angestarrt. Vielleicht war sie ja auch nur eifersüchtig. Denn eigentlich hasst Kim es, wenn jemand genauso naturblonde Haare hat wie sie.«

»Ihr habt also beide Antonia seit, sagen wir mal, zwei Uhr in der Nacht nicht mehr gesehen? Und zum Frühstück war sie natürlich auch nicht da?«

»Das stimmt«, antwortete Johanna kleinlaut.

»Und Antonias Tasche? Sie ist doch bestimmt mit Reisetasche auf Norderney unterwegs gewesen.«

»Das war nur ein kleiner Rucksack. Kim hat danach geguckt und mir gesagt, dass er nicht mehr da wäre.«

»Hatte Antonia einen Schlüssel zum Haus? Ansonsten wäre sie doch überhaupt nicht reingekommen?«

»Wir haben absichtlich eins der Fenster aufgelassen. Für den Notfall. Man kann an einer Seite über die Mauer klettern. Ich dachte, sie hätte es vielleicht so gemacht.«

Hella reichte ihr einen Zettel mit Kugelschreiber. »Wer war in der Nacht bei dir?«

»Ich weiß nur den Vornamen.«

Hella sah sie scharf an. Johanna senkte den Blick und murmelte: »Und die Handynummer.«

15

Der Polizeihelikopter wartete auf Hella. Sie stieg ein und setzte sich die Kopfhöher auf, bevor der Pilot die Rotoren zum Laufen brachte. Den Rückflug verbrachte sie in Gedanken an das Verhör. Ihre Vermutungen im Zusammenhang mit den Kameras hatten sich bestätigt. Ob, wie häufig und von wem die Männer erpresst worden waren, würde sich ermitteln lassen, auch wenn die Betroffenen vermutlich nicht unbedingt auskunftsfreudig sein würden. Priorität hatten aber zunächst Kims Entführung und das Auffinden von Antonia. Hella beschäftigte vor allem eine Frage: Hingen alle drei Fälle zusammen?

Ihre Gedanken wanderten zu Antonia. Warum hatte sie sich auf den Norderney-Trip eingelassen? War ihr Leben nach der Trennung von Lennard so durcheinandergewirbelt gewesen, dass sie sich beweisen wollte, wie tough sie war? Wo war die junge Frau? Jeder neue Tag, an dem sie sich nicht meldete, machte es wahrscheinlicher, dass ihr etwas zugestoßen war. Selbst wenn das Verhältnis zur Mutter nicht so gut war, wie Ingeborg Wittmeier es gern hätte, war es unwahrscheinlich, dass Antonia kein Lebenszeichen von sich gab. Hing ihr Ex-Freund Lennard doch stärker in der Sache mit drin, als Hella vermutete? Fragen über Fragen, die nur mit vielen Befragungen und Recherchen zu beantworten waren. Und die kosteten Zeit, die sie im Moment eigentlich nicht hatten.

In der Ferne sah Hella die Silhouette der Ostfriesischen Inseln. Ganz rechts, kaum wahrzunehmen, Wangerooge, die Insel, auf der Hella mit der Schule eine Woche im Schullandheim verbracht hatte, Spiekeroog, auf der sie Leon kennengelernt hatte, neben Langeoog das kleine Baltrum, das Hella nicht kannte, und die Nachbarinsel Norderney, neben der das lang gezogene Juist lag – und dahinter, für Hella nur schemenhaft zu erkennen, die größte der Ostfriesischen Inseln, Borkum.

Als Kind hatte sie davon geträumt, ein einsames Haus auf

einer der Inseln zu bewohnen, sich ausgemalt, wie sie hier mit ihrem Mann, einem Fischer, und ihren Kindern lebte. Ihre Oma, bei der sie fast alle Ferien verbracht hatte, hatte ihr Geschichten aus der »guten alten Zeit« erzählt, als die Menschen noch mit und von der Nordsee gelebt, sie gefürchtet und geachtet hatten.

Warum kamen ihr jetzt diese Gedanken? Und warum ging ihr Benjamin Weiher nicht aus dem Kopf? Die Ähnlichkeit mit Florian war so deutlich, dass es kein Zufall sein konnte. *Bildest du dir da etwas ein, was vollkommen absurd ist? Und was willst du machen? Du hast keine Rechte mehr. Das alles ist in einem anderen Leben passiert. Viel zu früh, als dass du etwas hättest dagegen unternehmen können. Lass die Vergangenheit ruhen und konzentrier dich auf die Gegenwart. Frag dich lieber, warum du dir noch keinen Schwangerschaftstest besorgt hast, obwohl du inzwischen viele, viele Tage über dem Termin bist.*

Hella schüttelte sich, der Helikopter setzte zur Landung an. Antonia und Kim brauchten jetzt ihre volle Konzentration, alles andere hatte Zeit.

»Wie ist es gelaufen?«, fragte Lars, der sie mit Hinrichs Auto vom kleinen Inselflughafen abgeholt hatte und jetzt langsam über die Straße zum Dorf fuhr.

Hella fasste die Befragung kurz zusammen. »Ich werde im großen Kreis noch ausführlich berichten. Und bei dir?«

»Das Wichtigste ist wohl, dass Meier eine große Motoryacht hat. Leider liegt sie außerhalb des Überwachungsspektrums an einem separaten Steg. Normalerweise. Sie ist offensichtlich in der gestrigen Nacht ausgelaufen.«

»Ist die Fahndung raus?«

»Jawohl, Chefin«, antwortete Lars. »Die Häfen an der gesamten Nordseeküste haben wir informiert, die Küstenwache ebenso. Bisher nichts.«

»Gut!«

»Die ersten Fährmannschaften haben wir befragt. Antonia

ist niemandem aufgefallen. Allerdings fehlen uns noch eine der Fähren und zwei Mitarbeiter, die heute nicht im Dienst sind.«

»Okay.«

Lars hielt vor der Polizeistation. »Den Rest gleich im großen Kreis.«

In ihrer kleinen Zentrale herrschte eine lebhafte Betriebsamkeit. Die Emder Kollegen telefonierten, und Gerd Hinrichs saß vor einem Laptop und notierte sich etwas auf einem Notizblock. Auf dem Boden nahe der Tür lagen mehrere Pizzakartons, die Hella daran erinnerten, dass sie noch nichts gegessen hatte. Sie warf einen Blick auf die Uhr. Die Zeiger standen auf weit nach sieben.

Hella wartete, bis die Kollegen die Gespräche beendet hatten, und berichtete anschließend ausführlich von der Befragung in Wittmund.

Als Nächstes meldete sich Lars. Er wiederholte die Erkenntnisse, die er bereits Hella mitgeteilt hatte, und fügte hinzu: »Der Hafenmeister ist sich sicher, dass die Meier-Yacht am Nachmittag noch am Steg lag. Als er morgens um zehn Uhr eintraf, war sie bereits ausgelaufen. Sie muss also zwischen ein Uhr in der Nacht und vor zehn Uhr morgens gestartet sein.«

»Merkwürdiger Zufall, oder?«, fragte Eike Eilers.

»Sehe ich auch so. Die Meldungen an die Häfen und die Kollegen von der Küstenwache sind raus. Letztere haben mir aber nicht allzu viel Hoffnung gemacht. Ich zitiere: ›Wenn eine solche Yacht nicht gefunden werden will, wird es schwierig bis unmöglich sein, sie zu orten. Die kleineren Schiffe sind nicht verpflichtet, ein entsprechendes System an Bord zu haben, das permanent ihre Position weitergibt.‹ Wie sich dann schnell herausgestellt hat, ist das bei der Meier-Yacht auch nicht der Fall. Wir wissen also nicht, wo das Schiff sein könnte.«

Lars hatte einen Beamer aufgebaut und startete seinen Laptop, um die Aufnahmen in der Nacht von Samstag auf Sonntag zu zeigen. Zwei Personen betraten den Steg, die Lichtverhältnisse waren schlecht, die Aufnahmen pixelig. Die Person rechts war kleiner und zierlicher und war vermutlich eine Frau. Die

Haarlänge passte, die Kleidung, so weit sie zu erkennen war, stimmte mit den Angaben von Johanna Thies überein. Die größere Person schien ein Mann zu sein. Er hatte den Arm um die Frau gelegt und schien in der anderen Hand etwas zu halten.

Nachdem die Personen aus dem Blickfeld der Kamera verschwunden waren, spulte Lars nach vorn. »Glücklicherweise wird neben dem Bild auch der Ton aufgezeichnet. Eine Viertelstunde passiert nichts, dann das. Ich mache es mal etwas lauter.« Sie hörten einen Motor, der gestartet und langsam leiser wurde. »Ich habe den Hafenmeister dazu befragt. Er ist der Meinung, dass es sich hier nicht um eine Motoryacht handelt, sondern um den Hilfsmotor eines Segelschiffes. Mehr kann man aus dem Geräusch nicht schließen. Er weiß nicht, wem das Schiff gehören könnte.«

»Hat der Hafenmeister eine Ahnung, um wen es sich bei den gefilmten Personen handeln könnte?«, fragte Hella. »Ich meine, wenn es nicht Antonia und ein Unbekannter waren.«

»Er sagte nur, dass Segler selten mit Pumps auf ihre Boote gingen. Bei den Yachten kommt es wohl mal eher vor, aber da wir hier laut Motorengeräusch von einem Segler ausgehen …«

»Also hat er keine Idee?«

Lars wiegte den Kopf hin und her. »Manche Gäste des Sporthafens würden am Wochenende Norderney anlaufen, und da wäre es nicht ungewöhnlich, wenn sich – Originalton – ›Männlein und Weiblein in der Nacht aufs Schiff zurückziehen würden‹. Ich kann das bestätigen, weil ich vor zwölf zwei Paare habe, die die Kamera erfasst hat. Da beide immer wieder Pausen einlegten und sich dabei wild befingert haben, machte es den Eindruck, als würden sie sich noch nicht lange kennen. Aber wie gesagt, das war zu einer Zeit, zu der Zeugen Antonia noch in den Clubs gesehen haben wollen.«

»Was macht die Liste des Hafenmeisters?«, fragte Hella nach.

»Fast fertig. Wir sind dabei, die Ersten, die an dem Wochenende als Gäste im Hafen angelegt haben, abzutelefonieren.

Allerdings gehen wir vorsichtig vor. Wir behaupten, dass es in der Nacht von Samstag auf Sonntag Vandalismus im Hafen gegeben hätte und wir Zeugen suchen würden.«

»Gute Idee!«, lobte Hella Lars.

»Ich muss gestehen, dass Kollege Eilers das vorgeschlagen hat«, sagte Lars etwas kleinlaut.

»Kein Thema«, warf Eilers sofort ein, »Teamarbeit.« Er hielt kurz inne. »Vielleicht kann ich dann weitermachen. Die Werft in Emden hat mir bestätigt, dass Krones Schiff dort liegt. Ich habe trotzdem einen Kollegen vor Ort gebeten, dort kurz die Richtigkeit der Aussage zu überprüfen. Ich denke, ich habe morgen die Info.«

»Gut. Ich vermute, bei Krone ist in der Zwischenzeit alles ruhig geblieben?«

»Ja. Ich habe mit der Psychologin gesprochen. Kein weiterer Anruf der Entführer.«

»Was ist mit der Rückverfolgung des ersten Anrufs?«

»Die Anfrage beim Provider läuft«, sagte Eilers und klappte seinen Laptop auf. »Augenblick.« Er las etwas. »Gerade ist die Antwort gekommen. Das war ein Handy mit einer SIM-Karte aus Manila.«

»Das war zu erwarten«, meinte Hella. »Vermutlich nicht registriert. Außerdem kann es Wochen dauern, bevor wir da eine Antwort bekommen. Fragen Sie gleich beim deutschen Provider an, der das Gespräch vermittelt hat. Wir müssen wissen, wo das Handy eingeloggt war.«

Eilers nickte. »Mache ich gleich nach unserer Besprechung.« Er hob den Arm und schaute auf die Uhr. »Jetzt ist ohnehin niemand mehr erreichbar. Ich glaube auch nicht, dass wir vor morgen Nachmittag, wenn überhaupt, eine Reaktion vom Provider bekommen.«

Hella seufzte. »Leider geht es in der Realität nicht so schnell wie in Fernsehfilmen. So manch ein braver Bürger würde sich wundern, wie schwer es für uns ist, an diese Informationen heranzukommen. Versuchen Sie es trotzdem. Gut wäre es, wenn wir bis zum nächsten Anruf der Entführer eine Antwort haben.« Sie wandte sich an den zweiten Emder Kollegen. »Was haben wir über diesen Karl rausgefunden?«

Der junge Kommissar aus Emden richtete sich auf. »Kollege Hinrichs konnte mir den ganzen Namen nennen und gleich dazu ein paar Infos: Karl Bogner, neunundvierzig, seit fünfzehn Jahren hier auf der Insel gemeldet, seit zehn Jahren besitzt er den Fahrradverleih und hat drei Häuser auf Norderney gekauft, die als Ferienwohnungen vermietet werden. Kollege Hinrichs meint Gerüchte gehört zu haben, dass Karl Bogner einiges geerbt hat und mit dem Geld das Geschäft und die Wohnungen kaufen konnte. Ich habe im Internet Fotos gefunden vom Klootschießer-Verein, auf denen er mehrfach mit zwei weiteren Männern abgebildet ist. Jürgen Frei und Mattias Groß. Ersterer ist erfolgreicher Makler mit, wie Kollege Hinrichs bestätigt hat, guten Verbindungen, und Mattias Groß ist Fuhrunternehmer auf der Insel. Die drei sind fast gleich alt und kennen sich vermutlich schon lange. Zumindest habe ich auch aus vergangenen Jahren Fotos im Netz gefunden.« Er schob Hella mehrere Ausdrucke über den Tisch. »Hier sind die Fotos der beiden anderen Männer.«

Sie musterte die Bilder. »Ja, die beiden waren zusammen mit Karl Bogner im ›Blue Moon‹.«

»Sollen wir sie für morgen vorladen?«, fragte Lars.

»Mit welcher Begründung? Wir brauchen mehr Fakten«, antwortete Hella. »Was ist mit den Aufzeichnungen aus der Krone-Villa? Haben die Techniker da was gefunden?«

»Die Daten der Kameras wurden direkt übertragen«, sagte Lars. »Kims Laptop konnte ich im Haus aber nicht finden. Die Entführer müssen ihn mitgenommen haben.«

»Bekommen wir einen Durchsuchungsbeschluss für Meiers Wohnung?«, fragte Eike Eilers. »Immerhin war er als Letzter mit Kim Krone zusammen und ist nicht auffindbar. Da liegt der Verdacht nahe, dass er etwas mit ihrer Entführung zu tun hat oder mit entführt wurde.«

»Auch hier brauchen wir mehr Fakten. Im Moment sehe ich da keine Chance. Wenn wir den Beschluss zu früh beantragen, werden wir es bei einem folgenden Antrag nicht leichter haben. Die Frage ist auch: Bringt uns dieser Ermittlungsansatz wirklich weiter? Okay, wir können davon ausgehen, dass die Kameras dort hängen, um ganz bestimmte Szenen einzufangen, mit denen man letztlich nur eines machen kann: die Männer unter Druck setzen oder um Geld erpressen. Aber Beweise haben wir nicht. Zusätzlich hat sich bisher noch kein Zusammenhang dieser Aktivitäten zur Entführung von Kim Krone aufgetan.«

»Dann schon eher zum Verschwinden von Antonia«, warf Lars ein.

Hella sah ein weiteres Mal auf die Uhr. »Kurz vor neun, Kollegen. Machen wir für heute Schluss! Ich schlage vor, wir treffen uns morgen früh um acht Uhr hier. Einverstanden?«

Die Ermittler aus Emden und Gerd Hinrichs standen auf.

»Bis morgen«, verabschiedete sich Hella.

16

»Guten Appetit«, wünschte Lars, als der Kellner ihr die Pizza serviert hatte. Lars hatte sich Bruschetta und ein Glas Rotwein bestellt.

»Danke!« Sie schnitt ein Stück der Pizza ab, die mit Spinat und Gorgonzola belegt war, und biss herzhaft hinein.

Lars' Blick fiel auf Hellas Glas Wasser. »Willst du gleich noch zu Krone?«

Hella nickte und aß weiter.

»Wenn das Antonia auf den Aufnahmen war, frage ich mich, warum sie freiwillig mitgegangen ist«, sagte Lars.

»Vielleicht ist sie bedroht worden oder aus einem anderen Grund mit aufs Boot gegangen.«

»Und wo ist sie jetzt?«

Hella trank einen Schluck Wasser. »Ich weiß es nicht und hoffe nur, dass sie nicht an den falschen Mann geraten ist.«

»Aber war die Zeit zwischen der Ankunft der beiden Personen und der Abfahrt des Bootes nicht zu kurz? Wenn es freiwillig war, weil sie etwas von ihm wollte, sind sie doch sicher nicht gleich zur Sache gekommen. Zehn Minuten sind da nichts. Nein, die Zeit reicht gerade, um Antonia zu fesseln oder anderweitig außer Kraft zu setzen und die Yacht klar zum Ablegen zu machen.«

»Also hat der Täter – nennen wir ihn Mister X – die Tat genau so vorher geplant. Er hat Antonia bewusst auf sein Schiff gelockt, um sie dann zu entführen.«

»Zwei Entführungen innerhalb so kurzer Zeit, und das auch noch im selben Umfeld? Das ist jetzt nicht dein Ernst, oder?«

»Hast du eine bessere Idee?«, fragte Hella. Sie gab dem Kellner ein Zeichen, dass sie bezahlen wollte.

»Ehrlich gesagt, nein.«

»Eben! Es sei denn, eins von beiden ist keine Entführung gewesen.«

»Du meinst, Antonia schippert mit dem Mann irgendwo auf dem Atlantik herum? Vielleicht sind sie schon in Spanien und …«

Hella schmunzelte. »Du brauchst etwas Schlaf, Lars.«

Der Kellner trat an den Tisch, Hella bezahlte und verließ mit Lars zusammen die Pizzeria.

»Guten Abend«, empfing Alexander Krone sie an der Haustür. »Sie haben mit Kims Freundin gesprochen?«

Hella nickte. »Wollen wir vielleicht zuerst einmal reingehen?«

Alexander Krone trat zur Seite. »Bitte!«

Hella nahm in seinem Arbeitszimmer Platz, Krone blieb stehen.

»Wollen Sie sich nicht setzen?«

Widerwillig schob er sich einen Stuhl zurecht. »Was hat die Freundin erzählt?«

»Darf ich zunächst fragen, ob die Lösegeldsumme morgen hier eintrifft?«

»Ja, es ist so weit alles geklärt. Zwei Bankmitarbeiter bringen mir morgen Vormittag den Koffer vorbei.«

Hella nickte. »Wir werden Koffer und Geldscheine präparieren müssen.«

Alexander Krone sprang auf. »Auf keinen Fall! Ich lasse das nicht zu. Es ist mein Geld und …«

»Tut mir leid, Herr Krone, aber der Oberstaatsanwalt wird darauf bestehen.«

»Unsinn! Geben Sie mir seine Nummer, ich werde das mit ihm regeln.« Er griff nach seinem Handy, ließ es aber gleich wieder sinken. »Morgen früh. Jetzt ist es wohl zu spät dafür.«

Hella nahm eine ihrer Visitenkarten und schrieb Nummer und Namen des Oberstaatsanwaltes auf. »Bitte!«

Alexander Krone hatte sich wieder gesetzt. »Seien Sie ehrlich zu mir! Welche Chancen hat Kim wirklich, da wieder heil rauszukommen? Wo halten diese Schweine sie versteckt? Doch nicht auf Norderney?«

»Wir versuchen so diskret wie möglich zu ermitteln, um die Entführer nicht unnötig aufzuschrecken. Ich kann unter diesen Bedingungen keine Hundertschaft durch den Ort ziehen lassen, um jedes Haus zu durchsuchen. Es gibt leider sehr viele Hotels, Ferienhäuser und Wohnungen, in denen sie gefangen gehalten werden könnte.«

»Woher kam der Anruf? Hier von der Insel?«

»Das werden wir erst morgen erfahren. Die Anfrage läuft.«

»Warum geht das nicht schneller? Es geht hier um Kims Leben, verdammt noch mal. Haben Sie das nicht begriffen?«

Hella ließ sich Zeit, bevor sie antwortete. »Selbstverständlich ist uns das klar, Herr Krone. Unsere Maschinerie läuft auf Hochtouren, darauf können Sie sich verlassen.« Sie legte eine kurze Pause ein. »Darf ich Ihnen noch ein paar Fragen zu Kim stellen?« Alexander Krone nickte resigniert. »Ist Ihre Tochter sehr risikobereit?«

»Ich habe zwar nicht die geringste Ahnung, warum Sie das fragen, aber ja, Kim hat bisher alles Mögliche ausprobiert, leider auch Alkohol und Drogen. Ihr kann nichts verrückt genug sein. Das Leben ist ein Spiel, sagt sie immer. Ich habe so gehofft, dass sie sich hier auf der Insel besinnt und einen anderen Weg findet.« Er starrte auf seine Hände, bis ein kleiner Ruck durch seinen Körper ging und er aufsah. »Und fragen Sie mich jetzt nicht, ob es geklappt hat.«

»Hat es funktioniert?«

Er zuckte mit den Schultern. »Ich weiß es schlichtweg nicht.«

»Wie ist Kims Verhältnis zu Männern?«

Alexander Krone seufzte leise. »Glauben Sie wirklich, dass sie mit mir über ihre Männerbekanntschaften gesprochen hat?«

»Warum musste Kim das Internat verlassen?«

»Weil sie …«

Als Alexander Krone nicht weitersprach, wiederholte Hella ihre Frage.

»Drogen. Sie hat Drogen genommen.«

»Das war alles?«

Er schüttelte den Kopf. »Nein. Sie hat sie auch weitergegeben.«

»Verkauft?«

»Das wurde zumindest so von der Internatsleitung vermutet. Kim hat es abgestritten, und ich glaube auch eher, dass sie sie verschenkt hat. Warum, brauche ich Ihnen wohl nicht zu erzählen. Die Internatsleitung blieb aber hart, und wir standen vor der Wahl, von der Schule zu gehen oder bei der Polizei angezeigt zu werden. Eine wirkliche Alternative war das natürlich nicht.«

»Gab es weitere Vorfälle?«

Krone sah erstaunt auf. »Woher wissen Sie davon?«

»Eine reine Vermutung meinerseits. Gab es welche?«

Er stöhnte leise. »Angeblich soll sie eine Liaison mit einem Lehrer gehabt haben.«

»Das ist ihr vorgeworfen worden?«

»Sie soll ihn dazu ... Es ist absurd, und ich gehe nach wie vor davon aus, dass der Lehrer das erfunden hat, um in besserem Licht dazustehen. Er hat doch tatsächlich behauptet, Kim hätte ihn bewusst verführt, um ihn anschließend erpressen zu können.«

»Es ging um bessere Noten?«

»Ja, darauf lief es wohl hinaus. Angeblich für sie und andere Schüler. Wie gesagt, das war letztlich auch nicht Gegenstand der Verhandlungen mit der Schulleitung. Diese aufgebauschte Sache mit den Drogen war ausschlaggebend.«

»Vielen Dank, Herr Krone, dass Sie so offen mit mir darüber gesprochen haben. Ich kann mir gut vorstellen, wie schwierig das für einen Vater sein muss.«

Als Hella aufstand, fiel ihr Blick auf eine Reihe von Fotos, die Alexander Krone auf seinem Schreibtisch nebeneinandergelegt hatte. »Kim?«, fragte sie.

Als Krone nickte, trat sie an den Schreibtisch und sah sich die Fotos an, die offensichtlich im Verlauf der letzten Jahre entstanden waren. Auf allen Aufnahmen trug sie das Haar offen und nicht wie bei der Befragung und am späten Abend zusammengebunden. Hella sah ein freundliches Mädchen, das in die Kamera strahlte und scheinbar unbeschwert lachte, aber auch eine ernste junge Frau, die an sich zu zweifeln schien. Als Hella sich gerade abwenden wollte, durchfuhr sie ein Gedanke, den sie nicht konkret fassen konnte. Irgendein Detail auf den Fotos war ihr aufgefallen, ohne dass sie sagen konnte, worum es sich genau gehandelt hatte. Sie ließ sich für jedes der sechs Bilder Zeit, fand aber keinen Anhaltspunkt für ihr diffuses Gefühl.

»Darf ich?« Hella hielt ihr Handy hoch und fotografierte die Aufnahmen ab, nachdem Alexander Krone zugestimmt hatte. »Die zwei Kollegen bleiben die ganze Nacht hier bei Ihnen, Sie können mich aber auch jederzeit per Handy erreichen. Nach unserer Morgenbesprechung werde ich oder einer meiner Kollegen wieder hier sein.«

Alexander Krone begleitete sie bis zur Tür, Hella verließ mit eiligen Schritten das Grundstück und machte sich auf zum Hotel. Auf halbem Weg holte sie ihr Handy hervor, scrollte die Fotos von Kim Krone durch und blieb abrupt stehen. Eiligst suchte sie nach der Aufnahme von Antonia und wechselte immer wieder zwischen den beiden Schnappschüssen. Sie waren aus dem gleichen Winkel aufgenommen, die Lichtverhältnisse schienen ähnlich gewesen zu sein. Sie ließ das Handy in die Tasche gleiten und eilte weiter. Erst vor Lars' Tür blieb sie atemlos stehen und klopfte energisch an.

»Hast du schon geschlafen?«, fragte sie, als er ihr endlich die Tür geöffnet hatte, und drängte sich an ihm vorbei.

»Ich war im Bad«, murmelte Lars und folgte ihr. »Was ist denn passiert?«

Sie hielt ihm ihr Handy vor die Nase und wechselte wie zuvor mehrmals zwischen den beiden Fotos hin und her.

»Verdammt, warum ist uns das noch nicht aufgefallen?«, stieß Lars hervor.

»Bei schlechten Lichtverhältnissen wie in einem dieser Clubs könnte man die beiden verwechseln.«

»Du meinst, der Entführer hatte zuerst die Falsche erwischt?«

Hella nickte.

»Aber dann hätte der Erpresserbrief doch schon viel eher bei Krones eingehen müssen. Als Kim noch im Haus war und wir bei ihr.«

Hella wählte im nächsten Augenblick Krones Nummer. Er nahm das Gespräch sofort an, und sie fragte ihn danach, wo er den Erpresserbrief gefunden hatte.

»Im Briefkasten. Wo sonst?«

»Lagen dort noch weitere Briefe?«

»Etliche. Warum fragen Sie?«

»Aber definitiv keine weiteren vom Erpresser?«, wich Hella ihm aus.

»Das habe ich nicht kontrolliert. Der Briefkasten war voll, und ich habe ... Augenblick, ich schaue sofort nach.«

Hella hörte, wie er den Raum verließ und kurz darauf ein Rascheln von Papier und den schweren Atem von Alexander Krone. Erst nach über einer Minute meldete er sich wieder. »Nein, das sind alles Briefe mit Absendern, die ich kenne.«

»Entschuldigen Sie die Störung, Herr Krone.« Hella verabschiedete sich von ihm und legte auf.

Lars stand vor ihr und sah sie fragend an.

»Offensichtlich hatte Kim seit Tagen den Postkasten nicht geleert«, erklärte ihm Hella. »So, wie das klang, waren da mindestens zwanzig Briefe drin.«

Lars holte aus seiner Reisetasche einen mobilen Fotodrucker, bat Hella um ihr Handy und steuerte damit über Bluetooth den kleinen Drucker an. Kurz darauf legte er beide Fotos nebeneinander auf den Tisch. »Du hast recht. Die Gesichtsform ist zwar unterschiedlich, aber wenn sie die Haare offen tragen, fällt das nicht so ins Gewicht. Die Augenpartie ist ähnlich, der Mund auch, gerade wenn sie wie hier beide roten Lippenstift aufgelegt haben.« Lars sah Hella fragend an. »Und jetzt? Das wäre natürlich der ...«

»Wir wissen nicht, ob unsere Annahme stimmt. Das ist erst mal nur ein loser Verdacht, mit dem ich garantiert nicht zu Krone rennen kann.«

»Wo ist Kim?«

»Genau das ist die Frage! Warum ist sie nicht erreichbar und Meier, mit dem sie eventuell unterwegs ist, auch nicht?«

»Das wäre doch ein wahnsinnig großer Zufall, dass Kim genau in dem Moment, ich nenne es jetzt mal, verreist und nicht erreichbar ist, als ihr Vater nach Hause kommt und die Lösegeldforderung findet. Okay, dass Kim sich nicht für die Post interessiert und sie tagelang im Briefkasten liegen lässt, ist schon denkbar, aber dieser … Wann soll die Geldübergabe sein?«

»Vermutlich morgen«, antwortete Hella.

»Krone muss darauf bestehen, mit seiner Tochter sprechen zu dürfen.«

»Was würde passieren, wenn Krone merkt, dass die Entführer Antonia statt Kim gefangen halten?«, fragte Hella und fuhr sich dabei mit der Hand durch die Haare.

»Er würde nicht bezahlen, oder?«

»Und was würden die Erpresser machen, wenn ihnen gesagt würde, dass sie die falsche Frau entführt haben?«

»Sie würden Alexander Krone nicht glauben und ein Manöver vermuten«, sagte Lars. »Im schlimmsten Fall würden sie Antonia töten.«

»Bisher haben sie sich geweigert, Krone mit seiner Tochter sprechen zu lassen. Das hat sicher einen Grund. Ich glaube nicht, dass der Anrufer in der Nähe des Opfers ist. Entweder sind sie auf hoher See und haben keinen Empfang, oder sie sind hier auf der Insel und haben Angst, geortet zu werden. Der Anrufer wird vom Festland aus telefonieren. Alles andere wäre viel zu gefährlich.«

Lars nickte nachdenklich. »Ich hoffe, dass wir morgen die Ortung bekommen. Ich habe heute noch einmal Druck gemacht.« Er zog die Augenbrauen hoch. »Und wir sagen Krone nichts von unserem Verdacht?«

»Nein, das wäre fahrlässig! Er könnte unsicher werden und im schlimmsten Fall die ganze Aktion gefährden. Außer der Ähnlichkeit auf den Fotos haben wir nicht den geringsten Beweis. Ich werde aber Krone morgen impfen, dass er auf einen Kontakt mit seiner Tochter bestehen oder zumindest ein Lebenszeichen von ihr einfordern soll.«

Lars nickte. »Ich glaube nicht an eine Verwechslung. Wie gesagt, ein solcher Zufall … Nein, da muss etwas anderes dahinterstecken.«

17

Hella lag wach im Bett. Auch wenn sie Lars zugestimmt hatte in der Annahme, dass die Verwechslung der beiden jungen Frauen unwahrscheinlich war, war ihr bewusst, dass sie ein hohes Risiko einging, Krone nicht über ihren Verdacht zu informieren. Wenn die Entführer ihn tatsächlich mit dem Opfer sprechen lassen würden und sich herausstellte, dass nicht Krones Tochter in der Leitung war, musste sie mit unkontrollierbaren Reaktionen des Vaters rechnen. Wenn er das geforderte Lösegeld bezahlen würde und nicht seine Tochter, sondern Antonia freikäme, würde er ihr schwere Ermittlungsfehler vorwerfen.

Sie ging in Gedanken noch einmal alle Fakten durch. Dass zwei junge Frauen, die auch noch gemeinsam durch die Clubs von Norderney gezogen waren, innerhalb von wenigen Tagen unabhängig voneinander entführt worden waren, hielt sie für unwahrscheinlich. Genauso unwahrscheinlich schien es aber zu sein, dass es zu einer Verwechslung gekommen war. Trotzdem mussten die beiden Fälle etwas miteinander zu tun haben, auf die ein oder andere Weise.

Wo war Kim Krone? Ihre Vermutung, dass Kim sich für ein paar Tage aus der Schusslinie hatte nehmen wollen und mit Meier eine spontane Reise mit dem Motorboot unternommen hatte, schien ihr inzwischen durchaus logisch. Aber warum war sie untergetaucht? Hatte sie tatsächlich Männer erpresst und jetzt Angst, dass es herauskommen würde? Oder ging es ihr um Antonias Verschwinden und ihre falschen Angaben zum Samstagabend und Sonntagmorgen? Beides ergab keinen Sinn. Über kurz oder lang würde sie wieder auftauchen und sich den Fragen der Polizei stellen müssen. Warum also erst untertauchen und so den Verdacht auf sich lenken? Wer von beiden war entführt worden? Eventuell doch beide? Vielleicht war es tatsächlich zu einer Verwechslung gekommen, die Entführer hatten bemerkt, dass sie die falsche Frau gefangen genommen hatten – und hatten dann zusätzlich Kim entführt. Das Risiko, Antonia jetzt freizulassen, war zu groß, also hielten sie beide Frauen fest.

Auf dem Weg zu Alexander Krone hatte Hella kurz mit Antonias Mutter telefoniert. Sie hatte das Gespräch nach dem ersten Klingelzeichen angenommen und sofort gefragt, ob Antonia gefunden worden sei. Hella hatte versucht, sie zu beruhigen, was ihr nur leidlich gelungen war, und ihr versprochen, sich morgen wieder zu melden.

Hella sah auf ihr Handy. Kurz vor zwölf. Sie hatte in der Hektik vergessen, Leon anzurufen. Sie schickte ihm eine WhatsApp mit der Frage, ob er noch wach sei. Nur Sekunden später klingelte ihr Handy.

»Doch noch nicht geschlafen?«, fragte sie erfreut.

»Nein, ich habe gehofft, dass du dich noch melden kannst.«

»Da bin ich! Wie war dein Tag?«

»Ach, ich habe heute früh Schluss gemacht und bei Gesa eine gemütliche Tasse Tee getrunken. Eigentlich waren es vier und ein klitzekleiner Whisky, aber so genau wolltest du es bestimmt nicht wissen.«

Hella lachte. »Ihr beide seid schon ein interessantes Paar.«

»Was denn, ich muss doch den Kontakt zu unserer einzigen Nachbarin halten!«

»Du meinst, wenn ich schon nicht da bin?«

»Irgendjemand muss nun mal für Recht und Ordnung sorgen.«

Hella sah Leons breites Grinsen vor ihrem geistigen Auge. Auch wenn er seine Kritik charmant verpackte, verstand Hella den Wink. Ihre Überstunden hatten in den letzten Wochen ein Maß erreicht, das keiner Beziehung guttun konnte.

»Wenn wir den Fall geklärt haben, nehme ich mir ein paar Tage Urlaub. Was hältst du davon?«

»Klingt gut. Mit Glück bekomme ich auch frei. Gibt es denn Neuigkeiten? Oder darfst du mir nicht davon erzählen?«

»Es ist alles noch komplizierter geworden. Jetzt haben wir auch noch einen zusätzlichen Entführungsfall.«

»Also nicht das Mädchen, weshalb ihr ursprünglich nach Norderney gefahren seid?«

»Nein, deren Freundin, mit einer Familie im Hintergrund, die ziemlich vermögend ist.« Bei dem Wort »Freundin« hatte Hella kurz gezögert. Waren Antonia und Kim tatsächlich befreundet gewesen, oder wie konnte man die Beziehung bezeichnen? Allenfalls war Antonia Johannas Freundin gewesen, aber auch daran begann Hella zu zweifeln.

»Und jetzt?«

»Das Übliche. Wir haben Verstärkung bekommen – Techniker, eine Psychologin, weitere Ermittler – und warten jetzt darauf, wie die Übergabe stattfinden soll.«

»Auf Norderney? Was ist das denn für eine verrückte Sache?«, fragte Leon.

»Das frage ich mich langsam auch. Es gibt noch ein paar mehr Aspekte, die die ganze Angelegenheit noch verwirrender machen. Aber im Moment kann ich kaum klar denken. Es kommt mir vor, als hätte ich irgendwas übersehen.«

»Du musst sicher früh raus, oder? Dann lasse ich dich jetzt lieber schlafen.«

»Fünf Minuten noch. Bitte!«

Aus den fünf wurden fünfzehn. Hella lag anschließend weiter wach und dachte darüber nach, wann sie Leon von dem anstehenden Schwangerschaftstest erzählten wollte. Bevor oder nachdem sie ihn gemacht hatte? Zweimal war sie während des Tages an einer Apotheke vorbeigekommen, ohne einen Test zu kaufen. Was wäre, wenn, fragte sie sich nicht zum ersten Mal und schlief erschöpft darüber ein.

Hella fasste kurz die Ereignisse des vergangenen Tages zusammen und bat die anwesende Psychologin um eine Einschätzung zu Alexander Krone. Sie hielt ihn für ausgesprochen stabil und in der Lage, die Lösegeldübergabe zu meistern. Er würde trotz der angespannten Situation sachlich und überlegt reagieren und schien nicht zu emotionalen Ausbrüchen zu neigen.

»Allerdings«, fügte die Psychologin hinzu, »ist das keine

Garantie. Eine Geldübergabe, schon gar wenn sie sich lange hinzieht und es brenzlig wird, kann trotzdem aus dem Ruder laufen.«

»Danke, Frau Kollegin. Haben Sie sich die Aufnahme des Telefonats angehört, und lässt sich daraus etwas schließen?«

»Ja, ich habe sie mehrfach gehört, aber die verzerrte Stimme macht es nicht gerade einfach, sie zu interpretieren. Der Verlauf des Gesprächs war ja sehr kurz. Der, ich nenne ihn mal, Erpresser, hat sich auf keine Diskussion eingelassen. Es kam mir vor, als liefe alles wie nach einem Drehbuch ab. Immerhin hatte der Erpresser erwartet, dass das Geld bereits vorliegen würde, er hatte also offensichtlich schon vor, die Anweisungen für die Übergabe zu nennen. Trotzdem ist er scheinbar ohne großen Stress mit der Situation umgegangen und hat sofort den nächsten Tag als neuen Telefontermin genannt. Auch dass es nicht zu einem Gespräch zwischen Vater und Tochter kommen würde, schien vorab geplant gewesen zu sein. Der Erpresser hat auch in dieser Situation die Nerven behalten.«

»Wie lässt sich das interpretieren?«, fragte Hella.

»Da wird es jetzt natürlich schwer«, antwortete die Psychologin. »Die Person am Telefon scheint regelrecht distanziert zu sein, wie bei einer nicht wirklich wichtigen Geschäftsbesprechung. Es könnte durchaus sein, dass diese Person ausschließlich für die Telefongespräche zuständig ist und mit der eigentlichen Entführung nichts zu tun hat. Sie kennt vermutlich das Opfer überhaupt nicht und kann deshalb auch unvorbelastet in diese Verhandlungen gehen. Sie hat sozusagen keinen emotionalen Bezug. Stellen Sie sich vor, Sie haben einen Menschen entführt. Sie erleben diesen Menschen in seiner Angst, vermutlich sogar Todesangst, müssen sich jedes Mal vorsehen, dass sie nichts von sich preisgeben, was zu einer späteren Identifizierung beitragen könnte. Sie sind also mittendrin im Geschehen. Das kann kaum jemand einfach so wegstecken, es berührt auf die ein oder andere Weise. Sie können davon ausgehen, dass so ein Entführer unter einem enormen Druck steht. Davon habe ich aber in dem Telefongespräch nichts gehört.«

»Was soll uns diese Erkenntnis jetzt bringen?«, fragte Lars.

»Das müssen Sie als Ermittler entscheiden«, konterte die Psychologin.

Lars reagierte nicht, sondern war auf seinen Laptop konzentriert. »Ich bekomme hier gerade eine Meldung rein. Das Handy des Erpressers war mitten in Hamburg eingeloggt. In der Fußgängerzone.«

»Hamburg?«, fragte Eike Eilers. »Ist das sicher?«

»Wenn der Erpresser nicht über eine mir unbekannte Technik verfügt, mit der er dem Provider etwas vormachen kann, dann ist das hundertprozentig sicher, ja.«

»Zumindest wird klar, weshalb Kim nicht mit ihrem Vater sprechen konnte«, riss Hella die Gesprächsführung wieder an sich. »Und vermutlich auch heute nicht kann. Ist alles dafür vorbereitet, das Handy beim nächsten Kontakt direkt zu orten?«

»Im Prinzip, ja. Allerdings könnte der Erpresser eine neue SIM-Karte benutzen. Dann wird es unter Umständen schwieriger«, antwortete Lars.

»Okay, was liegt heute an?«, fragte Hella in die Runde.

Lars hob seine Hand. »Ich habe mir gestern noch einmal die Aufnahme von Samstagnacht angeschaut.« Er hatte bereits den Beamer angeschaltet und ließ jetzt den Filmabschnitt noch einmal laufen.

»Konzentriert euch auf die Frau. Fällt euch etwas auf?«

Er spulte zurück und ließ die Szene ein zweites Mal laufen.

»Die Frau läuft entweder zum ersten Mal in Pumps«, sagte die Psychologin, »oder sie steht unter Drogen. Alkohol wäre auch möglich, aber auch K.-o.-Tropfen in relativ geringer Dosis.«

Lars ließ den Film erneut laufen. »Genau das vermute ich auch. Natürlich können wir bei den schlechten Aufnahmen nicht mit Gewissheit sagen, ob es sich hier um Antonia handelt, aber wenn, ergäbe es durchaus Sinn. Richtig dosiert lässt sich die Person leicht dirigieren, das Paar fällt nicht so auf, und ob die Person sich später an die Situation erinnern kann, ist auch fraglich.« Er sah auf seinen Notizblock, der vor ihm lag. »Übrigens, ich habe die Aufnahmen gestern noch der Mutter von Antonia vorspielen lassen. Ein Kollege aus Wittmund ist zu ihr rausgefahren. Sie hat Antonia auf den Filmaufnahmen leider auch nicht eindeutig identifizieren können.«

»Sollten wir uns nicht auf die Entführung von Kim Krone konzentrieren?«, frage Eike Eilers. »Das scheint mir im Moment dringender.«

»Dringender würde ich nicht sagen, aber in Ordnung …«, murmelte Hella. »Gibt es ähnliche Szenen in der Nacht von Mittwoch auf Donnerstag?«

Lars schüttelte den Kopf. »Nein, allerdings sagte ich ja schon, dass die Yacht von Meier nicht von der Kamera erfasst wurde.«

»Was machen die Listen des Hafenmeisters?«

»Von Mittwoch auf Donnerstag habe ich als Gäste drei Segelyachten. Wir werden uns heute mit den Eignern in Verbindung setzen und nachfragen. Das wäre also die Zeit, in der vermutlich Kim Krone entführt wurde. Von Samstag auf Sonntag haben wir erwartungsgemäß mehr Gäste im Hafen gehabt. Das waren zehn Schiffe, die wir ebenfalls überprüfen werden. Hinzu kommen die Dauermieter. Hier habe ich noch mal eine ganze Reihe von Namen, die wir auch kontaktieren müssen. Direkt nach der Besprechung fangen wir damit an.«

»Was ist mit Alexander Krone?«

Der zweite Emder Kollege hob seine Hand. »Ich bin dabei. Bisher ist mir nichts aufgefallen.«

»Seine Yacht liegt auf jeden Fall in der Emder Werft«, warf Eike Eilers ein.

»Bleibt noch der Begleiter von Johanna. Haben wir da jetzt einen Namen?«

Eike Eilers meldete sich. »Maximilian Holberg, Oldenburg. Er verweilt, wie ich festgestellt habe, noch bis Samstag auf Norderney.« Er reichte Hella eine Notiz. »Hier … sein Hotel.«

»Da kümmere ich mich drum«, sagte Hella und beendete die Besprechung.

»Guten Tag«, sagte der Mann, der auf Hellas Klopfen die Zimmertür geöffnet hatte und sie jetzt fragend ansah.

»Hella Brandt, Kriminalpolizei.« Sie hob ihren Ausweis. »Ich würde gern mit Ihnen sprechen.«

Sie schätzte den schlanken Mann auf Mitte vierzig. Kurzer Haarschnitt, markante männliche Gesichtszüge, grünbraune Augen.

»Worum geht es?«

»Können wir das im Zimmer besprechen?«

Der Mann lächelte und trat zur Seite. »Selbstverständlich!«

Er führte sie zu einer Sitzecke mit Fernseher und bot ihr etwas zu trinken an. Hella lehnte ab.

»Sie kennen Frau Johanna Thies?«, stieg Hella direkt in die Befragung ein.

»Warum fragen Sie?«

»Frau Thies hat angegeben, dass sie mit Ihnen in der Nacht von Samstag auf Sonntag sexuell verkehrt hat.«

»Sexuell verkehrt? Das klingt jetzt aber sehr formal, Frau Kommissarin.«

»Hauptkommissarin. Entspricht die Angabe von Frau Thies der Wahrheit?«

Holberg zog die Augenbrauen zusammen. »Hat sie irgendwelche Anschuldigungen gegen mich erhoben?«

»Herr Holberg, die Fragen stelle ich. Beantworten Sie doch bitte meine.«

»Muss ich das?«

»Nein, das müssen Sie nicht. Wenn Sie sich damit selbst belasten, können Sie selbstverständlich schweigen. Falls Sie es wünschen, breche ich die Befragung jetzt ab, und wir sehen uns dann nach einer offiziellen Vorladung der Staatsanwaltschaft in Aurich wieder.«

Er schien verunsichert zu sein. »Wird mir etwas zur Last gelegt?«

»Nein.«

»Kann ich davon ausgehen, dass Sie meine Angaben diskret behandeln?«

»Solange Sie nicht in eine Straftat verwickelt sind, brauchen Sie sich keine Sorgen zu machen, dass Ihre Frau davon erfährt.« Hella hatte sich noch in der Polizeistation über seinen Familienstand informiert.

Holberg warf ihr einen ärgerlichen Blick zu. »Ja, ich war mit Johanna zusammen.«

»Sie kennen auch Kim Krone?«

»Ja.«

»Ebenfalls …«

»Ja, wir waren auch zusammen. War das Ihre Frage?«

»Wie lange ist das her?«

»Im Spätsommer war ich für ein Wochenende auf der Insel.«

»Waren Sie mit ihr im Hotel oder bei Frau Krone im Haus?«

»Im Haus, warum?«

»Und Samstagnacht?«

»Johanna war hier bei mir im Hotel.«

»Warum?«

»Sie hat es vorgeschlagen. Warum also nicht?«

»Sind Sie von Kim Krone erpresst worden?«

Maximilian Holberg sah sie entgeistert an. »Erpresst? Womit? Natürlich nicht.«

»Ich würde verstehen, wenn Sie eine solche Erpressung verschweigen würden. Was halten Sie von folgendem Vorschlag: Sie antworten mir noch einmal auf meine Frage, und ich garantiere Ihnen, dass Sie aus den Ermittlungen herausgehalten werden.«

Holberg lachte gönnerhaft. »Nett von Ihnen, aber ich bin nicht erpresst worden. Und Sie können mir glauben, dass ich mich garantiert nicht hätte erpressen lassen.« Er stutzte. »Gibt es Fotos oder Filmaufnahmen?«

»Dazu kann ich Ihnen nichts sagen.« Sie fixierte ihn. »Haben Sie einer der beiden jungen Frauen Geld gegeben?«

»Und wenn schon … Das ist ja wohl kaum verboten.«

Hella reichte ihm ihre Visitenkarte. »Falls Ihnen noch etwas einfällt, rufen Sie mich an.« Sie stand auf. »Grüßen Sie Ihre Frau von mir.«

18

»Seid ihr weitergekommen?«, fragte Hella, als sie zurück in die Polizeistation kam.

»Mühsame Arbeit mit den Yachteignern. Bis man sie erst mal so weit hat, dass sie dir auf die Fragen antworten. Und bei dir?«

Hella berichtete von dem Gespräch.

»Nimmst du ihm ab, dass er nicht erpresst wurde?«

»Holberg ist kein angenehmer Zeitgenosse, aber er schien ehrlich überrascht von meiner Frage. Er hat Kim und wahrscheinlich auch Johanna, wie er es formulieren würde, ›beschenkt‹, aber erpresst wurde er vermutlich nicht. Selbst wenn es so wäre, ich kann ihn nicht zwingen, auszusagen.«

»Dann müssen wir weitersuchen. Diese Kameras müssen doch einen Sinn gehabt haben. Oder meinst du, sie waren gerade neu installiert?«

»Johanna wusste von den Teilen und ging davon aus, dass Kim sie auch benutzt hat. Aber vielleicht hatte sie anschließend Angst, einen Schritt weiter zu gehen. Mit Männern gegen Geschenke oder auch Geld Sex zu haben, ist nicht verboten, aber Erpresser könnten schnell im Gefängnis enden. Ein Blick ins Internet genügt, um das Strafmaß herauszubekommen.«

Hella setzte sich an den provisorischen Schreibtisch und griff nach ihrem Laptop. Nach wenigen Klicks hatte sie Holbergs Firma gefunden. Ein mittelständischer Betrieb, der Zulieferer für die Automobilindustrie war. Holberg hatte die Firma von seinem Schwiegervater übernommen. Vermutlich hatte seine Frau maßgebliche Anteile am Unternehmen und würde ihm im Falle einer Scheidung das Leben schwer machen oder ihn sogar rauswerfen. Holberg wäre nie zur Polizei gegangen. Und dass er Kim hatte entführen lassen, glaubte sie noch weniger.

Hella erledigte ihren täglichen Anruf bei Ingeborg Wittmeier, deren Stimme von Tag zu Tag verzweifelter klang. Sie redete der armen Mutter gut zu und erklärte ihr, dass sie auf einem hoffnungsvollen Weg seien und hoffentlich bald Klarheit darüber hätten, was mit Antonia passiert sei. Auf Frau Wittmeiers Frage, ob Antonia noch leben würde, antwortete sie mit einem klaren Ja. Ihr war klar, dass diese Aussage ein typischer Anfängerfehler war und gleich nach dem Versprechen kam, den Täter zu finden. Trotzdem hatte sie keinen anderen Weg gesehen, Frau Wittmeier zu beruhigen.

Als sie ihr Handy weglegen wollte, klingelte es. Sie nahm das Gespräch an. Benjamin Weiher meldete sich und fragte, ob es etwas Neues gab. Sie hatte das Büro, in dem Lars und einer der anderen Kollegen arbeiteten, verlassen und stand jetzt auf dem Flur. »Nein, leider noch keine nennenswerten Ergebnisse«, erklärte Hella dem jungen Mann.

Sie hörte ihn schwer atmen. »Das kann doch alles nicht wahr sein. Antonia ist jetzt seit fünf Tage verschwunden.«

»Wir haben inzwischen mehr Kollegen auf der Insel und ermitteln mit Hochdruck.« Hella verschwieg, dass sie noch an einem anderen Fall dran waren und dieser im Moment durch die nahende Geldübergabe Vorrang hatte.

»Warum musste sie nur mit dieser verfluchten Johanna mitgehen? Was wollte sie auf Norderney? Was?«

Selbst die Stimme von Benjamin erinnerte Hella an Florian. Sie musste unwillkürlich an den neuen Schwangerschaftstest denken, den sie jetzt zwar gekauft, aber noch nicht gemacht hatte.

»Sind Sie noch da?«, fragte der junge Mann.

Hella nahm seine Stimme wie durch dichten Nebel wahr und setzte die einzelnen Worte viel zu spät zu einem Satz zusammen.

»Hallo, Frau Brandt?«

»Entschuldigung, die Leitung muss unterbrochen worden sein. Was hatten Sie gesagt?«

»Was wollte Antonia nur auf Norderney? Ich verstehe es einfach nicht.«

»Genau weiß ich es natürlich auch nicht, aber ich vermute, sie war in einer Art Identitätskrise. Die Trennung von Lennard, falsche Freunde, womit ich natürlich nicht Sie meine, Stress in der Schule, das Leistungsniveau zu halten, Angst vor der Zukunft, vielleicht auch die Suche nach dem, was sie ausmacht, als Mensch, als Frau. Die Frage nach ihrer Vergangenheit, dann der fehlende Vater, die Abnabelung von der Mutter. Angeblich war es eine Wette, die Antonia nach Norderney geführt hat. One-Night-Stand, ja oder nein.«

Benjamin Weiher stöhnte. »Johanna und diese Kim?«

»Behalten Sie es aber für sich. Ich hätte Ihnen das eigentlich nicht erzählen dürfen.« Hella tat der junge Mann leid. Er machte sich Vorwürfe, nicht ausreichend für seine Freundin da gewesen zu sein.

»Wo ist sie nur?«, fragte er mit flehendem Unterton.

»Wir suchen sie mit Hochdruck. Glauben Sie mir. Ich informiere Sie, sobald ich etwas Neues weiß.«

»Danke.« Er hielt einen Moment inne. »Warum tun Sie das? Ich meine, ich bin doch nur ein Freund von Antonia. Wahrscheinlich dürften Sie mit mir gar nicht über sie reden, oder?«

»Sie sind ein netter Kerl. Machen Sie sich nicht zu viele Sorgen. Wie gesagt, ich melde mich.«

»Guten Tag, Herr Krone«, begrüßte Hella Kims Vater, den sie in seinem Arbeitszimmer vorfand. Er nickte ihr zu und starrte weiter auf die Schreibtischplatte.

»Der Bote der Bank ist unterwegs, habe ich gehört?«

»Ja.«

»Der Oberstaatsanwalt hat mich informiert, dass wir die Scheine und den Koffer nicht präparieren dürfen.«

Krone sah auf. »Ich will meine Tochter nicht in Gefahr bringen. Auf keinen Fall.«

Hella setzte sich auf den Stuhl vor seinem Schreibtisch. »Vermutlich werden die Entführer verlangen, dass Sie das Geld übergeben. Ich gehe davon aus, dass das auf dem Festland passieren wird. Wir werden Sie auf der Fähre begleiten, selbstverständlich verdeckt. Auf dem Festland steht dann ein Team bereit, das Ihnen in sicherer Entfernung folgt.«

Hella sagte nicht, dass sie mit dem Oberstaatsanwalt abgesprochen hatte, dass an Krones Fahrzeug ein Sender angebracht werden würde, damit die Kollegen sein Handy während der ganzen Aktion abhören konnten. Zusätzlich würde, trotz gegenteiliger Absprache, ein Minisender im Koffer versteckt sein.

»Haben Sie Kinder?«

Hella schüttelte den Kopf.

»Würden Sie nicht genauso handeln, wenn es Ihre Tochter wäre?«, fragte er weiter.

»Ich bin Polizistin. Natürlich hätte die Sicherheit meiner Tochter absoluten Vorrang, aber ich würde auch den Kollegen zutrauen, mit der Situation verantwortungsvoll umzugehen.«

»Menschen machen Fehler. Glauben Sie mir. Kim ist das Einzige, was mir von meiner Familie geblieben ist. Meine Eltern sind tot, ich war ein Einzelkind, nahe Verwandte habe ich auch nicht. Ich darf Kim nicht verlieren, verstehen Sie das?«

»Ja, natürlich. Aber bitte haben Sie auch Verständnis für unsere Seite. Entführung ist eine schwere Straftat, die wir verfolgen müssen. Unabhängig davon, wie die Opfer und deren Angehörige darüber denken.«

Die Türglocke erklang leise. Sie hörten Schritte und Gesprächsfetzen. Schließlich klopfte jemand an der Tür, und Gerd Hinrichs brachte den Koffer herein und ließ die Quittung der Bank von Alexander Krone unterschreiben. Als er den Raum wieder verlassen hatte, öffnete Krone den Koffer und starrte auf die Geldbündel. »Wegen diesem bedruckten Papier wird jetzt meine Tochter irgendwo in einem Loch gefangen gehalten und muss Todesangst ausstehen.«

Krone schloss den Koffer und stellte ihn auf den Boden.

»Sind Sie verheiratet?«, fragte er mit brüchiger Stimme.

»Nein, aber ich habe einen Lebensgefährten.«

»Sind Sie schon lange zusammen?«

»Nein.«

»Ich habe so viel falsch gemacht in meinem Leben, dass es für fünf reichen würde. Meine Frau ist geflohen, mein Kind verachtet mich, ob ich wirkliche Freunde habe, bezweifle ich stark. Ohne das Geld meiner Familie wäre ich ein Nichts. Dieses verdammte Geld. Dabei hat es mir noch nie etwas bedeutet, es war einfach da, und ich habe das gemacht, was von mir erwartet wurde – was mein Vater von mir erwartet hat. Manchmal denke ich, Kim muss all das ausbaden, dem ich aus dem Weg gegangen bin. Alexander, der Feigling, dabei hatte mein Vater sicher einen anderen Namenszusatz im Sinn, als er mich so genannt hat.«

Hella warf einen verstohlenen Blick auf die Uhr. In einer Viertelstunde würden sich die Erpresser wieder melden.

»Was meinen Sie? Ist das Ganze hier ein Zeichen für mich, endlich etwas zu ändern? Wissen Sie, was ich eigentlich werden wollte? Schriftsteller. Ich habe sogar ein paar Semester Germanistik studiert, heimlich natürlich und neben dem Betriebswirtschaftsstudium. Ein Traum, der immer ein Traum blieb. Mein Vater hätte mich in der Luft zerrissen, wenn er das erfahren hätte. Ich bin eine lächerlich ängstliche Figur geworden … Ach, ich war es immer schon. Kein Rückgrat, mutlos und arm.« Er lachte. »Der Multimillionär ist bitterarm. Lustig, oder?« Er nickte nachdenklich. »Ja, vielleicht ist es Zeit, etwas zu ändern, bevor ich auch noch Kim verliere.« Er erstarrte, seine Augen waren feucht.

Hella reichte ihm ein Taschentuch, er nahm es mit einem dankbaren Lächeln an. »Sie müssen auch denken, was für ein Waschlappen hier vor Ihnen steht. Da wird seine Tochter entführt, und er denkt nur an sich und sein verpfuschtes Leben.«

»Nein, das denke ich ganz sicher nicht, Herr Krone.«

»Danke«, sagte er nach einer Weile, richtete sich abrupt auf und sah auf die Uhr. »Sie rufen gleich an, oder?«

»Vermutlich in fünf Minuten.«

»Fünf Minuten«, murmelte er und senkte den Kopf.

Schweigend saßen sie zusammen und warteten auf das Klingeln des Telefons. Punkt zwölf meldete sich der Erpresser.

»Ist das Geld da?«

»Ja.«

»Wir rufen in drei Stunden wieder an. Dann erfahren Sie, wo die Übergabe stattfindet.«

»Kim! Ich will mit Kim sprechen.«

»Das geht nicht. Vertrauen Sie uns. Ihre Tochter kommt wieder frei, wenn Sie unseren Anweisungen folgen.«

Hella gab ihm ein Zeichen, sich nicht damit zufriedenzugeben.

»Ich will Kim sprechen, sonst werde ich kein Geld bezahlen.«

Nach wenigen Sekunden erklang eine schrille Frauenstimme, die kaum zu verstehen war. Die Frau weinte und schrie um Hilfe. Alexander Krone erstarrte.

»Entscheiden Sie selbst, was mit Ihrer Tochter passiert«, sagte die verzerrte Erpresserstimme. »Wir melden uns.«

Das Gespräch wurde unterbrochen. Hella sah auf die Stoppuhr ihres Handys. Es hatte nur dreiundsiebzig Sekunden gedauert.

»Kim!«, keuchte Alexander Krone. »Das war Kim. Heißt das, dass sie …« Es verschlug ihm die Sprache. Er sah Hella flehend an.

»Der Erpresser hat eine Aufnahme abgespielt. Wir gehen davon aus, dass er sich nicht in der Nähe Ihrer Tochter aufhält.« Hellas Handy brummte. Sie warf einen Blick aufs Display. Lars schrieb ihr, dass der Anrufer wieder in der Hamburger Innenstadt geortet worden war, allerdings an einem anderen Punkt als beim ersten Mal.

»Aber sie lebt, oder?«, fragte Krone.

»Davon gehe ich aus«, versuchte Hella, ihn zu beruhigen, während sie darüber nachdachte, ob die Stimme der schreienden Frau die von Kim Krone gewesen war. Auch wenn der Vater sie wiedererkannt hatte, war das noch lange kein Beweis, dass es die Stimme von Kim gewesen oder sie noch am Leben war. Hatten die Entführer von vornherein geplant, keine Direktverbindung zwischen Vater und Tochter zuzulassen, und war der Anrufer deshalb in der Hamburger City unterwegs? Die Maßnahme konnte natürlich auch einen Sicherheitsaspekt haben. Dass Handys geortet werden konnten, war heutzutage jedem klar. Wenn die Entführer dadurch den Standort des Opfers preisgeben würden, wären die Kollegen, egal, wo sich Kim aufhielt, schnell vor Ort.

»Warum sagen die mir nicht, wo ich das Geld hinbringen soll?«

»Sie haben Angst, dass wir uns darauf einstellen. Das ist absolut üblich. Die Entführer müssen davon ausgehen, dass Sie uns einbezogen haben. Deshalb werden sie die Details der Übergabe so spät wie möglich mitteilen.«

»Also um drei Uhr?«

»Ich vermute, dass Sie auch dann nur erfahren, was Sie zunächst machen sollen. Zum Beispiel mit der Fähre aufs Festland fahren. Anschließend werden Sie weitere Instruktionen bekommen.« Hella war klar, dass die Übergabe des Geldes für die Erpresser die gefährlichste Phase darstellte. Viele Übergaben scheiterten beim ersten Versuch, nicht selten waren mehrere Übergaben notwendig, bis eine erfolgreich war.

»Also nicht auf Norderney?«, fragte Alexander Krone.

»Wir haben sämtliche Möglichkeiten durchgespielt und sind einhellig der Meinung, dass die Übergabe auf dem Festland stattfindet. Hier auf der Insel wäre es viel zu gefährlich. Die einzige Chance, von hier zu fliehen, ist ein Boot oder ein Flugzeug. Beides könnten wir problemlos abfangen.«

»Ja, ich verstehe.« Er sah erschrocken auf. »Wie nah werden Sie mir folgen? Ich will nicht, dass Kim in Gefahr kommt.«

»Wir haben speziell ausgebildete Kollegen, die das nicht zum ersten Mal machen. Vertrauen Sie uns bitte.«

19

»Gibt es Neuigkeiten?«, fragte Hella, als sie zurück in die Polizeistation kam.

»Kann ich noch nicht mit Gewissheit sagen«, antwortete Lars. »Gerade habe ich mit einem Eigner gesprochen, der in Oldenburg wohnt und an dem Wochenende auf Norderney war. Er hatte wenig Zeit, da er in einer wichtigen Geschäftsbesprechung steckt, ruft aber wieder zurück.«

»Und?«

»Er war sich sicher, dass er unser Paar im Film gesehen hat. Die Uhrzeit stimmt. Aber wie gesagt, er hatte keine Zeit. Ansonsten keine weiteren Erkenntnisse.«

Hella berichtete ihm von dem Anruf der Erpresser. »Wir müssen bis fünfzehn Uhr abwarten und auf alles gefasst sein. Ich gehe davon aus, dass Krone noch heute mit dem Geld aufs Festland fahren soll. Ich habe Emden informiert, die Kollegen stehen auf Abruf bereit.«

»War es denn Kims Stimme?«, fragte Lars zögerlich.

»Schwer zu sagen. Du kannst dir die Aufzeichnung ja anhören. Krone war sich sicher. Da werde ich jetzt nicht Zweifel säen, Lars. Das war eine von mehreren Vermutungen, die wir angestellt haben. Nicht mehr und nicht weniger.«

»Okay! Du fährst mit aufs Festland?«

»Ja, falls es dazu kommt. Und Kollege Eilers. Dich brauche ich hier, falls Unvorhersehbares passiert.«

»Kein Thema. Ich hoffe mal, du hast deine Schutzweste mit.«

»Im Kofferraum des Wagens. Ich hoffe nicht, dass es zu einem Schusswechsel kommt. Das Team hat die Aufgabe, den Abholer zu observieren. Wir müssen sicher sein, dass Kim auf freien Fuß kommt, bevor wir zugreifen.«

»Das wird nicht einfach werden.«

Hella stand auf. »Nein, das wird es nicht. Ich werde jetzt

dem Fahrradverleiher einen Besuch abstatten. Informier mich bitte, wenn es etwas Neues gibt.«

Nach kurzem Stopp im Fischimbiss, wo Hella sich ein Brötchen mit Seelachs gekauft hatte, betrat sie das Geschäft von Karl Bogner. Lars hatte für sie vorab angerufen, um sicherzustellen, dass Bogner sich im Laden aufhielt.

»Wir kennen uns doch«, sagte Bogner, als sie auf ihn zukam.

Hella zückte ihren Ausweis. »Kriminalpolizei. Können wir irgendwo ungestört reden?«

Bogner brauchte eine Weile, um die Information zu verarbeiten, nickte dann aber und führte sie in sein Büro.

»Klein, aber mein«, sagte er und bot ihr einen Stuhl an. Er selbst setzte sich hinter seinen Schreibtisch und schien froh zu sein, zwei Meter Abstand zu Hella zu haben. »Was kann ich für Sie tun?« Er grinste. »Habe ich etwas angestellt?«

»Sie kennen Robert Meier?«

»Den Rob? Klar, wer kennt den nicht? Was ist mit ihm?«

»Sie sind befreundet?«

Bogner lachte. »Klar, solange ich genügend Umsatz in seinen Schuppen bringe, ist er mein bester Freund.«

»Erzählen Sie mir etwas über ihn!«

Karl Bogner schüttelte langsam den Kopf. »Keine Chance! Warum sollte ich das machen?«

»Kim Krone. Sagt Ihnen der Name etwas?«

»Und wenn?«

»Kennt Ihre Frau die junge Dame auch?«

Karl Bogner starrte sie wütend an. »Was soll das denn jetzt? Ich habe mich da ja wohl gerade verhört, oder?«

»Das kann ich Ihnen nicht sagen«, antwortete Hella ruhig. »Ich habe Sie danach gefragt, wie gut Sie und Ihre Frau mit Kim Krone bekannt sind.«

»Verdammt, was wollen Sie von mir?«, stieß er hervor.

»Nur ein paar Fragen stellen. Zum Beispiel die nach Herrn Meier.«

»Keine Ahnung, was Sie wissen wollen. Er ist nicht mein Freund. Fragen Sie jemand anders.«

»Stellen Sie sich vor, Sie würden Drogen kaufen wollen. Gras, Koks oder ein paar Pillen zur Aufmunterung. Wo würden Sie da hingehen?«

»Nirgends, weil ich das Zeug nicht anrühre.«

»Rein hypothetisch, meine ich natürlich. Dass ein hoch geachteter Bürger von Norderney keine Drogen nimmt, ist mir schon klar.«

»Mag sein, dass ich mal so was gehört habe. Wie gesagt, ich …«

»Natürlich nicht«, unterbrach Hella ihn. »Und angenommen, Sie möchten für eine Nacht oder ein paar Stunden eine Frau, sagen wir, unverbindlich kennenlernen. Würden Sie da auch Herrn Meier als Ansprechpartner wählen?«

Bogner stöhnte theatralisch. »Woher soll ich das denn wissen?«

Hella wartete.

»Ja, gut, es gab schon mal Gerüchte, dass in der ein oder anderen Ferienwohnung nicht nur Urlauber nächtigen, sondern auch schon mal Professionelle. Nennt man sie nicht so?«

»Gerüchte! Verstehe. Wechselt häufiger das Personal im Club?«

»Ich weiß nicht, was Sie meinen.«

»Hatten Sie das Gefühl, dass im Club auch hin und wieder Professionelle nach Kunden gesucht haben?«

»Und wenn? Ist das neuerdings verboten?«

»Das kommt darauf an. Hatten Sie jetzt den Eindruck?«

»Sieht man es denn den Frauen an, ob sie es für Geld oder zum Spaß machen? Ich zumindest nicht. Mag alles sein, was Sie da vermuten. Warum sollte es auf Norderney keine Nu… Prostituierten geben? Bei so vielen Urlaubern ist das doch nun wirklich nicht ungewöhnlich, oder?«

»Haben Sie je davon gehört, ob einer der Freier erpresst wurde?«

»Sie meinen, so richtig? ›Geld, oder ich sage es‹?«

»Zum Beispiel.«

»Davon hätte ich gehört. Glauben Sie mir, da hört der Spaß doch wirklich auf. Nein, ich kenne niemanden, der in eine solche Lage gekommen ist. Und wenn Rob damit etwas zu tun hätte, wäre er tot. Man kann hier auf der Insel nicht überleben, wenn man so einen Scheiß abzieht. Niemals.«

Hella stand auf und reichte Karl Bogner eine Visitenkarte. »Scheuen Sie sich nicht davor, mich anzurufen, falls Ihnen noch etwas einfällt. Es könnten auch scheinbar unwichtige Details sein.«

Gegen Viertel vor drei betrat Hella das Haus von Alexander Krone. Wie zuvor fand sie ihn in seinem Arbeitszimmer. Er stand am Fenster und wandte sich nur kurz um, als sie den Raum betrat.

Hella stellte sich neben ihn. »Haben Sie heute schon was gegessen?«

»Ich habe keinen Hunger.« Er sah sie an. »Gibt es etwas Neues?«

»Der Anruf des Entführers kam wieder aus der Hamburger Innenstadt. Wir haben jetzt die Kollegen dort informiert, dass wir um fünfzehn Uhr den nächsten Anruf erwarten, aber die Wahrscheinlichkeit, dass sie in der Masse der Menschen unseren Mann finden, ist extrem gering.«

»Warum Hamburg?«

Über die Frage hatte Hella auf dem Weg zu Krones Haus nachgedacht und Lars gebeten, eventuelle Verbindungen von Robert Meier nach Hamburg zu prüfen. »Wir sind dabei, das zu prüfen. Uns läuft allerdings die Zeit davon. Jetzt ist erst mal wichtig, dass die Geldübergabe klappt und Ihre Tochter wieder freikommt.«

»Das ist alles ein einziger Alptraum. Kims Mutter ist nicht zu erreichen, ich weiß nicht einmal, wie es Kim geht und ob sie …« Er schluckte und atmete schwer. »Ich fühle mich so hilflos wie noch nie in meinem Leben.« Er sah auf. »Hatte ich Sie schon gefragt, ob Sie Kinder haben?«

»Ja, das haben Sie.«

»Tut mir leid, ich erinnere mich nicht mehr an Ihre Antwort.«

Ja, ich habe ein Kind, und vielleicht wächst gerade das zweite in meinem Bauch. Zwei Kinder, von denen ich keines kenne, weder den Namen noch ihr Aussehen.

»Haben Sie jetzt Kinder?«, fragte Alexander Krone.

Hella nickte.

»Dann wissen Sie ja, wie es mir im Moment geht. Ich habe mal gelesen, dass es das Schlimmste ist, was einem Menschen passieren kann, das Kind zu verlieren. Jetzt weiß ich, was gemeint war. Kim darf nicht sterben. Sie müssen mir helfen, Frau Brandt. Bitte!«

»Wir sollten uns jetzt auf das Gespräch konzentrieren.«

»Soll ich noch einmal nach Kim fragen?«

»Ich glaube nicht, dass das Sinn macht. Es wird vermutlich um die Anweisungen für die Übergabe gehen. Fragen Sie genau nach, damit es keine Unklarheiten gibt.«

Alexander Krone atmete flach, schien sich aber nach einem Blick auf die Uhr zu konzentrieren. Sie warteten gespannt auf den Anruf. Punkt fünfzehn Uhr wurde Krone unruhig, und als um fünf nach immer noch niemand angerufen hatte, sprang er auf und lief im Raum herum, öffnete kurz das Fenster, schloss es, bevor er sich wieder hinter den Schreibtisch setzte.

»Es ist schon Viertel nach«, stieß er schließlich hervor und fügte leise hinzu: »Was jetzt?«

»Wir warten.«

Die nächsten Minuten krochen schmerzhaft dahin, selbst Hella begann, nervös zu werden. Bisher hatte der Erpresser sich absolut pünktlich gemeldet. Warum jetzt nicht? Wartete er bewusst, um sie zu zermürben?

Weitere drei Minuten vergingen, bis endlich das Telefon klingelte. Mit zitternder Hand griff Alexander Krone danach und nahm das Gespräch an.

»Krone. Alexander Krone«, sagte er kaum hörbar.

»Die Fähre um sechzehn Uhr fünfzehn. In Norddeich fahren

Sie in Richtung Emden. Wir sagen Ihnen dann rechtzeitig, was weiter passiert. Haben Sie das verstanden?«

»Die Fähre um Viertel nach vier und mit dem Auto in Richtung Emden.«

»Halten Sie Ihr Handy bereit. Wir rufen Sie an.«

»Wohin soll ich fahren?«

»Richtung Emden. Auf der B 72.«

»Kim. Ich will mit Kim sprechen.«

»Verpassen Sie die Fähre nicht!«

Der Erpresser beendete abrupt das Gespräch. Krones Hand sank langsam auf den Schreibtisch.

Hella hatte bereits ihr Handy am Ohr und sprach mit Gerd Hinrichs, der zusagte, in zehn Minuten vor dem Haus auf sie zu warten.

»Mein Kollege holt mich mit dem Auto ab, Herr Krone. Er fährt dann direkt zum Fährhafen. Sie rufen sich ein Taxi.«

Krone stand auf und nickte. Hella griff nach seinem Handy und reichte es ihm. »Wenn Sie noch vorher ins Bad oder sich was anderes anziehen wollen. Ich warte dann im Flur auf Sie.« Sie nahm den Geldkoffer in die Hand und verließ sein Arbeitszimmer.

20

Alexander Krone war ins Taxi eingestiegen und Hella bereits über den Garten und das Nachbargrundstück zum wartenden Auto von Gerd Hinrichs gelaufen. Jetzt fuhren sie in ausreichendem Abstand hinter dem Taxi her. In der Hand hielt sie ihr Handy, auf dem sie Krone verfolgen konnte. Die Techniker hatten den Koffer ohne Wissen von Krone mit einem Mini-GPS-Tracker versehen. Außerdem wurde jeder Anruf auf seinem Handy automatisch mitgeschnitten. In Norddeich würden sie von einer Spezialeinheit des LKA empfangen werden, die Alexander Krone engmaschig observieren würde. Der Oberstaatsanwalt hatte als oberste Devise den Schutz von Krones Tochter herausgegeben.

An der Fähre wartete bereits Eike Eilers. Hella nickte ihm zu und stellte sich in die Reihe der Wartenden. Als sie die Fähre betreten hatten, setzten sich Hella und ihr Kollege an verschiedene Tische, von denen aus sie Alexander Krone gut im Blick hatten und gleichzeitig den gesamten Raum beobachten konnten.

Die Fährverbindung am späten Nachmittag war die am wenigsten genutzte Linie des Tages. Hella schätzte die Anzahl der Gäste auf unter fünfzig. Keiner von ihnen schien sich besonders für Krone zu interessieren. Vermutlich gingen die Entführer fest davon aus, dass die Polizei mit im Spiel war, und würden sich entsprechend darauf vorbereiten. Das Risiko, jemanden auf Norderney zu postieren, der dann auch noch dieselbe Fähre nahm, war viel zu hoch. Auf dem Festland gab es genügend Möglichkeiten, die Polizeipräsenz zu kontrollieren. Mit hoher Wahrscheinlichkeit würden sie Alexander Krone aus Ostfriesland herauslotsen, um bessere Möglichkeiten zur Flucht zu haben. Mit der Küste im Rücken und den wenigen Straßen, die aus Ostfriesland hinausführten, wäre eine Geldübergabe hier zu gefährlich.

Warum habe ich trotzdem ein ungutes Gefühl bei der Sache?, fragte sich Hella, als sie ihren Blick über das Zwischendeck streifen ließ. Warum hatten die Entführer das Geld zunächst nach Norderney bringen lassen? Warum hatte sie nicht darauf bestanden, dass Krone mit dem Flugzeug aufs Festland flog? Der Flughafen wäre für die Entführer leichter zu überblicken gewesen als der große Fährhafen in Norddeich.

Sie zog ihr Handy aus der Tasche und rief Lars an.

»Du hast doch mit der Küstenwache gesprochen?«, fragte sie direkt.

»Ja, sie sind in Alarmbereitschaft. Ein Schiff liegt in Norddeich und kann jederzeit auslaufen. Warum?«

»Ich weiß nicht. Ist nur ein Gefühl. Ruf noch mal an und frag nach, ob da alles vorbereitet ist.«

»Das habe ich vor einer halben Stunde gemacht. Der Kapitän hat mir versichert, dass sie …«

»Schon gut. Du bist direkt bei den Kollegen, die Krones Handy abhören?«

»Wie abgesprochen, Chefin«, antwortete Lars. »Wenn er einen Anruf bekommt, rufe ich dich sofort an.«

»Entschuldige, Lars. Meine Fragen waren überflüssig.«

»Du willst wirklich nachher zusammen mit der Einheit hinter Krone herfahren?«

»Ja. Sie haben mir einen Platz in einem der Fahrzeuge frei gehalten. Wenn es später darum geht, mit Krone zu sprechen, ist es besser, wenn er die Person kennt.«

»Okay. Wie weit seid ihr?«

»Ich schätze, die Hälfte der Strecke haben wir hinter uns. Bisher ist hier alles ruhig. Kein Verdächtiger oder sonst was.«

Lars schwieg.

»So weit, so gut«, sagte Hella und wollte sich gerade verabschieden, als Lars sie zurückhielt.

»Vielleicht haben sie ja irgendwo eine Kamera angebracht.«

»Woher sollten sie wissen, wo Krone sich hinsetzt? Oder hat er Anweisungen bekommen?«

»Nein, das hätte ich doch gleich durchgegeben.«

Hella stand auf. »Ich werde trotzdem mal das Zwischendeck absuchen. Bis später.«

Langsam schlenderte sie über das Deck und ließ ihren Blick über mögliche Verstecke für eine Minikamera gleiten. Sie wusste, dass inzwischen extrem kleine Modelle im Handel verfügbar waren, die mit bloßem Auge schwer zu entdecken sein würden. Nach einem Rundgang kam sie wieder bei ihrem Sitzplatz an und kontrollierte die Uhrzeit. Zwanzig Minuten bis zum Anlegen der Fähre.

Hella beobachtete aus dem Fenster, dass die Küstensilhouette kaum noch zu sehen war. Vom Wasser her zog Nebel auf und schien schnell dichter zu werden. Sie zwang sich, sitzen zu bleiben und abzuwarten. Erst als sie bemerkte, dass Krone sein Smartphone in die Hand nahm und auf das Display starrte, wurde sie unruhig. Fast im selben Augenblick machte sich ihr Handy bemerkbar.

»Er hat eine SMS bekommen«, sagte Lars. »Er soll aufs Oberdeck nach draußen gehen.«

Hella sah, wie Krone aufstand und sich auf den Weg machte. »Sag Eilers Bescheid«, sagte sie mit dem Handy am Ohr und war bereits auf dem Weg, um Krone zu folgen.

Als sie die Treppe erreichte, öffnete Alexander Krone gerade die Tür nach außen. Sie lief hinterher und fand ihn an der seitlichen Reling. Mindestens zehn Personen standen verteilt auf dem Deck und beobachteten das Naturschauspiel. Je näher sie der Küste kamen, desto dichter schien der Nebel zu werden.

Eilers trat hinter sie. »Was will er hier oben?«

Hella zuckte mit den Schultern. »Ich rufe ihn an.« Sie wählte Krones Nummer und sah, wie er aufs Display schaute. »Er hat mich weggedrückt.«

»Was soll das?«, fragte Eilers.

In diesem Augenblick fiel Hella Lars' Vermutung wegen der Kameraüberwachung ein. Sie ließ den Blick schweifen und suchte das Oberdeck nach möglichen Verstecken ab, als Eilers sie anstieß. »Er telefoniert.«

Fast im selben Augenblick hörten sie das Geräusch eines

starken Motors und sahen, wie Krone den Koffer mit der rechten Hand leicht anhob. Mit der anderen Hand hielt er das Handy und schien auf etwas zu hören.

Lars meldete sich, Hella riss ihr Handy hoch und hörte, wie er sagte: »Er soll den Koffer über Bord werfen. Jetzt!«

Im selben Moment hob Krone den Geldkoffer und warf ihn, nachdem er wenige Sekunden aufs Wasser geschaut hatte, über die Reling. Gleich darauf heulte ein Motor auf, und sie sahen, wie ein Boot in die Nebelwand hineinraste.

»Küstenwache!«, rief Hella ins Handy. »Ein extrem schnelles Motorboot. Sechs oder sieben Meter lang, zwei große Außenbordmotoren. Zwei Mann mit dunkler Kleidung.«

»In welche Richtung?«

»Osten. Sie sind nach Osten gefahren. Order einen Hubschrauber! Sie müssen irgendwo an der Küste anlegen.«

Während Hella mit Lars sprach, hielt sie Eike Eilers zurück, der auf Krone zugehen wollte. Jetzt zeigte sie auf einen Punkt rechts von ihnen. »Das könnte eine Kamera sein.«

Eilers nickte und trat zwei Schritte vor, um die mögliche Kamera zu verdecken. Anschließend schlenderte Hella bewusst lässig zu Krone und stellte sich einen halben Meter neben ihn.

»Tun Sie so, als wenn wir nicht miteinander sprechen. Wir werden gefilmt.« Er nickte kaum merklich und schaute weiter auf die Nordsee. »Ist der Koffer im Boot gelandet?«, fragte sie weiter.

»Ja, ein Mann hat ihn aufgefangen. Ein anderer stand am Steuer.«

»Gehen Sie jetzt einfach ganz ruhig wieder auf Ihren Platz. In Norddeich laufen Sie mit den anderen Gästen zum Fährhaus. Dann können wir sprechen.«

»Und?«, fragte Hella, als Lars sich zehn Minuten später bei ihr meldete.

»Der Sender und somit auch der Koffer sind noch im Boot. Das Geld werden sie wohl umgepackt haben.«

»Das war zu erwarten.«

»Die Küstenwache konnte ein Boot, das mit hoher Geschwindigkeit auf die Küste zufuhr, orten. Der Hubschrauber ist einmal über die voraussichtliche Anlegestelle geflogen. Das Boot liegt verlassen dort. Was sollen wir machen?«

»Schicke einen zivilen Wagen dorthin. Zwei Kollegen sollen von dem nächstgelegenen Parkplatz auf die Stelle zugehen. Wenn das Boot immer noch dort liegt, schick eine Streife hin.«

»Alles klar.«

»Außerdem brauchen wir Kollegen an allen Ausfallstraßen. Sie sollen als normale Verkehrskontrolle getarnt sein. Das war ja schon so geplant. Gib das als Erstes weiter.«

»Okay, bis später.«

Hella schob das Handy in die Tasche und ging auf Alexander Krone zu. Er stand bei Eike Eilers, der ihn kurz zuvor in den Raum geführt hatte.

»Ist Kim frei?«, fragte er als Erstes.

»Bisher haben wir noch nichts von ihr gehört. Vermutlich werden die Entführer erst mal versuchen, außer Reichweite zu kommen. Wir werden warten müssen.«

»Ich musste die Anweisungen befolgen. Was sollte ich machen?«

»Sie haben alles richtig gemacht, Herr Krone. Die Übergabe ist geglückt, es gibt jetzt eigentlich keinen Grund, ihre Tochter nicht freizulassen.«

»Und die Kamera? Bin ich gefilmt worden? Haben diese fürchterlichen Menschen gemerkt, dass die Polizei mit auf der Fähre war?«

»Nein, das glaube ich nicht. Wir sind sehr vorsichtig vorgegangen.«

Alexander Krone atmete erleichtert auf. »Soll ich jetzt hier auf dem Festland bleiben oder …«

»Wir wissen nicht, wo Kim sich im Moment aufhält, und auch nicht, wann sie letztlich freigelassen wird. Wenn Sie möchten, können Sie gleich mit uns zurückfliegen. In ein paar Minuten kommt ein Fahrzeug, das uns abholt.«

Nach kurzem Zögern willigte Alexander Krone ein. Ihm

war die Anstrengung des Tages ins Gesicht geschrieben. Sein Blick wirkte matt, die Ringe unter den Augen waren noch dunkler als am Vortag, und seine Gesichtsfarbe war die eines Kranken.

»Kommen Sie, wir verlassen das Fährhaus durch den Hinterausgang«, sagte Hella und legte sanft die Hand auf seine Schulter.

»Gibt es etwas Neues?«, fragte Hella, die sich in der Abflughalle etwas abseits gestellt hatte, um ungestört telefonieren zu können.

Lars nickte. »Das Boot ist sichergestellt. Es ist vor einem Tag in Bensersiel gestohlen worden. Den Koffer haben wir leer vorgefunden. Ich habe veranlasst, dass alles kriminaltechnisch untersucht wird. Vor morgen werden wir aber garantiert keine Ergebnisse haben.«

»Und die restliche Fahndung?«

»Nichts Konkretes. Die Straßenkontrollen waren rechtzeitig eingerichtet, aber bisher ist nichts dabei herausgekommen. Die beiden Männer, wenn es denn welche waren, sind wie vom Erdboden verschluckt.«

»Wir fliegen jetzt gleich zurück. Organisier doch bitte ein Fahrzeug, das uns am Flughafen abholt.«

Sie beendete das Gespräch, als Eike Eilers ihr zuwinkte. Die Maschine war startklar.

Sie saßen in der großen Runde zusammen, nur die Psychologin würde Alexander Krone weiter betreuen. Hella stand auf und berichtete von den letzten Stunden seit der Abfahrt der Fähre. Niemand stellte Fragen, die angespannte Stimmung war mit Händen zu greifen.

»Uns allen wäre wohler, wenn die junge Frau Krone wieder zu Hause wäre, aber leider kann ich da noch keine Entwarnung geben.« Sie sah auf die Uhr. Es war inzwischen kurz vor neun. »Das war für uns alle ein langer, harter Tag. Ich habe einen Plan aufgestellt, damit die Polizeistation über Nacht besetzt ist.

Mein Kollege aus Wittmund und ich übernehmen die beiden ersten Schichten.«

Die Beamten erhoben sich von ihren Stühlen und verließen den Raum. Nur Lars setzte sich zu Hella. »Soll ich zuerst oder möchtest du?«

»Ich werde das Gefühl nicht los, dass wir etwas übersehen haben. Wie hängt Antonias Verschwinden mit der Erpressung zusammen? Wo ist Kim, wenn sie nicht entführt wurde, sondern nur untergetaucht ist? Sind beide nacheinander von denselben Tätern entführt worden, nachdem sie gemerkt haben, dass Antonia die Falsche ist? Was hat Robert Meier mit der ganzen Angelegenheit zu tun? Und haben Kim und Johanna ihre Freier erpresst? Hat das vielleicht wiederum etwas mit Kims Entführung zu tun? Ist es ein Racheakt?«

»Ich weiß es nicht, Hella.«

»Hat sich keiner der Sporthäfen wegen Meiers Yacht gemeldet?«

»Du wärst die Erste gewesen, die das erfahren hätte. Ich habe sogar noch ein paar holländische Häfen hinzugenommen. Nichts.«

»Setz morgen noch mal jemanden ans Telefon, der alle Sporthäfen auf der Liste abtelefoniert.«

Lars machte sich eine Notiz. »Mach ich!«

»Okay, willst du die erste oder die zweite Schicht? Nach uns kommt Kollege Hinrichs und morgen früh um vier Eike Eilers.«

Lars schien gerade antworten zu wollen, als die Türklingel schrillte. Er warf einen fragenden Blick zu Hella, die mit den Schultern zuckte, und verließ den Raum, um nachzusehen. Kurz darauf rief er Hella nach vorn. An seiner Stimmlage konnte sie hören, dass etwas Besonderes vorgefallen war. Sie sprang auf und lief Lars entgegen. Sie fand ihn auf dem Flur neben einer jungen Frau, die er stützte. Als sie ihr ins Gesicht sah, erkannte Hella sie. Es war Antonia Wittmeier.

21

Lars führte die junge Frau zu einem Stuhl, auf dem sie sich erschöpft niederließ. Ihre Gesichtsfarbe war totenbleich mit tiefen dunklen Augenringen, die langen Haare schienen viele Tage nicht mehr gewaschen worden zu sein und hingen in Strähnen hinunter. Sie saß zusammengesunken auf dem Stuhl und schaute die beiden Kommissare mit leeren Augen an.

»Ruf bitte einen Arzt«, sagte Hella leise zu Lars, der daraufhin den Raum verließ.

»Frau Antonia Wittmeier?«, fragte Hella in ruhigem, sanftem Ton.

Die junge Frau nickte.

»Erinnern Sie sich an die letzten Tage?«

Sie sagte mit brüchiger, leiser Stimme: »Nein. Bitte … meine Mutter … anrufen.«

Hella nickte und griff nach ihrem Handy, in dem sie die Nummer der Mutter eingespeichert hatte. Frau Wittmeier meldete sich nach dem ersten Klingeln und fragte sofort nach Antonia.

»Wir haben Ihre Tochter gefunden«, sagte Hella und hörte einen leisen Schrei. Schwer atmend fragte Frau Wittmeier, ob es ihrer Tochter gut ging.

»Ja, sie ist zwar erschöpft, aber ansonsten unverletzt. Ich gebe sie Ihnen kurz. Wir haben einen Arzt gerufen, der sicher gleich kommen wird. Bitte nur kurz, Frau Wittmeier.«

Sie reichte Antonia das Handy.

»Mama?« Die Antwort konnte Hella nicht verstehen, sah aber, wie kurz darauf Tränen über Antonias Wangen flossen. Sie antwortete nur mit »Ja« und »Nein« und in ganz kurzen Sätzen, bevor sie Hella das Handy zurückreichte.

»Frau Wittmeier?«, fragte Hella.

»Danke! Ich bin so froh. Danke, Frau Kommissarin.«

»Wir sind hier auf Norderney und können Antonia erst

morgen Vormittag aufs Festland fliegen. Ich melde mich bei Ihnen, wann sie nach Hause kommt.«

»Ja! Und ihr geht es wirklich gut?«

»Soweit ich sehe, ja. Aber der Arzt wird gleich kommen. Eventuell müssen wir sie auch zur Beobachtung ins Krankenhaus bringen. Machen Sie sich aber keine Sorgen, es scheint ihr wirklich den Umständen entsprechend gut zu gehen.«

»Morgen also?«

»Ich hoffe, dass wir Antonia dann zu Ihnen bringen können. Ich melde mich gleich morgen früh.«

Sie beendete das Gespräch. Lars kam zurück und nickte Hella zu, wobei er alle fünf Finger ausgestreckt hielt, als Zeichen, dass der Arzt in fünf Minuten da sein würde.

Hella wandte sich wieder an die junge Frau. Ihr war bereits aufgefallen, dass Antonias Kleidung sicher nicht die war, die sie Samstagnacht getragen hatte. Es handelte sich um eine Jeans und einen schwarzen Pullover. Hose wie Pullover schienen zu groß für sie zu sein. »Können Sie mir eine Frage beantworten?«

»Ja«, sagte sie kaum hörbar.

»Waren Sie in den letzten Tagen auf Norderney?«

Sie nickte. »Ich glaube, ja.« Sie krempelte langsam ihren Pullover hoch und zeigte auf mehrere Einstiche. »Geschlafen. Die haben mir was ... gespritzt. Und später ... Ich musste Tabletten schlucken.«

»Wo waren Sie? Sah es aus wie ein Hotelzimmer?«

Antonia atmete flach, ihr schienen die Antworten schwerzufallen. »Nein. Ich glaube ... nicht.«

»Eine Ferienwohnung?«

»Vielleicht.«

»Erinnern Sie sich an irgendein Detail? Ein Bild an der Wand, Geräusche oder einen besonderen Geruch?«

Sie schüttelte den Kopf.

»War die Einrichtung gut erhalten?«

»Ich weiß nicht. Gebraucht. Einfach.«

»Sie sind heute Abend aufgewacht und konnten dann das Zimmer verlassen?«

»Ich erinnere mich nicht genau. Alles war so still und …« Sie hob die linke Hand. Hella war schon zuvor aufgefallen, dass sie rote Streifen am Handgelenk hatte. »Ich war gefesselt. Aber dann nicht mehr.« Ihre Worte kamen stoßweise.

Lars, der hinter Antonia stand, hob die Hand und gab Hella ein Zeichen, die Befragung zu beenden.

»Sind Sie weit gelaufen?«

»Ich weiß es nicht.«

»Wie haben Sie die Polizeistation gefunden?«

»Gefragt. Eine Frau. Sie hat mich bis vors Haus begleitet.«

In diesem Augenblick schellte die Klingel, Lars verließ den Raum und kam kurz darauf mit einem Mann zurück. Lars schien ihm die Situation bereits erklärt zu haben, der Arzt lehnte sich zu Antonia hinunter und kontrollierte ihren Puls, sah ihr in die Augen und stellte ihr Fragen. Schließlich richtete er sich auf und bat Hella aus dem Raum.

»Rosner mein Name.« Er reichte Hella die Hand. »Ich bin niedergelassener Arzt. Die junge Dame muss sofort ins Krankenhaus. Ich rufe jetzt die Kollegen, die werden in ein paar Minuten hier sein.«

»Kann ich sie weiter befragen?«

»Nein, auf keinen Fall. Tut mir leid, aber das kann ich nicht verantworten. Zunächst muss sie gründlich untersucht werden. Sie scheint unter Drogen zu stehen.« Er wandte sich ab und telefonierte, während Hella zurück zu Antonia Wittmeier ging.

»Sie werden gleich ins Krankenhaus gebracht. Ich werde einen Kollegen vor Ihrem Zimmer postieren. Sie brauchen keine Angst mehr zu haben. Alles Weitere sehen wir morgen. Haben Sie mich verstanden, Frau Wittmeier?«

Antonia lächelte matt. »Ja.«

Eine halbe Stunde später hatte Hella alle Beamten zurück in die Polizeistation beordert und erklärte in der Runde, was passiert war.

»Leider konnte Antonia Wittmeier uns keine Angaben zu ihrem Versteck machen. Allerdings glaubt sie, dass es sich nicht um ein Hotel handelte. Also bleiben Ferienwohnungen oder -häuser über. Ich gehe davon aus, dass morgen, am Samstag, eventuell eine Putzkolonne dort sauber machen wird. Wir müssen vorher die Wohnung oder das Haus finden.«

»Hat Antonia Wittmeier etwas mit der Entführung von Kim Krone zu tun?«, wollte ein junger Kommissar aus Emden wissen.

»Ich gehe davon aus, dass sie verwechselt wurden und Kim Krone zusätzlich entführt wurde oder aus eigenen Stücken untergetaucht ist.«

»Aber dann wäre das Geld …« Der junge Kommissar verstummte.

»Im Moment ist das natürlich noch eine Vermutung, die hier im Raum bleiben muss. Zunächst müssen wir Kim Krone finden, oder sie muss sich bei uns melden.«

»Wie gehen wir vor bei der Suche nach der Wohnung?«, fragte Gerd Hinrichs. »Ich kenne nicht die genaue Zahl, aber wir müssen von mehreren hundert ausgehen. Selbst wenn wir einen Verdacht hätten, wo sie liegen könnte, was wir ja nicht haben, würden wir um diese Uhrzeit kaum einen Vermieter erreichen. Und was würden wir fragen? Ob die Wohnung vermietet ist und an wen? Das bringt uns doch nicht weiter, oder?«

»Sie haben absolut recht, Kollege Hinrichs. Unsere Chancen stehen mehr als schlecht. Zwei Gedanken sind mir durch den Kopf gegangen. Entweder steht die Tür zur Wohnung oder zum Haus offen, weil Antonia vermutlich nicht daran gedacht hat, die Tür zu schließen, oder sie ist zumindest nicht abgeschlossen.«

»Wenn sich kein Knauf auf der Außenseite befindet und die Tür automatisch zugefallen ist«, warf einer der Kriminaltechniker ein.

»Richtig. Die Chance besteht auch, aber wenn ich richtig informiert bin, werden die meisten Wohnung und Häuser per Schlüssel verschlossen. Ich würde vorschlagen, wir teilen das Gebiet auf und fangen gleich an zu suchen.«

»Du hattest noch ein zweites Kriterium?«, warf Lars ein.

»Stimmt! Es könnte sein, dass Antonia Wittmeier das Licht

angelassen beziehungsweise nicht ausgemacht hat. So verwirrt, wie sie war, wird sie einfach nur geflüchtet sein. Zusätzlich vermute ich, dass die Entführer ein eher abgelegenes Haus gewählt haben.«

»Okay«, sagte Gerd Hinrichs. »Wir sind zu acht, also vier Gruppen. Ich teile Sie jetzt ein und markiere auf dem jeweiligen Plan den Bereich.« Er stand auf, verließ den Raum und kam gleich darauf mit vier Inselplänen zurück, die er herumreichte.

Hella und Lars gingen kurz nach Mitternacht die Straße hinunter. Lars hatte die Häuser auf der linken Seite übernommen, Hella die auf der rechten. In der letzten Stunde hatten sie an die fünfzig Häuser kontrolliert, ohne die geringsten Hinweise gefunden zu haben. Jetzt klopfte Hella an der Tür eines Hauses, dessen Fenster noch erleuchtet waren. Eine alte Dame machte die Tür auf und sah sie fragend an.

Hella zeigte ihren Ausweis. »Guten Abend, entschuldigen Sie die späte Störung, aber da noch Licht brannte, dachte ich … Ich bin Kriminalbeamtin und suche nach einer Ferienwohnung, in der eine junge Frau festgehalten wurde. Oder nach einem Ferienhaus, das wissen wir nicht genau.«

»Hier bei uns?«

»Auch das wissen wir leider nicht. Sie haben keine Wohnung vermietet?«

»Nein, wir vermieten nicht.«

Hella wollte sich schon wieder abwenden, als ihr einfiel, dass sie ja das Foto von Antonia zeigen könnte. »Haben Sie dieses Mädchen schon einmal gesehen?«

Die alte Dame nahm das Foto in die Hand und musterte es. »Heute Abend, es muss kurz vor neun gewesen sein. Ich stand in der Küche …« Sie drehte sich um und zeigte zu einem Fenster im Erdgeschoss, das zur Straße hinausging. »Also, da lief hier eine junge Frau entlang. Sie war allein, aber das war nicht das Ungewöhnliche.«

»Sondern?«

»Sie torkelte etwas, als wenn sie getrunken hätte. Ich habe

mich gewundert, es war ja noch nicht so spät, und meistens sind es die jungen Männer, die so viel trinken, dass sie nicht mehr wissen, wohin sie müssen.«

»Und diese Frau ähnelte dem Foto?«

»Sie hatte auch lange blonde Haare. So eine blaue Hose hatte sie an wie alle jungen Leute.«

»Eine Jeans, meinen Sie?«

»Ja, so heißen die wohl. Und einen schwarzen Pullover. Der war zu groß. Das ist mir gleich aufgefallen.«

»Aus welcher Richtung kam sie?«

»Von oben.« Die Frau zeigte nach rechts.

»Wirkte sie verwirrt oder verzweifelt?«

Die alte Dame seufzte. »Sie stellen Fragen. Ich habe sie doch nur eine kleine Weile beobachtet. Und mit ihr gesprochen habe ich auch nicht.«

»Vielleicht haben Sie es an den Bewegungen der jungen Frau gesehen. Hat sie sich zum Beispiel hektisch umgeschaut, so, als suche sie Hilfe?«

»Ja, sie ist einmal stehen geblieben und hat sich nach allen Seiten umgesehen. Aber hier gibt es ja nichts zu entdecken. Ja, ihre Bewegungen waren ... ruckartig, würde ich sagen. Und nach hinten geschaut hat sie immer wieder. Als wenn sie Angst gehabt hätte, verfolgt zu werden. Doch ... so könnte man es wohl interpretieren. Aber da war niemand. Ich bin noch eine Weile am Fenster gestanden, und es ist keiner nachgekommen.«

Hella nahm den Namen der Frau auf und teilte ihr mit, dass am nächsten Tag ein Kollege für das Protokoll vorbeikommen würde. Lars, der bemerkt hatte, dass Hella länger als zuvor an einem Haus stehen geblieben war, war inzwischen zu ihr getreten und hatte die letzten Bemerkungen der alten Dame mitbekommen.

»Was machen wir?«, fragte er, als sie wieder auf der Straße standen.

Hella griff nach ihrem Handy, rief nacheinander bei den Kollegen an und bat sie zu sich.

Wenige Minuten später trafen Hinrichs und sein Kollege ein, kurz darauf die beiden anderen Gruppen. Hella hatte inzwischen auf ihrem Inselplan einen Kreis von einem Kilometer um ihren jetzigen Standort gezogen und vier Gebiete eingeteilt.

»Auch wenn wir nicht wissen, wie lange Antonia schon unterwegs war, als sie hier am Haus entlangstolperte, halte ich die Wahrscheinlichkeit, dass wir hier in der Gegend das Haus finden, für relativ hoch. Deshalb sollten wir hier intensiver vorgehen als zuvor. Wir klingeln an jeder Tür.«

»Das wird Ärger geben«, murmelte Hinrichs.

»Entschuldigen Sie sich gleich, und falls sich jemand beschweren will, nennen Sie der Person meinen Namen und Dienstgrad.« Hella reichte ihren Plan herum, damit jeder seinen Bereich abstecken konnte.

»Viel Glück! Falls jemand etwas Verdächtiges findet, informieren Sie mich bitte sofort.«

Hellas Kollegen nickten und machten sich auf den Weg.

Lars blieb stehen, beugte sich vor und stützte sich mit den Händen auf den Knien ab. »Ein Uhr. Noch mehr verschlafene Urlauber ertrage ich nicht.«

»Willst du ins Hotel? Ich mache allein weiter.«

»Nee, lieber nicht. Das bekomme ich doch sonst Jahre von dir aufs Butterbrot geschmiert.«

»Bin ich eine so schlechte Chefin?«

»Nein, der Kommentar war daneben. Entschuldige. Ich habe verdammt viel von dir gelernt und lerne immer weiter. Du bist eine phantastische Chefin.«

»Hör auf! Gleich werde ich noch rot. Also lass uns lieber weitermachen.« Sie zeigte auf ein eineinhalbstöckiges Haus aus rotem Backstein. »Das wäre das Nächste. Alles dunkel.« Sie öffnete die Gartenpforte und ließ Lars den Vortritt. »Dieses Mal darfst du dir das Gezeter anhören.«

Lars grinste. »So war das eben mit dem Lernen nicht gemeint.« Er lief vor zur Tür und drückte auf die Klingel. Nach dem dritten Mal klopfte er an und drückte schließlich die Klinke hinunter. »Offen!«, raunte er Hella zu.

Sie nickte und zog ihre Waffe. »Vorsichtig! Ich gebe dir Deckung.«

Lars öffnete Stück für Stück die Tür. Anders als die Gartenpforte schien sie geölt worden zu sein. Mit der Waffe in der Hand betrat er den Flur und rief: »Polizei! Ist dort jemand?«

Als sie keine Antwort erhielten, arbeiteten sie sich vorsichtig vor. Die Wohnung hatte neben einer Küche ein Bad, zwei Schlafzimmer und ein kleines Wohnzimmer. Nach und nach durchkämmten sie die Räume, bis sie sicher waren, dass niemand im Haus war. In einem der Schlafzimmer war das Bett zerwühlt, ansonsten fanden sich keine offensichtlichen Spuren. Im anderen Zimmer war der Bettbezug abgezogen, die Bettdecke lag ordentlich zusammengefaltet auf einem Stuhl. Hella nahm einen leichten Geruch von Putzmittel wahr, der ihr auch schon im Bad und in der Küche aufgefallen war.

»Ruf die Kollegen von der Kriminaltechnik an. Ich denke, hier sind wir richtig«, sagte sie und zog sich Latexhandschuhe über.

»Sollen die anderen die Suche einstellen?«

»Ja, ich denk schon. Sie müssten ohnehin gleich mit ihrem Gebiet fertig sein.«

Lars nickte und ging in den Flur, um zu telefonieren, während Hella begann, das Zimmer systematisch abzusuchen.

22

Hinrichs hatte starken Kaffee gekocht und jedem der Beamten eine Tasse in die Hand gedrückt. Trotz des Nachteinsatzes hatten sie den Termin für die Teamsitzung auf acht Uhr morgens belassen. Hella war erst gegen drei ins Bett gekommen, die beiden Kriminaltechniker eine Stunde später. Einer von ihnen stand jetzt auf und referierte, was sie in dem Haus gefunden hatten.

»In dem nicht vollständig gereinigten Schlafzimmer haben wir eine Reihe langer blonder Haare gefunden, Fingerabdrücke und Hautschuppen. Wir werden später ins Krankenhaus fahren und von Frau Wittmeier Abdrücke nehmen.«

»Und die anderen Zimmer?«, fragte Lars.

»Definitiv keine Fingerabdrücke. Alle typischen Stellen sind gründlich abgewischt worden. Das ist durchaus machbar und hier ja offensichtlich auch geschehen. Mit DNA-Material ist das nicht so einfach. Wir haben zwei kurze Haare gefunden und weiteres Material. Ob das wirklich von den Entführern stammt, kann ich natürlich nicht sagen, da das Haus vermutlich regelmäßig vermietet wird.«

»Haben Sie die Vermieter erreicht?«, fragte Hella Hinrichs, der sich noch in der Nacht angeboten hatte, die Aufgabe zu übernehmen.

»Vermieter nicht, da eine Agentur dafür zuständig ist, sich ums Haus zu kümmern. Ich habe vor einer halben Stunde dort jemanden erreicht. Die Dame war nicht sehr erfreut, als ich ihr mitteilen musste, dass die Folgemieter heute nicht einziehen können, aber sie kümmert sich um Ersatz.«

»Wer hatte das Haus gemietet?«, fragte Hella.

»Walter Müller und seine Frau Susanne aus Hamburg. Adresse habe ich. Der Kontakt ist über E-Mail gelaufen, das Haus war für zwei Wochen gemietet. Die Dame in der Agentur konnte mir nicht sagen, ob Herr und Frau Müller tatsächlich vor Ort gewesen waren. Der Schlüssel liegt im Schlüsselkasten, den man mit einem Code aufmachen kann. Gereinigt wurde die Wohnung während der zwei Wochen nicht. Von daher gab es keinerlei persönlichen Kontakt.«

»Wunderbar!«, entfuhr es Lars.

»Können Sie das weiterverfolgen, Kollege Hinrichs? Wir brauchen dringend die Unterlagen der Überweisung. Außerdem müssen wir bei den umliegenden Häusern die Gäste oder Eigentümer befragen. Dazu sollten wir ein Team zusammenstellen.«

»Kann ich machen«, antwortete Hinrichs. »Was unternehmen wir wegen Krones Tochter?«

»Kollege Mattes wird noch einmal alle Sporthäfen, die im weitesten Sinne in Frage kommen, abtelefonieren und den Radius etwas erweitern. Gleichzeitig werden wir sie als vermisst einstufen und die entsprechenden Maßnahmen einleiten.«

»Wer spricht mit dem Vater?«, wollte Lars wissen.

»Ich werde gleich auf dem Weg ins Krankenhaus bei ihm vorbeischauen. Die Psychologin habe ich schon angerufen. Sie wird dabei sein.«

Einer der Kriminaltechniker hob seine Hand. »Wir haben gestern Abend die Kamera auf der Fähre gesucht und tatsächlich eine gefunden. Keine Fingerabdrücke, auch keine in der näheren Umgebung der Kamera. Normales handelsübliches Fabrikat. Der Sender übertrug bis zu zwei Kilometer, auf dem Wasser wahrscheinlich sogar mehr. Sie konnten damit auf jeden Fall von dem Motorboot aus sehen, ob Krone oben auf Deck war. Mehr Erkenntnisse wird die Kamera wohl nicht bringen.«

»Außer dass die Entführer sehr planmäßig vorgegangen sind«, warf Lars ein. »Die ganze Aktion war bis auf die Sekunde geplant, vielleicht sogar eingeübt und generalstabsmäßig durchgeführt.«

Hella stand auf. »Dann an die Arbeit, Kollegen. Ich bin vermutlich in zwei oder drei Stunden zurück.«

Hella, die von Gerd Hinrichs ein Fahrzeug zur Verfügung gestellt bekommen hatte, parkte in der Seitenstraße und betrat die Villa von Alexander Krone.

Der Hausherr kam ihr entgegen und bat sie in sein Arbeitszimmer. Hella berichtete ihm von der erfolglosen Suche nach den zwei Männern, die das Lösegeld in Empfang genommen hatten, und von Antonia Wittmeier und ihrer Vermutung, dass eine Verwechslung vorlag.

»Und wo ist Kim?«, fragte der vollkommen übermüdete Alexander Krone.

»Wir suchen weiter. Sie wurde entweder auch entführt, nachdem der Irrtum bemerkt worden war, oder sie ist mit einem Clubbesitzer aus Norderney unterwegs. Kennen Sie Robert Meier?«

»Kim ist nicht entführt worden?«, fragte er mit weit aufgerissenen Augen.

»Das ist zumindest eine Möglichkeit. Wenn sie doch entführt wurde, wird sie sicherlich bald freikommen. Antonia Wittmeier wurde ja auch nicht länger festgehalten. Kennen Sie Robert Meier nun?«

Alexander Krone schien immer noch verwirrt über die neuen Informationen. Er brauchte eine Weile, um die Frage zu verstehen. »Nicht persönlich. Ihm gehört eine dieser Bars im Ort, oder? Und was, bitte schön, hat Kim mit diesem Mann zu tun?«

»Nach unseren Recherchen war sie sehr eng mit ihm befreundet und in der Nacht von Samstag auf Sonntag zumindest zeitweise hier mit ihm zusammen. Seine Motoryacht ist vermutlich in derselben Nacht ausgelaufen. Wir konnten sie aber bisher noch in keinem der Sporthäfen finden.«

»Eng befreundet? Was wollen Sie damit sagen? Dieser Mann ist doch erheblich älter als meine Tochter. Was sollte sie …« Er stockte und senkte den Kopf.

»Wie gesagt, wir wissen noch keine wirklichen Details. Ich habe jetzt die Suche nach der Yacht intensiviert. Ihre Tochter wird ab heute offiziell als vermisst eingestuft, die entsprechenden Maßnahmen werden gerade eingeleitet.«

Alexander Krone nickte erschöpft. »Also kann ich nur noch beten?«

»Das Ermittlungsteam arbeitet in gleicher Stärke weiter.« Hella stand auf. »Sie werden regelmäßig über den Stand informiert werden.«

Sie verabschiedete sich von ihm und sprach kurz mit der Psychologin, die ihn weiter betreuen würde.

»Wie geht es Ihnen?«, fragte Hella, nachdem sie Antonia Wittmeier begrüßt hatte. Sie saß im Bett und lächelte matt.

»Schon besser. Haben Sie mit meiner Mutter gesprochen?«

»Sie hat mir vor einer halben Stunde telefonisch mitgeteilt, dass sie auf dem Weg nach Norderney ist.«

Antonia Wittmeier atmete erleichtert auf. »Sie hat sich sicherlich schrecklich viele Sorgen gemacht. Es tut mir so leid.«

»Wir haben das Haus gefunden, in dem Sie vermutlich festgehalten wurden. Erinnern Sie sich heute an mehr Details als gestern?«

Hella hatte zuvor mit dem behandelnden Arzt gesprochen, der vermutete, dass Antonia Wittmeier über die Zeit ihrer Gefangenschaft sediert worden war. Die Blutuntersuchung würde weitere Aufschlüsse darüber geben.

»Ich könnte Ihnen nicht einmal sagen, wie lange ich dort in dem Zimmer war«, antwortete Antonia. »Wenn ich nicht geschlafen habe, habe ich alles nur wie durch eine Nebelwand wahrgenommen.« Sie hielt inne. »Was sollte das überhaupt? Eine Erpressung? Meine Mutter hat doch überhaupt kein Geld. Bin ich etwa …«, sie schluckte, »… vergewaltigt worden?«

»Der Arzt hat mir versichert, dass es keine Anzeichen für einen Missbrauch gibt. Nach unseren Vermutungen sind Sie mit Kim Krone verwechselt worden. Der Vater hat das Lösegeld bezahlt.«

»Obwohl gar nicht Kim entführt wurde?«

»Wie gesagt, das ist bisher nur eine Hypothese. Kim Krone ist zurzeit nicht auffindbar, und wir sind davon ausgegangen, dass die Entführer Kim festgehalten haben und nicht Sie.«

Antonia starrte Hella entgeistert an. »Und wo ist Kim?«

»Das wissen wir noch nicht.«

Sie nickte nachdenklich. »Ja, wir sehen uns ähnlich. Das habe ich schon häufiger gehört.«

»Frau Krone wird noch vermisst. Wir suchen sie und sind uns natürlich nicht sicher, ob sie nicht auch entführt wurde. Ich benötige von Ihnen so viele Angaben wie möglich. Sind Sie dazu in der Lage?«

Antonia nickte.

Hella stellte Fragen und erhielt so nach und nach ein Bild von den Ereignissen. Antonia war zusammen mit Johanna auf die Insel gekommen, um mit ihr und Kim Krone das Wochenende zu verbringen. Nach ihrer Ankunft hatten sie sich zunächst Pizza bestellt und anschließend mit den Vorbereitungen für den Abend begonnen.

Hella musste mehrere Male nachfragen, bis Antonia bestätigte, dass es um eine Wette gegangen sei – ob sie sich traute, einen Mann »aufzureißen«, wie Antonia es bezeichnete. Antonia bestätigte, dass Kim ihr zwei Pillen gegeben hatte – zur Aufmunterung. Antonia habe nur eine davon geschluckt und die andere, als sie die Wirkung gespürt hatte, weggeworfen. Sie sei anschließend vollkommen aufgedreht gewesen und habe stundenlang getanzt und dabei immer wieder Alkohol getrunken. Irgendwann sei ihr der Faden gerissen, und sie sei erst wieder in dem Zimmer aufgewacht. Dort sei sie mit Handschellen ans Bett gefesselt gewesen, und als sie angefangen habe zu schreien, sei ein Mann zu ihr ins Zimmer gekommen und habe gedroht, ihr etwas anzutun. Er habe sie dazu gezwungen, ein Glas Wasser zu trinken. Anschließend sei sie wieder eingeschlafen.

»Können Sie mir etwas zu dem Mann erzählen? Sprach er akzentfrei Deutsch, wie groß war er, welche Augenfarbe und so weiter.«

»Ich bin immer schon schlecht im Beobachten gewesen. Der Mann war weder sehr groß noch sehr klein. Er war schlank, würde ich sagen, und sprach Deutsch ohne Akzent. Außer den

Augen habe ich wirklich nichts gesehen. Die waren braun. Das weiß ich noch. Er trug so eine Mütze wie die Motorradfahrer, bei der nur noch die Augenpartie zu sehen ist.«

»Es gibt eine Tonaufnahme, auf der wahrscheinlich Sie um Hilfe schreien. Erinnern Sie sich daran?«

»Ja, er kam mal rein, als ich wach war oder wie auch immer man das nennen will. Völlig unerwartet hat er mich geschlagen, ins Gesicht, und mich dann angeschrien. Mag sein, dass ich dann um Hilfe gerufen habe. Ja, vermutlich habe ich das.«

»Hat der Mann Sie jemals mit Namen angesprochen?«

»Er hat fast gar nicht geredet. Wenn er überhaupt im Zimmer war, hat er Abstand gehalten – also bis auf das eine Mal – und hat mir per Handzeichen zu verstehen gegeben, um was es geht.«

»Was haben Sie zu essen bekommen?«

»Fertigprodukte oder Nudeln mit Soße. Dazu Wasser.«

Hella fragte weiter, erhielt aber keine wichtigen Hinweise, die auf den Täter schließen ließen. Er schien sich strikt daran gehalten zu haben, keinen Kontakt mit der Geisel aufzunehmen und sich möglichst von ihr fernzuhalten. Wann er sie angegriffen hatte, um die Tonaufnahme machen zu können, konnte Antonia nicht genau sagen, nur, dass es ihrer Erinnerung nach nicht am Anfang ihrer Gefangenschaft gewesen war.

»Ist zwischen Ihnen, Johanna und Kim abgesprochen worden, wo Sie mit dem jeweiligen Mann nach dem Club hingehen sollten?«

»In die Villa. Ich hatte da ein eigenes Zimmer.«

»Warum da? Wenn es ein Feriengast gewesen wäre, hätte er ja auch ein Hotelzimmer oder Ähnliches gehabt.«

»Die Wette. Es ging um tausend Euro. Kim wollte einen Beweis.«

»Wie wären Sie in die Villa gekommen?«

»Es stand ein Fenster auf.« Die Angabe war mit der von Johanna Thies identisch.

»Wie trug Kim am Samstagabend ihre Haare?«

»Sie hatte sie hochgesteckt, wenn ich mich richtig erinnere.«

»Und Sie?«

»Ich nicht. Kim hatte sie mir sogar noch geglättet, weil sie meinte, dass es besser aussehen würde als meine leichten Naturlocken.«

»Wussten Sie davon, dass in den Zimmern in der Villa Kameras installiert waren?«

Antonia starrte sie erschrocken an. »Nein, natürlich nicht.«

»Welches Zimmer war für Sie vorgesehen gewesen?«

»Das Zimmer gleich neben Kims.«

Kim Krone hatte Hella und Lars ein anderes Zimmer gezeigt, das, zumindest bei ihrer Durchsuchung, nicht mit Kameras ausgestattet gewesen war, während das Zimmer, von dem Antonia sprach, überwacht werden konnte.

»Warum eine Kamera?«, fragte Antonia, der das Entsetzen immer noch ins Gesicht geschrieben stand.

»Auch das können wir nur vermuten.«

In diesem Augenblick klopfte jemand an die Tür und trat gleich darauf ein. Ingeborg Wittmeier kam auf sie zu, Antonia strahlte vor Freude, und die beiden Frauen nahmen sich weinend in den Arm.

23

Als Hella die Polizeistation betrat, spürte sie sofort die in der Luft liegende Aufregung. Lars kam auf sie zugestürmt und hielt dabei einen Zettel in die Luft.

»Helgoland. Der Hafenmeister hat gerade angerufen. Vor einer halben Stunde ist die Yacht von Robert Meier dort eingelaufen. Ein Mann und eine Frau sind an Bord. Das hat er mir gerade telefonisch bestätigt.«

»Die Kollegen vor Ort sollen sofort die Identität der beiden feststellen«, ordnete Hella an. »Und wenn es sich um Meier und Krone handelt, sie mit auf die Polizeistation nehmen und dort festhalten, bis wir auf Helgoland sind.«

Lars nickte und drehte auf der Stelle um. Nach kurzer Suche auf seinem Laptop wählte er eine Nummer und sprach kurz mit jemandem.

»Geregelt«, rief er Hella zu, die bereits mit dem Oberstaatsanwalt sprach, um sich einen Flug nach Helgoland freigeben zu lassen.

Gespannt warteten sie auf den Rückruf aus Helgoland, auf den sie mehr als zwanzig Minuten warten mussten. Der Beamte vor Ort bestätigte die Identität von Robert Meier und Kim Krone und war jetzt zu Fuß mit ihnen auf dem Weg zur Polizeistation.

»Wie lange werden wir brauchen?«, fragte Lars, dem der bevorstehende Flug mit dem Polizeihelikopter nicht sehr geheuer zu sein schien. Gerd Hinrichs hatte Hella und ihn umgehend zum Flughafen der Insel gefahren, wo sie jetzt auf den Helikopter warteten.

»Das sind siebzig bis achtzig Kilometer. Mit Start und Landung werden wir wohl kaum mehr als eine halbe Stunde benötigen.«

»Und das Gleiche zurück«, murmelte Lars.

»Du kannst ja mit dem Schiff fahren, allerdings ...«, sie hielt ihren Finger in die Luft, »... bei dem Wind wird es da auch reichlich hoch hergehen.«

»Schon gut. Ich werde es überleben.« Er ließ seinen Blick übers Startfeld streifen. »Was hat Alexander Krone gesagt, als du mit ihm gesprochen hast?«

»Er war erleichtert und wollte natürlich mitfliegen. Ich habe ihm gesagt, dass dann für seine Tochter kein Platz beim Rückflug sein würde. Das hat ihn überzeugt.«

»Wie gehen wir vor?«

»Du befragst Meier und ich Kim Krone. Lass dich von ihm nicht unter Druck setzen. Frage die Fakten ab und lass ihn das Protokoll unterschreiben. Ich will wissen, wo sie waren, warum sie gefahren sind und was er zu den Kameras sagt. Wir haben zwei, höchstens drei Stunden Zeit, sonst fliegt der Helikopter ohne uns zurück. Vermutlich wird Meier dich ignorieren und auf dein jugendliches Alter hinweisen. Lass dir den Schneid nicht abkaufen, okay?«

In der Ferne hörten sie das Geräusch der Rotoren und sahen gleich darauf den Helikopter, der zur Landung ansetzte.

»Keine Angst, mit dem werde ich fertig«, rief Lars Hella im Laufen zu.

Kim Krone warf Hella einen wütenden Blick zu, als diese den kleinen Raum in der Polizeistation betrat. »Sie stecken dahinter! Warum werden wir hier festgehalten?«

»Guten Tag, Frau Krone.« Hella setzte sich ihr gegenüber an den Tisch und stellte ihr mobiles Aufnahmegerät an. Anschließend zählte sie Tag, Uhrzeit, Anwesende und Grund der Befragung auf.

»Bekomme ich jetzt mal eine Antwort?«, fuhr die junge Frau sie an.

»Ihr Vater ist erpresst worden und hat das geforderte Lösegeld bezahlt. Angeblich sind Sie entführt worden.«

Kim Krone lehnte sich vor. »Was ist das für ein Unsinn? Wo ist mein Vater überhaupt? Ich dachte, er ist in Singapur.«

»Er ist vorgestern auf Norderney angekommen und hat das Erpresserschreiben gefunden. Sie waren nicht auffindbar und ohne jegliche Nachricht von der Insel verschwunden.«

Kim Krone lachte laut auf. »Und da hat er bezahlt? Was für ein Idiot! Für nichts und wieder nichts.«

»An Ihrer Stelle wurde Antonia Wittmeier entführt und fast eine Woche an ein Bett gefesselt gefangen gehalten.«

Kim Krone sah sie ungläubig an. »Was bitte erzählen Sie da für einen Scheiß? Was hat mein Vater mit dieser Tussi zu tun?«

Hella blieb trotz Kims schriller Stimme ruhig. Sie wartete bewusst eine Weile ab, bis die junge Frau sich beruhigt hatte.

»Was wollen Sie jetzt von mir?«, fragte Kim Krone.

»In was für einem Verhältnis stehen Sie zu Robert Meier?«

»Was geht Sie das an? Ich vögele, mit wem ich will.«

»Sie haben also ein intimes Verhältnis zu ihm?«

»Wenn Sie es so ausdrücken wollen«, antwortete sie hämisch grinsend.

»Haben Sie Ihren Laptop dabei?«

Kim Krone sah sich suchend um. »Sehen Sie ihn irgendwo?«

Hella wartete geduldig auf eine Antwort. Ohne eine Miene zu verziehen, fixierte sie die junge Frau.

»Himmel!«, platzte Kim Krone heraus. »Ja, ich habe meinen Laptop auf der Yacht. Und? Warum wollen Sie das wissen?«

»Ich habe einen Durchsuchungsbeschluss für die Villa Ihres Vaters und die Yacht. Wir benötigen den Laptop für unsere Recherchen.«

Kim Krone schreckte theatralisch zurück. »Habe ich da gerade etwas falsch verstanden? Wer ist jetzt das Opfer? Mein Vater und ich oder …?«

»Wieso haben Sie und Herr Meier erst nach über zwei Tagen in einem Hafen angelegt?«, fragte Hella weiter.

»Darum! Das geht Sie nichts an.«

»Wo haben Sie die Pillen her, die Sie Antonia Wittmeier gegeben haben?«

»Was für Pillen? Ich weiß nicht, wovon Sie sprechen.«

»Wen haben Sie mit den Kameras in den Zimmern und außerhalb des Hauses aufgenommen?«

Wieder lachte Kim Krone, als hätte Hella einen Witz gerissen. »Niemanden! Sie Spaßvogel! Das war ein Fake, mit dem ich Johanna schocken wollte.«

»Ziemlich viel Aufwand für so eine alberne pubertäre Aktion.«

Kim Krone starrte sie wütend an, bevor sie grinste. »Sie wollen mich provozieren, damit ich etwas Unüberlegtes sage. Das können Sie sich sparen, es gibt nichts Ungesetzliches, was ich getan habe. Der Besitz solcher Kameras ist ja wohl kaum strafbar. Oder haben Sie auch nur einen einzigen Film gefunden?« Sie sah sie triumphierend an. »Wusste ich's doch. Und wissen Sie, warum? Es gibt keine Filme. So einfach ist das.«

Hella hatte ihr zugehört und sich Notizen gemacht. Kim Krone schien sich ihrer Sache sehr sicher zu sein.

»Wer hat die Kameras installiert?«

Sie zögerte, und es schien Hella, als wenn sie die Frage nicht erwartet hätte. »Das habe ich selbst gemacht.«

»Also gab es nie Aufnahmen?«

»Wie kommen Sie darauf? Ich werde mich ja wohl selbst filmen dürfen, oder?«

»Was haben Sie mit den Aufnahmen gemacht?«

»Gelöscht oder so. Ich weiß es nicht mehr. Die Dinger hängen da schon eine Weile.«

»Und das nur, um Ihre Freundin Johanna zu beeindrucken?«

»Klar, Sie hätten ihr Gesicht sehen sollen, als ich ihr die Teile gezeigt habe. Außerdem ist es geil, sich vorzustellen, wie man beim Vögeln gefilmt wird. Ob das Teil nun läuft oder nicht.«

»Wo haben Sie die Probeaufnahmen gespeichert?«

»Jetzt hören Sie endlich auf mit dem Dreck. Das interessiert doch niemanden. Das war ein Spaß und mehr nicht.«

Hella stand auf und nahm das Aufnahmegerät in die Hand. »Wir haben jetzt dreizehn Uhr zehn. Die Befragung von Kim Krone wird unterbrochen.« Sie stellte das Gerät aus. »Möchten Sie etwas trinken oder essen?«

»Mineralwasser, medium.«

»Ich sage meinen Kollegen Bescheid.«

Hella verließ den Raum und klopfte im Nebenzimmer an die Tür, bevor sie eintrat. »Kannst du eine kurze Pause machen?«

Lars nickte. »Ich komme sofort.«

»Wie läuft es bei dir?«, fragte Hella, nachdem sie Lars einen kurzen Bericht gegeben hatte.

»Zäh. Mein Name ist Hase, und ich weiß von nichts. Angeblich haben er und Kim Krone sich in der Nacht von Mittwoch auf Donnerstag spontan dazu entschlossen, einen kleinen Trip zu machen. Er behauptet, mit Kim zusammen zu sein, zumindest, wenn beide Lust darauf hätten, und das soll angeblich in dieser Nacht so gewesen sein. Keine Lust hatten sie, irgendwo im Hafen anzulegen, und wären deshalb herumgefahren.«

»Tag und Nacht? Ohne vor Anker zu gehen?«

»Ich habe davon ehrlich gesagt nicht die geringste Ahnung und da auch nicht weiter nachgefragt. Da werden wir wohl einen Fachmann hinzuziehen müssen, um die Aussage zu prüfen.«

»Ich frage später Hinrichs. Was weiter?«

»Er sagt, dass er keine Ahnung von den Kameras gehabt hätte und sowieso nie in der Villa gewesen wäre.«

»Hast du ihn darauf festgenagelt?«

Lars schmunzelte. »Das habe ich mir noch für den Schluss aufgespart. Oder für einen späteren Zeitpunkt, wenn wir mehr über ihn zusammengetragen haben.«

»Wir werden sehen, ob er einen eigenen Laptop auf seiner Yacht hat. Irgendwo müssen die Filme doch gespeichert sein.«

»Oder die ganze Erpressernummer mit den Filmen war noch in Planung, und deshalb können die beiden so auftrumpfen. Meier tat zwar überrascht, aber das war meiner Meinung nach gespielt. Er schien aber keine Angst zu haben, dass wir Filme finden könnten oder er gar damit in Verbindung gebracht würde.«

»Ich glaube einfach nicht an einen Zufall. Antonia wird versehentlich für Kim entführt, und bevor jemand den Erpresserbrief entdeckt, verschwindet Kim, ohne dass irgendjemand weiß oder auch nur ahnt, wohin.«

»Du meinst, Meier hängt in der Sache mit drin?«

»Frag ihn noch einmal, warum sie so spontan weggefahren sind und warum niemand davon wusste. Noch wichtiger, warum er nicht auf die Anfragen auf seinem Handy und per Funk reagiert hat.«

Hella ging zurück zu Kim Krone, die am Tisch saß und etwas auf ihrem Handy eingab.

»Haben Sie schon mit Ihrem Vater gesprochen?«, fragte Hella, ohne das Aufnahmegerät anzustellen.

»Muss ich jetzt auch noch über meine privaten Gespräche Rechenschaft ablegen?«

Hella startete die Aufnahme.

»Die Küstenwache hat mehrfach versucht, Ihre Yacht über Funk zu erreichen. Warum haben weder Sie noch Herr Meier darauf reagiert?«

»Ich kenne mich mit den Sachen an Bord nicht aus. Fragen Sie Rob!«

»Und wieso haben Sie Antonia Wittmeier für das Wochenende nach Norderney eingeladen?«, stellte Hella die nächste Frage.

»Warum nicht? Wir wollten uns einen Spaß machen und ihr den besten …« Kim Krone grinste. »Ich weiß nicht, wie man den Geschlechtsakt in Ihrer Welt so nennt, und bevor Sie mich als verkommenes Luder einordnen, frage ich doch lieber.«

»Fahren Sie ruhig in Ihrer Sprache fort«, antwortete Hella, ohne auf die Provokation zu reagieren.

»Wie Sie wünschen, Frau Hauptkommissarin.« Kim Krone tat so, als zögere sie, und sagte schließlich: »Wir, also Johanna und ich, wollten der Spaßbremse den besten Fick des Jahrhunderts organisieren.« Sie hob entschuldigend die Arme. »Daraus ist dann wohl leider nichts geworden. Shit happens. Sie wird es überleben, oder hat die Arme jetzt den Schock ihres Lebens bekommen?«

Unter anderen Umständen hätte Hella der jungen Frau deutlich die Meinung gesagt, aber sie hielt sich zurück und stellte die nächste Frage.

»Wo haben Sie die Kameras gekauft?«

Sie zuckte mit den Schultern. »Keine Ahnung. Irgendwo im Internet, glaube ich.«

»Wie haben Sie bezahlt?«

Kim Krone zog eine Kreditkarte aus der Tasche und hielt sie hoch. »Kennen Sie diese kleinen Plastikdinger? Da steht eine Zahl drauf, die man nur eingeben muss, und schon geht's los.«

»Sie haben also mit Ihrer Kreditkarte bezahlt, deren Limit Ihr Vater schon vor einiger Zeit stark reduziert hat.«

Kim Krone funkelte sie an. »Das geht Sie einen feuchten Dreck an. Sie scheinen nicht die geringste Ahnung zu haben, wer und was mein Vater ist.«

»Oh doch, ich hatte einige längere Gespräche mit ihm. Er macht sich sehr große Sorgen, dass Sie Ihren Weg im Leben nicht finden.«

Kim Krone lachte gehässig. »Sie sind echt 'ne Nudel! Aber was soll man schon von einer deutschen Beamtin erwarten. Große Leuchten wird es ja wohl kaum unter ihresgleichen geben.«

Ohne eine Miene zu verziehen, zeigte Hella auf das Aufnahmegerät. »Ich wäre an Ihrer Stelle etwas vorsichtiger mit Ihrer Wortwahl.«

Kim Krone grinste breit. »Jetzt habe ich aber Angst, Frau Kommissarin. Ich entschuldige mich natürlich in aller Form bei Ihnen für meine Wortwahl.« Sie hatte »Wortwahl« deutlich akzentuiert ausgesprochen und die Silben weit auseinandergezogen.

»Sie haben bisher noch nicht gefragt, wie hoch die Lösegeldforderung war.«

»Und? Wie viel war ihm seine Tochter wert?«

»Zwei Millionen Euro.«

»Ups! Und die hat er bezahlt?«

Hella musterte die junge Frau. War ihr Erstaunen über den

Betrag gespielt oder echt? Kim Krone schien schauspielerisches Talent zu besitzen und ihre wahren Gefühle gut hinter ihrem aufgesetzten Gehabe verstecken zu können.

»Er war in großer Sorge und hat den Betrag auf der Stelle besorgt und ihn persönlich übergeben.«

»Zwei Millionen. Durchaus passabel für ein so dummes Geschöpf wie mich. Finden Sie nicht auch?«

»Wie lange kennen Sie Robert Meier?«

»Kennen? Sie meinen, wie lange wir schon vögeln? Männer kommen und gehen. Ich habe sie weder gezählt, noch weiß ich, wann wir das erste Mal … Sie würden vermutlich sagen, wann wir uns nähergekommen sind. Und nein, wir sind kein Paar im klassischen Sinne. Wenn wir Lust aufeinander haben, treffen wir uns. Wenn nicht, gibt es reichlich Alternativen auf dieser schönen Insel.«

»Wo haben Sie sich bisher getroffen?«

Sie wich theatralisch zurück. »Muss ich darauf antworten?«

»Das ist Ihre Entscheidung. Sie können auch schweigen.«

»Das klingt ja schon wieder wie eine Drohung. Da füge ich mich aber mal lieber. Rob hat eine schöne Wohnung und die Yacht, wenn Sie verstehen, was ich meine.«

»Sie haben sich also ausschließlich in seiner Wohnung oder auf der Yacht getroffen?«

Sie stöhnte laut. »Nein, natürlich nicht. Wir waren zwei Tage in Paris, drei in Mailand und einmal kurz in London. Mit dem Flieger, versteht sich, und geschlafen haben wir in Fünf-Sterne-Hotels.«

»Aber in der Villa Ihres Vaters haben Sie sich nie getroffen?«

»Keine Ahnung. Ich glaube …« Sie legte den Kopf in den Nacken und schien nachzudenken. »Nein, wohl eher nicht.«

»Wann sind Sie am Donnerstag aufgebrochen?«

»Früh. Rob meinte, wir sollten den Sonnenaufgang an Bord genießen. Vier Uhr oder so. Wir haben nicht geschlafen in der Nacht. Aber die genaue Zeit weiß ich nicht mehr.«

Hella beendete die Befragung und stand auf. »Wir können Sie im Helikopter mit nach Norderney nehmen.«

Kim Krone reagierte nicht. Sie schien, seit Hella das Aufnahmegerät ausgestellt hatte, in Gedanken versunken zu sein.

»Frau Krone! Haben Sie mich verstanden?«

Kim Krone schreckte auf. »Helikopter? Nein danke. Ich bleibe bei Rob. Sagen Sie, gibt es schon Verdächtige? Ich meine, einen dieser Erpresser?«

»Tut mir leid, dazu darf ich Ihnen keine Auskunft geben.«

»Wo wurde das Lösegeld übergeben?«

»Auf der Fahrt von Norderney nach Norddeich. Ein Motorboot fuhr längsseits, und Ihr Vater hat den Koffer hinuntergeworfen.«

»Verrückt! Zwei Millionen?«

»Ja. Ein Kollege bringt Sie zurück zum Hafen. Herr Meier wird noch befragt. Die Yacht dürfen Sie allerdings erst betreten, wenn wir sie durchsucht haben.«

Kim Krone stand auf. »Den Weg finde ich schon allein.« Sie verließ den Raum, ohne sich zu verabschieden.

24

Hella hatte, nachdem sie mit Gerd Hinrichs über Ankermöglichkeiten in der Nordsee gesprochen hatte, den Raum betreten und sich neben Lars gesetzt.

»Sie waren also nie in der Villa der Krones?«, fragte Lars.

»Hatten wir das Thema nicht schon, junger Mann?« Robert Meier warf ihm einen abfälligen Blick zu. »Vielleicht sollten Sie sich Notizen machen.«

»Würden Sie mir bitte antworten!«

Robert Meier zuckte mit den Schultern und lächelte Hella an. »Gern, Herr Kommissar. Nein, ich kann mich zumindest nicht erinnern, je in der Villa gewesen zu sein.«

»Wo haben Sie sich mit Frau Krone getroffen?«

Robert Meier gab eine fast identische Antwort wie seine Geliebte und fügte hinzu: »Reicht das jetzt endlich? Kim ist schließlich keine vierzehn mehr. Ich verstehe nicht, was das Gefrage überhaupt soll.«

Hella räusperte sich. »Es gibt einen Zeugen, der behauptet, Sie in oder bei der Villa gesehen zu haben.«

»In der Villa? Wie das denn? Und dass ich dort vielleicht mal vorbeigegangen bin, bestreite ich doch gar nicht. Selbst dass ich mal kurz bei Kim vorbeigeschaut habe, kann sein. Ich erinnere mich nur nicht mehr.« Er atmete schwer aus und schüttelte leicht den Kopf. »Und jetzt genug damit. Entweder haben Sie noch relevante Fragen an mich, oder ich werde mich jetzt verabschieden.«

»Kommen wir noch einmal darauf zurück, dass die Küstenwache Sie mehrmals versucht hat, über Funk zu erreichen«, fuhr Lars unbeirrt fort. »Wieso haben Sie nie geantwortet?«

»Auch das habe ich schon gesagt. Aber gut, einmal noch für unsere lieben Beamten. Ich habe es nicht mitbekommen. Ende. Aus. Noch Fragen?«

»Laut Frau Krone sind Sie recht früh am Donnerstagmorgen

in See gestochen. Wie ging es dann weiter? Von Norderney bis Helgoland sind es allenfalls vier bis fünf Stunden mit Ihrer Yacht.«

»Wir waren hier und da. Ich weiß wirklich nicht, warum Sie das interessiert.«

»Wo ist ›hier und da‹?«

Meier stöhnte. »Hätte ich das gewusst, hätte ich Buch geführt. Die erste Nacht haben wir uns im Watt trockenfallen lassen. In der zweiten Nacht sind wir ein Stück die Elbe hochgefahren und haben dort irgendwo geankert. Heute Nacht wollten wir hier im Hafen liegen und morgen zurück nach Norderney schippern.«

Hella zog ein Plastikröhrchen heraus. »Wir brauchen Ihre DNA für einen Abgleich.«

Robert Meier warf ihr einen misstrauischen Blick zu. »Was für einen Abgleich?«

»Es geht um den Entführer von Antonia Wittmeier. Wenn Sie mit der Sache nichts zu tun haben, sollten Sie ja wohl kaum ein Problem haben, uns eine Probe zur Verfügung zu stellen, oder?«

Robert Meier griff nach dem Plastikröhrchen, zog den Wattestab heraus und fuhr sich damit einmal in der Mundhöhle herum. Schließlich reichte er Hella das wieder verschlossene Röhrchen. »Ich habe nichts mit dieser Entführung zu tun. Kann ich jetzt gehen?«

»Vorerst ja«, sagte Hella. »Wir haben einen Durchsuchungsbeschluss für Ihr Schiff. Wenn Sie möchten, können Sie gern dabei sein, wenn wir es durchsuchen.«

»Eine putzige Veranstaltung ist das hier«, empörte er sich lauthals. »Aber wenn es unbedingt sein muss, bitte schön.« Er stand auf. »Gehen wir?«

Hella und Lars sahen dem Helikopter nach, der sie soeben auf dem Flughafen in Norderney abgesetzt und sich gleich darauf wieder auf den Weg gemacht hatte.

»Ich hätte mir schon einen schicken Drogenfund auf der

Yacht gewünscht«, sagte Lars, der Kim Krones Laptop in der Hand hielt.

Die Durchsuchung der Motoryacht war bis auf die Beschlagnahmung des Laptops erfolglos verlaufen. Weder hatten sie Drogen gefunden noch irgendwelche Hinweise, wo sich die Yacht während der letzten zwei Tage aufgehalten hatte.

»Vielleicht sind die beiden gewarnt worden«, meinte Hella. »Inzwischen sollte sich auf Norderney herumgesprochen haben, dass Kim gesucht wird.«

»Was sollte das übrigens mit der DNA-Probe bei Meier? Glaubst du wirklich, dass er in dem Haus war?«

»Eher nicht. Ich wollte sehen, wie er auf die Frage reagiert. Er schien sehr sicher zu sein. Ich hatte eigentlich mit einer Ablehnung gerechnet.«

Sie machten sich auf den Weg zum Parkplatz, wo Gerd Hinrichs auf sie wartete. Gegen achtzehn Uhr hatte Hella eine Teamsitzung anberaumt, um die neuesten Ergebnisse auszutauschen. »Fahren Sie mich bitte kurz bei Alexander Krone vorbei und warten auf mich«, bat Hella Hinrichs, als sie im Auto saßen. Er nickte und startete das Fahrzeug.

»Sie?«, fragte Alexander Krone, als er Hella die Tür öffnete, aber keine Anstalten machte, sie ins Haus zu bitten.

»Guten Tag, Herr Krone. Wir sind gerade zurück von Helgoland, wo wir mit Ihrer Tochter gesprochen haben. Sie wollte leider ...«

»Ich habe gerade vor zehn Minuten mit ihr telefoniert«, fiel er Hella ins Wort. »Sie war kaum in der Lage, mit mir zu sprechen, so aufgebracht war sie nach dem Verhör und der Durchsuchung der Yacht. Was bilden Sie sich eigentlich ein? Ich werde mich über Sie beschweren. Hätten Sie eher begriffen, dass meine Tochter überhaupt nicht in Gefahr ist, hätte ich zwei Millionen gespart.« Er schüttelte ärgerlich den Kopf. »Zwei Millionen. Und Ihnen fällt nichts Besseres ein, als meine Tochter zu schikanieren.«

»Sie selbst haben bestätigt, dass es die Stimme *Ihrer* Tochter war, die der Erpresser abgespielt hat. Und wir hatten in *Ihrem* Briefkasten ein Erpresserschreiben und nicht in dem von Antonia Wittmeiers Mutter. Wir werden selbstverständlich alles tun, um die Täter und somit auch Ihr Geld ausfindig zu machen. Falls Sie noch Fragen haben, wissen Sie ja, wo Sie mich finden. Auf Wiedersehen, Herr Krone.«

Hella wandte sich ab und ging den Weg entlang zum Gartentor. Lars und Hinrichs erwarteten sie im Wagen.

Hella fasste vor dem Team kurz zusammen, was die Befragungen auf Helgoland ergeben hatten.

»Ich habe vor zehn Minuten mit von Bohlen telefoniert. Unsere kleine Sonderkommission wird morgen aufgelöst. Wie es dann auf dem Festland weitergeht, ist noch nicht entschieden.«

Hella verschwieg, dass der Oberstaatsanwalt bereits mit Kims Vater gesprochen hatte. Alexander Krone hatte ihm angedroht, die Polizei zu verklagen, da er sie für den Verlust seines Geldes verantwortlich machte. Von Bohlen stärkte in diesem Punkt zwar Hellas Rücken, war aber über die Entwicklung des Falls keinesfalls glücklich. Er wies den Abzug des Teams von Norderney an und kündigte seine weitere Entscheidung über den Fortgang der Ermittlungen für Montag an.

»Wir sollten den morgigen Vormittag, auch wenn es ein Sonntag ist, für die weiteren Recherchen nutzen. Ab Mittag überlasse ich Ihnen, wann und wie Sie abreisen wollen.«

Ein Nicken ging durch die Runde. Anscheinend war die Entwicklung für alle Ermittler unbefriedigend. Nur die Psychologin, die Krone quasi vor die Tür gesetzt hatte, war inzwischen nach Absprache mit Hella aufs Festland zurückgefahren.

Eike Eilers hob seine Hand. »Dann fange ich mal an. Wir haben inzwischen alle Yachteigner erreicht, die zu den betreffenden Zeiten ihr Schiff im Hafen hatten, und konnten die Frau identifizieren, die wir ursprünglich auf den Aufnahmen für Antonia Wittmeier gehalten hatten. Ein Eigner hat bestätigt, dass er in dieser Nacht mit ihr auf seine Yacht gegangen und auf ihren Wunsch mit dem Boot rausgefahren ist, um den Sonnenaufgang zu beobachten.«

»Somit können wir wohl davon ausgehen, dass Antonia direkt in das Ferienhaus gebracht wurde«, fasste Hella zusammen.

»Davon gehe ich auch aus«, fuhr Eilers fort. »Weiterhin haben wir jemanden gefunden, der in der Nacht von Mittwoch auf Donnerstag auf seinem Boot im Hafen geschlafen hat und von einem Motorengeräusch wach geworden ist. Beim Blick aus dem Kajütenfenster hat er die Yacht von Robert Meier gesehen. Nach seiner Erinnerung war es kurz vor fünf Uhr.«

»Noch mehr Sonnenaufgang-Anbeter!«, kommentierte Lars den Bericht müde lächelnd.

Eilers grinste. »Jo, so sieht es wohl aus.« Er wurde wieder ernst. »Ansonsten gibt es keine weiteren Erkenntnisse. Viel Arbeit, wenig Ergebnis. Leider.«

»Wenn wir etwas ausschließen können, ist es auch ein Ergebnis.« Hella wandte sich an den zweiten Kollegen aus Emden, der die Befragung der Anwohner organisiert hatte. »Was gibt es Neues bei Ihnen?«

»Wir haben die Bewohner von zweiunddreißig Häusern befragt. Zwölf davon waren Ferienhäuser, zehn zu der fraglichen Zeit bewohnt. Glücklicherweise haben wir bis auf eine Familie, die schon am Abend zuvor abgereist war, alle Feriengäste erreicht. Niemand konnte uns mit Gewissheit sagen, wer das Haus mit der Nummer zwanzig bewohnt hatte. Zweimal haben wir die Aussage, dass es eine Frau um die siebzig war, dreimal ein junges Paar Anfang zwanzig. Beides stellte sich nach weiteren Fragen aber als reine Spekulation heraus. Die Details findet ihr in den Protokollen, an denen ich gerade sitze.«

»Was ist mit den Insulanern, die in der Umgebung wohnen?«, fragte Gerd Hinrichs.

»Wenn wir die zwölf Ferienhäuser abziehen, bleiben noch zwanzig Häuser mit Bewohnern, die dauerhaft auf der Insel leben. Von den zwanzig waren achtzehn erreichbar, zwei Häuser sind im Moment nicht bewohnt. Wir konnten bisher mit vierzehn Anwohnern sprechen. Aufgrund des ständigen Wechsels bei den Ferienhäusern sagten quasi alle durch die Bank, dass sie nicht mehr darauf achten würden, wer an ihren Häusern vorbeiläuft. Verdächtige Personen sind niemandem aufgefallen.«

»Aber?«, fragte Hella, die ahnte, dass noch etwas kommen würde.

»Eine alte Dame, die im Haus Nummer dreiundzwanzig lebt und wegen ihrer Probleme mit der Hüfte nur noch selten das Haus verlässt, sitzt häufig in ihrer Küche am Fenster, das ihr einen guten Blick auf die Straße ermöglicht. Sie ist sich ziemlich sicher, dass sie unser Ferienhaus einem Mann zuordnen kann, den sie mehrfach auf der Straße gesehen hat. Sie schätzt ihn auf Mitte dreißig, dunkle Haare, mittelgroß. Die alte Dame ist Lehrerin gewesen und von daher darin geübt, sich Gesichter zu merken und diese zu unterscheiden. Kurz und gut, ich denke, wir sollten jemanden zu ihr schicken, der mit ihr zusammen ein Phantombild erstellt.«

Hella warf einen Blick zu Lars.

»Okay, ich mach mich auf den Weg zu ihr«, sagte er.

»Kollege Mattes hat ein Programm auf dem Laptop und eine Spezialausbildung«, erklärte Hella. »Wenn ich richtig mitgezählt habe, sind bis auf eine Gastfamilie alle potenziellen Zeugen erreicht worden.«

»Genau!«

»Wenn wir morgen tatsächlich ein Phantombild haben sollten, müssen wir leider noch einmal die Runde machen.«

»Ich organisiere das«, sagte der Emder Kommissar und machte sich eine Notiz.

Hella wandte sich an den Kriminaltechniker, der das Ferienhaus durchsucht hatte. »Die Haare sind inzwischen in Emden?«

Der Kriminaltechniker nickte. »Ich habe es eilig gemacht. Trotzdem wird es ein paar Tage dauern, bis wir ein Ergebnis haben. Die weiteren Hautpartikel, die wir gesichert haben, werden noch länger dauern.«

»Weitere Erkenntnisse?«

»Die Fingerabdrücke von Antonia Wittmeier waren identisch mit denen, die wir in dem Zimmer gefunden haben. Insofern können wir also definitiv davon ausgehen, dass wir das richtige Haus gefunden haben.«

»Sehr gut«, warf Hella ein.

»Dass das Haus gründlich von Spuren gereinigt wurde, war ja schon Thema in der Runde. Wenn die Putzkolonne heute noch durchgegangen wäre, hätten wir sicher gar keine Spuren mehr gefunden.«

»Ist der Müll durchsucht worden?«

»Natürlich. Allerdings war die Mülltonne im Schuppen leer. Wir müssen davon ausgehen, dass der Entführer von Antonia Wittmeier seinen Müll auf andere Weise entsorgt hat. Entweder hat er ihn mitgenommen oder auf andere Tonnen verteilt.«

»Wieder ein Indiz, dass es sich um eine hochprofessionelle Aktion handelt«, sagte Hella. »Bis auf die zwei Haare und ein paar Hautpartikel gab es nichts im Haus. Selbst diese Funde können durchaus von vorherigen Feriengästen stammen.«

»Absolut«, bestätigte der Kriminaltechniker.

Hella warf einen Blick auf die Uhr. »Es ist kurz nach neunzehn Uhr. Das waren zwei harte Tage für alle. Ich würde vorschlagen, wir treffen uns morgen um acht hier.« Sie schaute in die Runde. »Auch wenn wir dann auseinandergehen und noch keinen Täter dingfest gemacht haben, möchte ich mich als Leiterin des Teams ganz herzlich bei allen Kollegen für den unermüdlichen und wirklich hervorragenden Einsatz bedanken.«

Die Beamten nickten und klopften auf den Tisch. Schließlich löste sich die Versammlung auf, Hella und Gerd Hinrichs verließen als Letzte die Polizeistation.

»Antonia Wittmeier ist übrigens aus dem Krankenhaus entlassen«, sagte Hinrichs. »Sie ist bereits zusammen mit ihrer Mutter abgereist. Ich habe einen Wagen für sie organisiert.«

»Danke, Kollege. Auch für die gesamte Unterstützung der Aktion. Das ist nicht selbstverständlich.«

Hinrichs lächelte. »Für mich schon. Wenn Sie später etwas brauchen, sagen Sie mir Bescheid.«

Sie gingen gemeinsam die Straße hinunter. »Alexander Krone droht mit einer Klage, weil er der Meinung ist, wir hätten versagt. Falls er auf Sie zukommt, verweisen Sie ihn an mich oder an die Staatsanwaltschaft.«

»Keine Angst, mit dem werde ich schon fertig.«

Hella starrte auf den Schwangerschaftstest in ihrer Hand. Die Regelblutung war so lange überfällig, dass sich der Test fast erübrigt hatte. *Morgen, ich mache ihn morgen!* Sie griff nach dem Handy, um Leon anzurufen.

»Helgoland?«, fragte er erstaunt, nachdem Hella ihm von ihrem Tag berichtet hatte. »Das muss ja eine Wahnsinnsaussicht aus so einem Helikopter sein.«

»Wasser, Wasser, Wasser«, antwortete Hella lachend. »Und hin und wieder einmal ein Schiff.«

»Sag ich doch. Ist der Fall denn jetzt abgeschlossen?«

»Solange wir die Täter noch nicht haben, sicher nicht. Aber ich komme morgen Nachmittag nach Hause.«

»Soll ich mir Montag freinehmen? Das wäre kein Problem. Wir könnten was unternehmen und …«

»Ich fürchte, ich muss ins Büro. Schlimm?«

»Natürlich nicht. Dann verschieben wir das halt.«

»Leon?«

»Ja?«

»Ich vermisse dich schrecklich«, sagte sie leise.

»Und ich dich erst! Aber morgen ist ja dein Norderney-Einsatz vorbei. Abends machen wir es uns hier gemütlich. Versprochen?«

»Versprochen!«

»Und am Montag wollten wir Gesa zu uns einladen. Das hast du doch nicht vergessen, oder?«

»Nein. Das sollten wir auf jeden Fall machen.«

Leon schwieg eine Weile. »Ist irgendwas mit dir?«

»Alles gut. Es war nur etwas viel in den letzten Tagen.« *Und den Rest erzähle ich dir morgen.*

»Sicher?«

»Ja, ganz sicher.« *Du würdest mir die Schwangerschaft sowieso an der Nasenspitze ansehen.* »Lass uns morgen reden, Leon. Ich bin vollkommen fertig und habe den ganzen Tag noch nichts gegessen. Gleich kommt Lars zurück von einer wichtigen Zeugin und wahrscheinlich …« Sie brach ab.

»Dann besorg dir doch bitte jetzt etwas zu essen.«

»Ich wollte sowieso etwas spazieren gehen. Mir fällt hier im Hotel die Decke auf den Kopf.«

»Dann mal los! Und grüß Lars von mir. Er soll es nicht übertreiben mit der Arbeit. Und du erst recht nicht.«

»Bis morgen, Leon. Ich sag Bescheid, wenn ich auf der Fähre bin.«

»Bis morgen, meine Schöne. Pass auf dich auf!«

25

Hella verließ das Hotel, holte sich eine Pizza zum Mitnehmen und setzte sich an der Promenade auf eine Bank. Lars hatte ihr per WhatsApp mitgeteilt, dass er das Phantombild fertiggestellt habe und auf dem Rückweg sei. Sie schrieb ihm, wo er sie finden könne.

»Willst du auch ein Stück?«, fragte Hella, als Lars auf die Bank sank.

»Gern!« Er griff in den Pizzakarton und bediente sich. Als er das erste Stück verschlungen hatte, öffnete er seinen Laptop und zeigte Hella die Zeichnung, bevor er sich ein weiteres Stück Pizza schnappte.

»Ist gut geworden«, sagte Hella. »Hattest du den Eindruck, die alte Dame weiß, wovon sie spricht?«

»Oja! Sie muss den Mann sehr genau beobachtet haben. Ich habe nicht den geringsten Zweifel bemerkt.«

»Wenn es wirklich der Mann ist, der Antonia entführt hat, sind wir einen Riesenschritt weiter.«

»Wird die Staatsanwaltschaft das Bild veröffentlichen?«

Hella zuckte mit den Schultern. »Das müssen wir abwarten. Krone macht reichlich Druck. Er will uns verklagen.«

Lars warf ihr einen ungläubigen Blick zu. »Wie bitte? Er wollte unbedingt die Übergabe mit so wenig Kontrolle wie möglich. Wir hätten die Typen auch hochnehmen können, wenn wir es gewollt hätten.«

»Schon klar, aber auf der anderen Seite habe ich schon vorher vermutet, dass seine Tochter nicht in der Gewalt der Erpresser ist, und es ihm bewusst nicht gesagt.«

»Ja und? Das weiß er ja nicht, und es war auch eine reine Vermutung. Nichts hat darauf hingewiesen. Wir hatten das Erpresserschreiben und die Anrufe – eigentlich eine klare Sache. Krone hätte dir niemals geglaubt, wenn du ihm davon erzählt hättest.«

Hella griff nach dem vorletzten Stück Pizza. »Willst du auch noch?«, fragte sie und reichte Lars den Karton. Er griff zu.

»Und du meinst, der Oberstaatsanwalt zieht den Schwanz ein?«, fragte er, als der leere Karton schließlich im Abfalleimer gelandet war.

»Wir werden sehen. Als Krone ihn bedrängt hat, die Geldscheine weder zu registrieren noch andere Maßnahmen zu ergreifen, hat er sich auch gefügt.«

»Warum sollte Krone etwas gegen die Veröffentlichung des Phantombildes haben?«, fragte Lars.

»Das ist nur so eine Ahnung.«

Lars warf ihr einen erstaunten Blick zu. »Bekomme ich einen Einblick in deine ›Ahnung‹?«

»Lass uns abwarten, was passiert. Sein Auftritt vorhin war das genaue Gegenteil von dem, wie er sich vorher gegeben hat. Ich werde noch nicht ganz schlau aus ihm.«

Lars schien mit der Antwort seiner Chefin nicht zufrieden zu sein, schwieg aber.

»Was will jemand wie Kim Krone mit Robert Meier?«, fragte Hella, um das Thema zu wechseln. »Der Mann ist ein ungebildeter Grobian, der für sie nicht nur viel zu alt, sondern auch nichts zum Vorzeigen ist. Oder glaubst du, Papa Krone wird begeistert sein, mit wem seine Tochter da durch die Weltgeschichte zieht?«

»Ungebildeter Grobian?« Lars schmunzelte. »Seit wann bist du so vorurteilsbeladen? Sicher, er ist ein Geschäftsmann, der vermutlich mit allen Wasser gewaschen ist, und vielleicht drückt er auch beide Augen zu bei der ein oder anderen nicht ganz so koscheren Sache, die in seinem Club läuft, aber …«

»Karl Bogner hatte da ein paar andere Informationen«, unterbrach Hella Lars und erzählte ihm von dem Gespräch.

»Bist du sicher, dass der Fahrradverleiher da nicht etwas zu viel Phantasie hatte? Und ohne etwas Nachdruck deinerseits ist er da bestimmt nicht mit rausgerückt, oder?«

»Ich musste ihm gut zureden, und gerichtsverwertbar sind die Angaben natürlich auch nicht. Aber ich werde mich morgen mal mit diesem Rob Meier beschäftigen.« Bei »Rob« hatte sie die Augen verdreht. »Vielleicht finden wir ja eine Verbindung nach Hamburg. Welche Wohnungen ihm gehören, dürfte ja wohl herauszubekommen sein.«

»Okay! Bisher haben wir ihn nur oberflächlich durchleuchten können. Die Zeit reichte einfach nicht.«

»Ich gehe das morgen an. Du kümmerst dich um den Laptop von Kim Krone.« Hella stand auf. »Mir wird kalt, und ich bin müde. Ich gehe ins Hotel. Und du?«

»Mir reicht es auch für heute«, antwortete Lars und reckte sich. »Kommst du noch mit auf einen Absacker in der Hotelbar?«

Hella schüttelte den Kopf. »Ein anderes Mal.«

Sie öffnete die Schachtel und zog den Beipackzettel heraus. Sie las die Angaben durch und zerknüllte den Zettel, bevor sie ihn durchs Zimmer warf und dabei den Mülleimer um einen halben Meter verfehlte.

Schlecht gelaunt machte sie sich auf den Weg zum Badezimmer, stieß die Tür auf und blieb an ihrem Spiegelbild hängen. Sie streckte sich die Zunge raus und sagte leise: »Du dumme Kuh, warum konntest du nicht aufpassen? Jetzt hast du den Salat.« Sie schnitt eine Grimasse. »Klar, darauf hast du natürlich keine Antwort. Schwerkriminelle in den Knast bringen, aber nicht in der Lage sein zu verhüten.«

Ihr Blick fiel auf den neuen Blister, der aus einem Fach der Kosmetiktasche ragte. Morgen würde eigentlich ein neuer Zyklus anfangen. Es wurde Zeit, den Schwangerschaftstest zu machen.

»Morgen«, murmelte sie und legte den Teststab auf die Spiegelablage. »Morgen früh.«

Lars kam ihr vom Frühstücksraum entgegen, als sie eine halbe Stunde zu spät mit der Reisetasche in der Hand auf den Flur trat. »Verschlafen, Chefin?«

»Und wie … Guten Morgen, Lars, tut mir leid, ich hatte

vergessen, mein Handy aufzuladen. Kein Handy, kein Wecker. Lass uns gehen. Einen Kaffee bekomme ich auch bei Hinrichs.«

»Ich kann die Besprechung auch um eine halbe Stunde verschieben.«

»Nicht nötig«, murmelte Hella.

»Ich hol nur noch eben meine Tasche. Treffen wir uns vor dem Hotel?«

Wenige Minuten später liefen sie nebeneinanderher in Richtung Polizeistation. An dem frühen Sonntagmorgen waren nur vereinzelte Jogger unterwegs. Die Seeluft war erfrischend, der salzige Geschmack deutlich auf der Zunge spürbar. Erst jetzt fiel Hella auf, dass sie den Schwangerschaftstest im Badezimmer vergessen hatte. Sie würde am Nachmittag den Test benutzen, der noch immer in ihrem Auto lag.

»Du bist so schweigsam«, sagte Lars. »Ist was?«

Sie schüttelte den Kopf. »Alles gut. Ich möchte mal wieder in meinem eigenen Bett schlafen.« Sie blieb stehen und warf einen Blick in die Ferne. »Jetzt waren wir mehrere Tage auf Norderney und haben quasi nichts von der Insel gesehen.«

»Ist das nicht immer so? Die Arbeit geht vor, vor allem wenn Menschen in Gefahr sind. Machst du dir etwa Vorwürfe wegen dem Lösegeld? Hey, was wäre passiert, wenn du deinen Verdacht weitergegeben hättest? Im besten Fall hätte Krone die Übergabe weiter verzögert, um darauf zu warten, dass seine Tochter wieder auftaucht. Was dann ja auch wahrscheinlich passiert wäre. Und Antonia Wittmeier? Wäre sie freigekommen, oder wäre der Erpresser durchgedreht? Die zwei Millionen sind doch nur bedrucktes Papier. Ist ein Menschenleben nicht viel mehr wert?«

»Krone und das Geld sind mir egal. Ich hätte auch geschwiegen, wenn ich hundertprozentig sicher gewesen wäre, dass die Kidnapper die Falsche haben.«

Lars warf ihr einen anerkennenden Blick zu. »Das hätte ich mich nicht getraut.«

»Aber wir haben es eben nur vermutet und nicht den geringsten Hinweis auf Kims Aufenthaltsort gehabt. Wir müssen uns jetzt auf die Entführer konzentrieren. Mit dem Phantombild und den Spuren in der Wohnung haben wir gute Chancen.«

»Wenn der Oberstaatsanwalt uns den Fall nicht wegnimmt.«

»Immerhin wohnt Antonia Wittmeier im Wittmunder Bezirk. Und sie ist das Opfer. Natürlich ermitteln wir weiter.«

Nach einer kurzen Besprechung, in der Hella noch einmal die wesentlichen Punkte zusammengefasst hatte, wurden die Ausdrucke des Phantombildes verteilt.

»Kollege Mattes ist überzeugt davon, dass die Angaben der alten Dame sehr präzise waren. Was selbstverständlich nicht heißt, dass der Mann der Täter ist oder zwingend etwas mit dem Fall zu tun hat. Also bitte, Kollegen, vorsichtig nachfragen.«

Ein Teil der Ermittler machte sich auf den Weg, um die Anwohner zum Phantombild zu befragen, der Rest hängte sich ans Telefon, um die Feriengäste, die inzwischen wieder in ihre Heimatorte zurückgekehrt waren, zu erreichen. Lars machte sich über Kim Krones Laptop her, während Hella mit der Recherchearbeit zu Robert Meier begann.

Als Erstes rief sie die Informationen auf, die die Kollegen bereits in den letzten Tagen über Robert Meier gesammelt hatten. Eike Eilers hatte sie kurz während einer der Besprechungen vorgetragen, ohne dass sie tiefer in die Materie eingestiegen waren.

Robert Meier war vierundvierzig Jahre alt und in Hamburg geboren. Der Vater unbekannt, die Mutter Prostituierte. Er wuchs bei seiner Großmutter auf und, nachdem sie verstorben war, bei seiner Mutter. Ab seinem vierzehnten Lebensjahr lebte er in einer betreuten Wohngemeinschaft. Mit siebzehn begann er eine Ausbildung als Einzelhandelskaufmann, die er nach drei Jahren abschloss. Mit zweiundzwanzig stand er wegen Autodiebstahl zum ersten Mal vor Gericht, bekam eine Bewährungsstrafe und wurde zwei Jahre später wegen eines ähnlich gelagerten Delikts angeklagt. Dieses Mal bekam er achtzehn Monate Gefängnis, von denen er zwölf absaß und anschließend wegen guter Führung entlassen wurde. In den folgenden zehn Jahren stand er weitere drei Mal vor Gericht, wurde aber jedes Mal wegen mangelnder Beweise freigesprochen. Zeugen zogen ihre Aussage zurück oder tauchten für eine Weile unter, teure Anwälte nahmen die Beweise der Staatsanwaltschaft auseinander und verunsicherten die aussagenden Ermittler. Ab seinem dreißigsten Lebensjahr fanden sich keine Einträge mehr in der Datenbank der Polizei. Mit zweiunddreißig übernahm er den Club auf Norderney als Geschäftsführer und kaufte ihn vier Jahre später dem Besitzer, einem Insulaner, ab. Seitdem hielt er sich überwiegend auf Norderney auf, hatte dort inzwischen fünf Wohnungen erworben, von denen nur zwei an Feriengäste vermietet wurden, wie Hella schnell herausfand. In den drei anderen waren über die Jahre wechselnde Personen gemeldet, die vermutlich in seinem Club arbeiteten oder gearbeitet hatten. Hella brauchte für weitere Einblicke in seine Finanzen einen richterlichen Beschluss. Kurz entschlossen griff sie nach dem Telefon und wählte die Nummer des Oberstaatsanwaltes.

»Guten Morgen, Herr Dr. von Bohlen«, begrüßte sie ihn.

»Was gibt es so Wichtiges am Sonntag?«, fragte er, ohne ihren Gruß zu erwidern.

»Robert Meier. Sie hatten ja bereits einen Beschluss für die Yacht besorgt. Wir vermuten, dass Meier etwas mit der Entführung zu tun hat, und brauchen weitere Beschlüsse.«

»Und das ist jetzt so eilig?«

»Ja, ich halte es durchaus für wichtig, die Entführer einer jungen Frau schnellstmöglich zu überführen. Ganz abgesehen davon, dass zwei Millionen Euro an Lösegeld bezahlt wurden.«

»Ich kenne die Umstände, Frau Hauptkommissarin, und benötige von Ihnen keinen Nachhilfeunterricht.« Er senkte die Stimme, und Hella befürchtete schon, dass er das Gespräch beenden würde, bevor es überhaupt richtig begonnen hatte, als er fragte: »Welche Verdachtsmomente gibt es zur Person Robert Meier?«

»Er hat uns angelogen, als die Frage aufkam, ob er jemals in der Villa der Krones war. Definitiv hat er sich länger dort aufgehalten.«

»Sie haben verlässliche Zeugen?«

»Ich habe ihn selbst observiert und persönlich in der Villa beobachten können.«

»Weiter!«

»Er hat aufgrund seiner Vergangenheit in der kriminellen Szene vermutlich immer noch gute Beziehungen zu den entsprechenden Personen. Ein Zeuge hat ausgesagt, dass in seinem Club mit seinem Wissen Drogen verkauft werden und – ebenfalls mit seinem Wissen und vermutlich auch seiner Unterstützung – Prostituierte arbeiten. Er besitzt drei Wohnungen auf Norderney, die nach meiner Recherche nicht an Feriengäste vermietet werden, sondern an wechselnde Personen, hauptsächlich Frauen.«

»Alles gut und schön, aber was hat das mit dem Fall zu tun? Wenn Meier mit Drogen dealt und als Zuhälter fungiert, können Ihre zuständigen Kollegen das in die Hand nehmen.«

»Alles richtig, Herr Dr. von Bohlen. Natürlich werden wir unsere Erkenntnisse an die Kollegen weitergeben. Mir geht es ausschließlich um die Entführung und die Erpressung. Herr Meier steht hier quasi im Mittelpunkt der Beobachtungen. Ich könnte mir durchaus vorstellen, dass er eine Zentralfigur in dieser Geschichte ist und …«, sie machte eine kurze Pause, bevor sie weitersprach, »… und dass er Kim Krone dazu überredet hat, bewusst für die zwei Tage unterzutauchen. Die ganze Entführung und Erpressung ist von langer Hand und generalstabsmäßig geplant und durchgeführt worden. Das waren absolute Profis und keine Freizeitkriminellen.«

»Sie gehen also davon aus, dass Krones Tochter hinters Licht geführt wurde?«

»Bisher haben wir nicht den geringsten Hinweis, dass sie etwas mit der ganzen Sache zu tun hat. Sie hat zwar durchaus ihre Probleme mit dem Vater, aber das kommt in dem Alter nicht selten vor.« Hella war bekannt, dass der Oberstaatsanwalt

Vater von zwei Töchtern im Alter von achtzehn und zwanzig Jahren war.

Er stöhnte leise. »Wem sagen Sie das! Was brauchen Sie?«

»Ich muss seine Finanzen durchleuchten. Die üblichen Vollmachten. Zusätzlich sollten wir sein Büro und die Privatwohnung durchsuchen.«

»Finanzen geht in Ordnung, aber für die Durchsuchungen brauche ich mehr Material. Das haut mir jeder Richter um die Ohren, und das wissen Sie auch, Frau Hauptkommissarin. Bringen Sie mir etwas Handfestes, und wir sehen weiter. Wir sprechen morgen darüber, wer in Ihrem Team daran mitarbeiten kann. Einen schönen Sonntag noch.«

Hella verabschiedete sich und knallte den Telefonhörer auf die Gabel. »Weichei!«

»Von Bohlen?«, fragte Lars.

»Wer sonst!«

»Und?«

»Für Meiers Finanzen bekommen wir einen Beschluss, Büro und Wohnung können wir vorerst vergessen. Zumindest hat er durchblicken lassen, dass wir die Ermittlungen von Wittmund aus weiterführen können.«

»Immerhin. Auf dem Laptop habe ich erst mal nichts gefunden. Gerade läuft ein Programm, mit dem die gelöschten Dateien wiederhergestellt werden.«

»Wäre ja auch zu schön gewesen. Aber warten wir es ab.«

26

Kurz vor zwölf füllte sich der Besprechungsraum in der Polizeistation. Hella fasste kurz die Erkenntnisse zu Robert Meier zusammen und übergab Lars das Wort.

»Ich habe den Laptop von Kim Krone untersucht. Er war oberflächlich sauber, bei den gelöschten Dateien, die ich wiederhergestellt habe, gab es einige kurze Filme, die mit den versteckten Kameras aufgenommen worden waren. Um es kurz zu machen: Kim Krone hat sich dabei jedes Mal selbst gefilmt, in mehr oder weniger anzüglichen Posen.«

»Was schließen wir daraus?«, fragte Eike Eilers.

»Das habe ich mich auch gefragt. Auf jeden Fall ist damit klar, dass die Kameras keine Attrappen und letztlich auch voll funktionstüchtig sind. Entweder war das nur ein Test, ob alles funktioniert, und sie hat die Filme, auf denen sie oder eine ihrer Freundinnen mit Männern zu sehen sind, anderswo gespeichert, oder es war wirklich nur eine Spielerei und hat für unseren Fall nichts zu bedeuten.«

»Aber warum hätte sie dann alle Filme löschen sollen?«, fragte Eilers.

»Richtig! Ich tendiere auch zu der Annahme, dass es weiteres Material gibt – oder gab –, was bei Weitem nicht so harmlos ist wie diese Probefilmchen.«

»Sonst noch etwas Interessantes?«, fragte Hella.

»Kim Krone scheint Dateien in einer Cloud abgelegt zu haben. Aber hier habe ich nur Hinweise darauf gefunden. Entweder gibt es diese Cloud nicht mehr, oder sie wird nicht mehr von ihr benutzt und die Zugänge sind vom Rechner entfernt worden. Also derzeit auch eine Sackgasse.«

»Oder ein weiteres Indiz dafür, dass sie sehr wahrscheinlich etwas zu verheimlichen hat«, kommentierte einer der Kriminaltechniker.

»Ein Tagebuch oder tagebuchähnliche Eintragungen habe

ich leider nicht gefunden. Der Rest war belanglos oder hatte etwas mit ihrer vorherigen Schule zu tun.«

»Okay, danke«, sagte Hella und wandte sich an die Gruppe, die mit dem Phantombild die Nachbarn befragt hatte.

»Wir haben zwei glaubwürdige Zeugen gefunden, die den Mann wiedererkannt haben«, sagte Eike Eilers. »Eine Zeugin meinte, ihn beim Betreten von Haus Nummer zwanzig gesehen zu haben. Der andere Zeuge ist ihm auf der Straße begegnet. Wir schreiben gleich noch die Protokolle, die Kollege Hinrichs dann morgen unterschreiben lässt.«

Gerd Hinrichs nickte. »Unsere Recherchen bezüglich der schon abgereisten Feriengäste ist etwas komplizierter gewesen. Um schneller voranzukommen, haben wir das Phantombild nicht gemailt, sondern per WhatsApp an die Zeugen geschickt. Ich mache es auch mal kurz: Bisher haben wir eine Zeugin, Mutter einer Familie mit zwei kleinen Kindern, die den Mann wiedererkannt haben will. Ich habe selbst mit ihr gesprochen. Sie war sich sehr sicher. Protokoll schicke ich den Kollegen vor Ort zu, die kümmern sich um die Unterschrift.«

»Es verdichten sich also die Verdachtsmomente, dass der Mann auf dem Phantombild häufiger in der Straße war und vermutlich sogar etwas mit dem Haus Nummer zwanzig zu tun hatte«, fasste Hella das Gehörte zusammen. »Und somit steigt auch die Chance, dass die Staatsanwaltschaft mit der Zeichnung an die Öffentlichkeit geht.« Sie wandte sich an Hinrichs. »Haben Sie die Daten der Vermietungsagentur? Wegen der Überweisung?«

»Im Moment immer nur der Anrufbeantworter. Soll ich mich darum weiter kümmern, oder machen Sie das von Wittmund aus?«

»Geben Sie doch bitte Kollege Mattes die Kontaktdaten. Wahrscheinlich brauchen wir da auch einen richterlichen Beschluss. Bei Bankdaten wird es in aller Regel schwierig.« Sie verteilte weitere Aufgaben und schloss um kurz nach eins das Meeting.

Die Fähre, mit der Hella und Lars aufs Festland zurückfuhren, war seit mehr als einer halben Stunde unterwegs. Hella, die auf dem Oberdeck an der Reling stand, nickte Lars zu, der mit zwei Bechern Kaffee auf sie zukam.

»Danke«, sagte sie, nachdem sie einen der Becher entgegengenommen hatte. »Wie ist die Stimmung bei den Kollegen?«

Lars hatte sich gleich nach dem Ablegen der Fähre zu den Emder Beamten gesetzt und sich mit ihnen unterhalten.

»Gedämpft«, antwortete er. »Außer dass Antonia Wittmeier wieder frei ist, haben wir ja auch noch keine wirklichen Erfolge zu verzeichnen.«

»Sehe ich zwar anders, aber ich kann die Kollegen schon verstehen. Und wie ist deine Meinung?«

»Ich wäre auch gern weiter, aber in diesem Fall ist wohl Geduld angesagt. Wenn das Phantombild veröffentlicht wird, könnten die Ermittlungen schnell Fahrt aufnehmen.«

»Das ist auch meine Hoffnung. Ich schaue übrigens gleich noch bei Familie Wittmeier rein. Vielleicht hat sich Antonia inzwischen an mehr Details erinnert.«

Lars sah über das glänzende Watt. »Norddeich. In zwanzig Minuten werden wir wohl anlegen.«

»Morgen um neun?«

»Klar«, antwortete Lars und stöhnte leise. »In alter Frische und mit viel Schwung.«

Ingeborg Wittmeier öffnete ihr die Tür. »Kommen Sie herein, Frau Brandt. Sie wollen sicher zu Antonia.«

Hella trat ein. »Wie geht es Ihrer Tochter?«

»Besser, viel besser. Benjamin ist gerade bei ihr.«

»Darf ich Ihnen noch ein paar Fragen stellen?«

»Selbstverständlich. Wollen wir ins Wohnzimmer gehen?«

Hella lehnte den angebotenen Kaffee ab und setzte sich gegenüber Ingeborg Wittmeier auf einen Stuhl.

»Antonia ist fast eine Woche gegen ihren Willen in einem Haus auf Norderney festgehalten worden. Wir vermuten zwar, dass sie mit ihrer Freundin verwechselt wurde, aber ich muss Sie trotzdem fragen, ob Sie Lösegeldforderungen bekommen haben oder irgendeinen Kontakt mit den Entführern hatten.«

»Nein, das hätte ich Ihnen sofort gesagt, Frau Brandt. Ich habe weder einen Anruf noch Post bekommen. Warum auch? Wir haben kein Geld, schon gar keine Millionen.«

»Von Ihrem Ex-Mann haben Sie auch nichts gehört?«

»Nein, ganz bestimmt nicht. Sie können mir wirklich glauben.«

»Das sind Routinefragen, die ich stellen muss. Ist Ihnen sonst noch irgendetwas aufgefallen? Stand für längere Zeit ein unbekanntes Auto in der Nähe Ihres Hauses, oder haben Sie fremde Personen gesehen?«

Ingeborg Wittmeier schüttelte den Kopf. »Ich habe auch schon darüber nachgedacht, aber ich kann mich an nichts dergleichen erinnern.«

Hella stand auf. »Dann spreche ich noch kurz mit Antonia.«

Auf ihr Türklopfen hörte sie Schritte. Gleich darauf öffnete Benjamin Weiher ihr die Tür. »Frau Brandt!«, sagte er erstaunt und trat zur Seite. »Sie wollen mit Antonia sprechen?«

Die junge Frau saß auf ihrem Bett, ein Kissen im Rücken, und lächelte, als Hella auf sie zukam.

»Wie geht es Ihnen heute?«

»Eigentlich besser, aber sicher bin ich mir ehrlich gesagt nicht. Wenn Benjamin nicht hier wäre ...« Sie schluckte. »Es kommt mir vor, als läge ein schwerer Sack auf meiner Seele. Es fühlt sich an, als wenn ich nicht richtig Luft bekommen könnte.«

»Sie sollten sich bald Hilfe suchen. In Ihrem Fall werden Sie auch schnell einen Termin bekommen. Soll ich Ihnen Adressen von Psychologen heraussuchen lassen?«

»Das hat Benjamin schon gemacht. Ich rufe da morgen an.«

Benjamin Weiher bat Hella, sich zu setzen, und schob ihr einen Stuhl ans Bett. Hella nahm Platz und reichte Antonia die Phantomzeichnung. »Wir haben Zeugen gefunden, die uns diesen Mann beschrieben haben. Er soll in dem Haus, in dem Sie festgehalten wurden, ein und aus gegangen sein.«

Antonia betrachtete die Zeichnung lange. »Der Mann hatte jedes Mal, wenn er zu mir ins Zimmer kam, eine Maske übergezogen. Ich habe nur die Augen gesehen.« Sie nickte. »Ja, die könnten schon hinkommen.«

»Wir haben ja schon kurz über den Mann, der Sie entführt und festgehalten hat, gesprochen. Wie hat er auf Sie gewirkt? War er nervös und hektisch? Hatte er Angst?«

»Viel mitbekommen habe ich nicht, aber das wissen Sie ja schon. Nervös? Nein, ich glaube nicht. Seine Augen konnte ich sehen, und das wäre mir wohl aufgefallen. Er machte mir nicht den Eindruck, als wenn er ängstlich oder hektisch wäre. Er hat sich normal bewegt, wenn das Ihre Frage ist. Auch wenn er etwas gesagt hat, war er sehr ruhig und ... Ja, es klang normal. Überhaupt nicht aggressiv.« Sie stutzte. »Eigentlich verrückt, oder? Immerhin hat mich der Mann entführt.«

»Erinnern Sie sich an weitere Details? Was ist genau passiert, als der Entführer Sie bedroht hat, um die Tonaufnahme zu machen?«

»Das war ... merkwürdig. Es kam ganz plötzlich. Er schrie mich an, und ich war da noch völlig benommen wegen dem Zeug, was der mir gegeben hat, und deshalb habe ich auch überhaupt nicht reagiert. Ich bin quasi zur Salzsäule erstarrt. Er hat mir dann ins Gesicht geschlagen, und dann habe ich reagiert und geschrien. Inzwischen ist mir wieder eingefallen, dass er vorher ein Handy auf den Tisch gelegt hatte. Wahrscheinlich hat er mein Geschrei damit aufgenommen.«

»Und dann?«

»Nichts mehr. Ganz plötzlich war alles vorbei, als wenn er den Ausbruch nur gespielt hätte. Er hat mir sogar mit der Hand über den Kopf gestrichen und irgendwas gesagt. Aber ich weiß nicht mehr, was.«

»Hat er jemals Ihren Namen genannt?«

»Hatten Sie das nicht schon auf Norderney gefragt?«

»Ja, aber das war kurz nachdem Sie aus dem Haus hatten

fliehen können. Vielleicht ist Ihnen ja inzwischen noch etwas eingefallen.«

Antonia schloss die Augen. »Meinen Namen? Sie meinen jetzt nicht Kim, sondern Antonia?« Sie sah auf und zuckte mit den Schultern. »Ich weiß es nicht.«

Benjamin Weiher war bei Hellas letzter Frage ans Bett herangetreten. »Aber der Entführer dachte doch, dass er diese Kim Krone entführt hat. Wie kann er da Antonia beim Namen genannt haben?«

»Lass doch, Benjamin. Frau Brandt wird schon wissen, warum sie das fragt.« Antonia seufzte leise. »Ich weiß gar nicht, ob ich es wirklich registriert hätte, wenn mich der Mann mit Namen angesprochen hätte. Nicht nur, weil ich alles wie durch einen Nebel gesehen habe, sondern auch, weil ich ja gar nicht wusste, dass ich anstelle von Kim entführt worden war. Hätte ich das nicht als vollkommen normal empfunden? Was meinen Sie?«

»Mag sein«, sagte Hella und wechselte das Thema. »Der Entführer muss Sie irgendwie dazu gebracht haben, mit ihm aus dem Club zu gehen. Erinnern Sie sich an etwas?«

Antonia stand auf und drehte eine Runde durch ihr Zimmer, bevor sie sich wieder auf ihr Bett setzte. »Mir war schlecht, und ich wollte eigentlich auf die Toilette gehen, weil ich Angst hatte, dass ich mich übergeben muss. Wie ich dann nach draußen gekommen bin, weiß ich nicht mehr. Und schon gar nicht weiß ich, wie ich zu diesem Haus gekommen bin. Wie weit ist es denn entfernt vom Club?«

»Ungefähr einen Kilometer. Das ist sicher eine Viertelstunde zu laufen.«

»Kann sie nicht mit dem Auto gebracht worden sein?«, fragte Benjamin Weiher.

»Dort besteht eigentlich um diese Jahreszeit Fahrverbot. Vermutlich wäre die Gefahr zu groß gewesen, dass das bemerkt wird. Aber drei Straßen weiter hätte tatsächlich ein Fahrzeug stehen können.«

»Ich erinnere mich aber nicht«, sagte Antonia.

Hella stand auf. »Wenn Ihnen noch etwas einfällt, egal, wie unwichtig es Ihnen scheint, rufen Sie mich bitte sofort an.«

»Fahren Sie jetzt über Esens?«, fragte Antonia. »Und können Sie vielleicht Benjamin mitnehmen? Er wollte sich aus seiner Wohnung ein paar Sachen holen.«

»Ich kann auch ein Taxi bestellen«, sagte der junge Mann sofort.

»Kein Problem! Ich nehme Sie gern mit.«

27

Hella schloss ihren Dienstwagen auf und stieg ein. Benjamin Weiher setzte sich auf den Beifahrersitz.

»Es wird nicht so einfach für Antonia, oder?«, fragte er.

Hella, die den Motor gestartet hatte, stellte ihn wieder aus. »Solch ein Erlebnis verarbeiten Menschen unterschiedlich. Manche schütteln es quasi nach ein paar Tagen ab, andere kommen nie darüber hinweg. Dazwischen gibt es alle möglichen Varianten. Wenn Sie Ihrer Freundin helfen wollen, raten Sie ihr zu einer Therapie.«

»Das habe ich schon gemacht, und ich werde auch in den nächsten Tagen bei ihr bleiben.«

»Drängen Sie sie nicht, sondern versuchen Sie, sie vorsichtig zu unterstützen. Es gibt Fälle, da verweigern die Opfer kategorisch professionelle Hilfe, weil sie die Geiselhaft so schnell wie möglich hinter sich lassen wollen. Die meisten erreichen damit aber nur das genaue Gegenteil. Es wird schwieriger und dauert länger als ohne Hilfe.«

»Ich kümmere mich darum. Sie können sich auf mich verlassen.«

»Das weiß ich.«

Benjamin Weiher schien einen Moment irritiert, fing sich aber schnell wieder. »Darf ich Ihnen eine Frage stellen?«

»Natürlich. Fragen Sie ruhig.«

»Bei unserem ersten Treffen … als Sie im Café auf mich zukamen … da schien es mir so, als wären Sie regelrecht schockiert, als Sie mich sahen. Sie hatten auch eine Erklärung dafür: Ich erinnerte Sie an einen Schulfreund.«

»Ja, das habe ich gesagt.«

»Aber das war nicht die ganze Wahrheit, oder?«

Hella stockte der Atem. Benjamin Weiher schien ein feines Gespür für Menschen zu haben. Er hatte gemerkt, dass Hella ihm etwas verschwiegen hatte.

»Sie erinnern mich schon an jemanden.«

»Aber das ist mir auch schon mehrfach passiert. Menschen ähneln sich manchmal, deshalb ist man doch nicht so perplex wie Sie im Café.« Als Hella nicht antwortete, fuhr er fort. »Mir ist da eine Idee gekommen, die aber so abwegig ist, dass ich sie nicht einmal laut auszusprechen wage.«

Ein leichter Ruck ging durch Hella. Sie richtete sich im Sitz auf und sagte mit fester Stimme: »Es tut mir leid, aber ich werde erwartet. Vielleicht können wir ein anderes Mal darüber sprechen?« Sie startete den Motor und fuhr auf die Straße. Keine zehn Minuten später hielt sie vor dem Haus, in dem Benjamin Weiher wohnte.

»Kommen Sie zurecht?«, fragte Hella und zwang sich zu einem Lächeln.

Der junge Mann schnallte sich ab, warf Hella einen letzten Blick zu und nickte ihr schließlich höflich zu, bevor er ausstieg.

Hella fuhr kurz hinter Esens in eine Seitenstraße, um anhalten zu können. Sie schaltete den Motor ab und legte kurz den Kopf aufs Lenkrad. Konnte Benjamin Weiher wirklich ihr …? Verflucht, warum war es so schwer, selbst diesen Gedanken zuzulassen? »Mein Sohn, mein Sohn, mein Sohn«, murmelte sie. Konnte er wirklich ihr Sohn sein? War sie die Mutter dieses jungen Mannes? Oder hatte sie sich vollkommen verrannt? Die Entführung von Antonia, die leidende Ingeborg Wittmeier, der Schwangerschaftstest. Sie sah sich um und entdeckte die Pappschachtel auf dem Rücksitz, griff danach und hielt sie für eine gefühlte Ewigkeit in der Hand. Schließlich startete sie den Motor und setzte ihren Weg fort.

Wenige Kilometer später fuhr sie an einem Landgasthof vorbei, wendete mit einem waghalsigen Manöver auf der Straße und parkte schließlich auf dem Parkplatz. Mit festen Schritten ging sie ins Lokal, bestellte ein Glas Mineralwasser und fragte nach dem Weg zur Toilette.

Der Test war schnell gemacht. Hella hielt das Plastikstäbchen in der leicht zitternden Hand und wartete darauf, dass sich in den beiden kleinen Fenstern etwas tat. Sie schloss die Augen und zählte in Gedanken bis hundert. Kurz überlegte sie, das Teststäbchen ungesehen in den Abfalleimer zu werfen, entschied sich dann aber dagegen.

Langsam öffnete sie die Augen. In jedem der Fenster war deutlich ein roter Strich zu erkennen. Immer wieder las sie den neben dem Fenster aufgedruckten Begriff. Es gab keinen Zweifel mehr. Sie war schwanger.

Leon kam auf das Auto zu und wartete, bis Hella ausgestiegen war. Er nahm sie in den Arm und küsste sie zärtlich. »Da bist du ja endlich, meine Schöne.« Er trat einen Schritt zurück. »Was ist mit dir? Geht es dir nicht gut? Du bist leichenblass.«

Sie ließ langsam die Hand in die Tasche gleiten und holte das Teststäbchen hervor. Dann sah sie ihrem Lebensgefährten lange in die Augen und sagte nahezu tonlos: »Ich bin schwanger, Leon. Ich habe den Test gerade eben erst gemacht.« Sie reichte ihm das Plastikstäbchen.

Leon erstarrte kurz, dann zog er Hella an sich und umarmte sie lange. »Und das ist so schrecklich?«, flüsterte er.

Hella schwieg.

»Lass uns reingehen.« Er löste sich von ihr und führte sie ins Haus.

In der Küche bugsierte er sie auf einen der Stühle und stellte Wasser an. »Möchtest du einen Kaffee oder Tee?«

»Whisky. Einen doppelten.«

»Wollen wir nicht erst darüber sprechen, wie es weitergeht?«

Hella sah auf und fragte mit brüchiger Stimme: »Willst du denn Vater werden?«

Er setzte sich zu ihr an den Tisch und legte seine Hand auf ihre. Seine Augen schimmerten feucht. »Ist nicht eher die Frage, Hella, ob wir beide Eltern werden wollen?«

»Mag sein«, antwortete Hella leise. »Und?«

Leon lehnte sich auf dem Stuhl zurück und legte den Kopf in den Nacken. »Ich könnte mir vorstellen, dass wir beide gute Eltern wären. Ich gebe ja zu, dass ich so konkret noch nie darüber nachgedacht habe, aber wenn du jetzt schwanger bist, sollten wir das tun.« Er schwieg eine Weile. »Du kannst dir nicht vorstellen, das Kind zu bekommen?«

»Zwanzig Jahre, mindestens …«, murmelte sie. »Das ist eine Entscheidung für eine sehr lange Zeit.«

»Das weiß ich. Trotzdem könnte ich mir vorstellen, dass wir beide das schaffen.«

»Schaffen? Reicht das?«

Leon rückte seinen Stuhl neben ihren und legte den Arm um Hella. »Du weißt doch, wie ich das meine. Du bist die Frau, mit der ich mein Leben verbringen will. Wenn du es auch mit mir verbringen willst, warum sollten wir dann kein Kind in die Welt setzen? Das Leben würde sich verändern, das ist klar. Aber ist das nicht ständig der Fall? Ich habe Zeit und kann auch für die ersten Jahre zu Hause bleiben. Du wirst sicher deinen Beruf weiter ausüben wollen. Klar, irgendein festes Einkommen brauchen wir. Ob wir dann auf Dauer hier in der Kate bleiben können, ist sicher noch eine andere Frage, aber in den ersten drei Jahren … Warum nicht?«

Hella sah ihn erstaunt an. »Du würdest wirklich zu Hause bleiben? Für mehrere Jahre?«

»Wäre das für dich nicht okay? Ich meine, wir können natürlich auch …«

»Nein, schon in Ordnung. Ich habe nur nicht damit gerechnet. Oder, wenn ich ehrlich bin, ich habe noch gar nicht so weit gedacht …«

»Wie lange bist du schon über dem Termin?«

Hella zögerte. »Länger. Ich hatte wohl Angst.« Sie hob das Teststäbchen hoch, das sie immer noch in der Hand hielt. »Wie man sieht, war es ja auch nicht ganz unbegründet.«

Leon stand auf. »Also erst mal keinen Whisky?«

Sie schüttelte den Kopf. »Tee wäre gut.«

Er goss das kochende Wasser auf und kam mit zwei Teetassen zurück zum Tisch.

»Leon?« Hellas Stimme war kaum zu hören.

»Ja?«

»Es gibt da noch etwas, was ich dir verschwiegen habe.«

Er zog die Augenbrauen hoch und sah sie fragend an.

»Ich war fünfzehn, Florian, mein Freund, ein Jahr älter. Ich bin schwanger geworden …« Hella spürte, wie die Tränen über ihre Wangen liefen. »Meine Eltern … sie sind sehr religiös und dann …« Hella rang nach Luft. »Sie haben darauf bestanden, dass ich …«

»Du hast schon ein Kind?«, fragte Leon leise, und man konnte ihm eine Mischung aus Erstaunen und Enttäuschung ansehen.

Hella nickte.

»Es ist zur Adoption freigegeben worden?«, fragte Leon weiter.

»Ja. Ein Junge. Ich habe ihn nur kurz gesehen.«

»Du kennst ihn gar nicht?«

»Nein. Oder … wahrscheinlich nicht.«

Leon sah sie fragend an und musste sich setzen. »Wie meinst du das jetzt?«

Stockend erzählte Hella von der Begegnung mit Benjamin Weiher, der verblüffende Ähnlichkeit mit ihrem Jugendfreund hatte und nicht bei seinen leiblichen Eltern aufgewachsen war. »Das kann doch kein Zufall sein, oder?«, fragte sie flüsternd.

»Deshalb sind wir nie zu deinen Eltern gefahren?«

Hella nickte.

»Und du glaubst, dass dieser …«

»Benjamin.«

»… dass dieser Benjamin dein leiblicher Sohn sein könnte?«

»Vielleicht bin ich ja so durcheinander, dass ich mir da etwas vollkommen Absurdes zusammengereimt habe.«

Sie erzählte Leon von Benjamins Fragen und ihrer schroffen Reaktion.

Leon nahm sie in den Arm und strich ihr zärtlich über die Haare. »Du musst ihn fragen. Nur er kann herausbekommen, ob du seine Mutter bist. Wenn er es nicht will, musst du es akzeptieren.«

»Zwei Kinder«, murmelte Hella. »Plötzlich zwei Kinder.«

»Und du könntest dir wirklich vorstellen, für eine Zeit lang zu Hause zu bleiben?«, fragte Hella. Sie waren seit einer Stunde unterhalb des Deichs unterwegs und hatten sich gerade entschlossen, umzukehren. Leon hatte das geplante Essen verschoben und nur eine Kleinigkeit gemacht, bevor sie zu ihrem Spaziergang aufgebrochen waren.

»Kannst du dir nicht vorstellen, dass ich das kann?«

»Doch, sehr gut sogar. Aber ich dachte, dass du …« Sie brach ab.

»Dass mir das zu eng wird? Hier am Deich und bei dir?«, ergänzte Leon.

»Ja, vielleicht. Aber vermutlich ist das nur meine eigene Angst, die ich auf dich übertragen habe. Ich bin mir nämlich nicht sicher, ob *ich* das schaffen würde.«

»Ich glaube, niemand, der sein erstes Kind bekommt, kann sich sicher sein, dass er die Situation spielend meistern wird. Das ist ein so gewaltiger Schritt, dass man ihn überhaupt nicht planen kann.«

»Ein Sprung ins kalte Wasser, meinst du?«

Er lächelte. »Ja, genau. Jeder Tag mit einem kleinen Kind wird anders werden, aber auch gleich sein. Gesa wird mir sicher gern helfen. Was meinst du?«

Hella schmunzelte zum ersten Mal, seit sie zu Hause angekommen war. »Sie würde sich sicher riesig freuen, euch beide zu betüddeln.«

Leon war stehen geblieben. »Was meinst du, wird es ein Junge oder ein Mädchen?«

»Darüber mache ich mir keine Gedanken. Erst mal muss ich die ersten drei Monate überstehen.« Sie hob den Zeigefinger. »Und vorher wird das niemand erfahren, hast du verstanden?«

»Ich schwöre, niemand.« Er wiegte den Kopf hin und her. »Wobei ich vermute, dass du Gesa kaum hinters Licht führen kannst. Sie sieht dir wahrscheinlich an der Nasenspitze an, dass du schwanger bist. Da sagst du es ihr lieber gleich.«

Hella nickte. »Vermutlich hast du recht. Hast du sie denn für morgen Abend zu uns eingeladen?«

»Das war eigentlich der Plan. Ich kann ihr natürlich auch …«

»Nein, schon gut«, unterbrach Hella ihn. »Morgen ist gut. Die Zeit reicht mir, um zu überlegen, ob ich es ihr sage oder nicht.« Sie zog Leon mit. »Lass uns weitergehen. Mir wird kalt.«

Eine Weile schwiegen sie. »Du hast keinen Kontakt zu deinen Eltern?«

»Nicht wirklich«, antwortete Hella ausweichend.

»Und das soll so bleiben?«

»Ja.«

»Darf ich dich später – in ein paar Monaten – noch einmal fragen?«

Hella musste an Benjamin Weiher denken. Er hatte seine Frage sehr entschlossen gestellt und schien auf der richtigen Spur zu sein. Würde er sich beim Jugendamt nach seiner leiblichen Mutter erkundigen? Und was würde passieren, wenn Hella mit ihrer Vermutung recht behalten sollte?

»Ich weiß nicht, ob ich ihnen jemals verzeihen kann«, sagte Hella und starrte dabei nach unten. »Das hat mein ganzes Leben geprägt. Weißt du, wie häufig ich gedacht habe, ich sei innerlich tot? Alles war schwarz oder bestenfalls grau. Ich bin vor mir selbst weggerannt, vor meinen Beziehungen, vor dem Wunsch, wieder Mutter zu werden. Meine Eltern haben mir so viel genommen. Sie haben mich nicht einmal gefragt, was ich wollte. Sie haben über meinen Kopf entschieden, und weißt du was? Damals habe ich mir gesagt, dass ich es nie wieder zulasse, dass jemand anders über mein Leben bestimmt.« Sie blieb stehen und sah auf die auflaufende Nordsee. »Und über das Leben meines Kindes. Niemals wieder. Was soll ich mit diesen Menschen noch zu tun haben wollen? Was?«

»Menschen ändern sich. Vielleicht bereuen sie, was sie damals getan haben. Vielleicht würden sie heute anders handeln. Vielleicht …«

»Was würde das ändern? Nichts.«

Leon schwieg. »Möglicherweise hast du recht.«

28

Lars stellte Hella einen Becher mit Kaffee auf den Schreibtisch. »Mit viel Milch und ohne Zucker.«

»Danke.«

Lars setzte sich auf einen der Stühle, die vor Hellas Schreibtisch standen. »Der Beschluss bezüglich der Finanzen von Robert Meier ist da. Ich habe schon alles in die Wege geleitet. Heute Nachmittag sollten wir die Unterlagen haben.«

»Okay. Du setzt dich gleich mit der Agentur auseinander. Der Beschluss dafür sollte auch da sein. Ich glaube zwar kaum, dass die Täter so fahrlässig waren, dass wir ihnen über die Hausbuchung auf die Spur kommen, aber auszuschließen ist es natürlich nicht.«

Jemand klopfte an die Tür, ein uniformierter Beamter trat ein und reichte Hella eine Akte. »Sie ist gerade per Fax gekommen.« Er nickte ihr zu und verließ wieder ihr Büro.

Hella schlug den Ordner auf. »Das ist die Analyse von Antonias Blutwerten.« Hella las. »Handelsübliche Schlaf- und Beruhigungsmittel, die verschreibungspflichtig sind.«

»Die können überall in Deutschland oder sogar im europäischen Ausland besorgt worden sein«, sagte Lars. »Keine Chance, das herauszubekommen.«

»Kannst du bitte trotzdem eine Meldung herausgeben? Eventuell ist ja einer Apotheke etwas aufgefallen.«

»Klar, kein Problem. Wann erwartest du den Anruf des Oberstaatsanwalts?«

»Heute. Hoffentlich lässt er sich nicht zu viel Zeit.«

Lars stand auf. »Dann mache ich mich mal an die Arbeit. Franzen hat übrigens eine Teamsitzung für vierzehn Uhr angekündigt. Es scheint ihm zu gefallen, wenn du nicht hier bist.«

»Alles in Ordnung, Lars. Enno macht das sehr gut. Er hat den Termin mit mir abgesprochen. Und jetzt … ab an die Arbeit.«

Sie lehnte sich auf ihrem Sitz zurück, als Lars ihr Büro verlassen hatte. Die anstrengenden letzten Tage steckten ihr in den Knochen, und immer wieder wanderten ihre Gedanken zu dem gestrigen Abend. Zwar hatte Leon auf ihre Schwangerschaft anders reagiert, als sie es erwartet hatte, aber für Hella war die Entscheidung für oder gegen das Kind noch nicht gefallen. Würde Leon seinen Vorschlag, das Kind für die ersten Jahre zu betreuen, bald bereuen? Wenn Leon nicht arbeiten würde, brauchten sie ihr volles Gehalt, und als Vorgesetzte konnte sie auch nicht einfach ihre Stunden um die Hälfte reduzieren oder für ein ganzes Jahr in Elternzeit gehen. *Gib dir Zeit, Hella.*

Sie griff zum Telefon und wählte eine Nummer, die sie zuvor im Internet recherchiert hatte.

»Hella Brandt, dass du dich mal meldest«, sagte ihr Gesprächspartner Ralf Groß, Hauptkommissar beim Landeskriminalamt in Hamburg. »Ich habe gehört, dass du dich hast versetzen lassen. In die tiefste Provinz. Nicht wahr, oder?«

Hella lachte. »Ostfriesland, Wittmund. Schon mal gehört?«

»Was, bitte schön, machst du da? Pferdediebe einfangen?«

»Kommt schon mal vor. Hin und wieder noch ein Ladendiebstahl und, du wirst es nicht glauben, ein kleines Drogendelikt … Doch, hier ist es ganz interessant.«

»Veräppelst du mich gerade?«

Hella hatte ihren Kollegen auf einer Fortbildung kennengelernt und zwei- oder dreimal mit ihm an einem überregionalen Fall zusammengearbeitet. Sie waren sich gleich zu Beginn sympathisch gewesen.

»Hey, Ralf, das würde ich mir nie erlauben. Aber um ehrlich zu sein, hatten wir in den Monaten, seitdem ich hier bin, schon einen Mord und jetzt einen Entführungsfall mit einer hohen Lösegeldsumme. Und wegen dem rufe ich dich auch an.«

Er stieß einen Pfiff aus. »Richtig was los bei dir! Was kann ich für dich tun?«

»Robert Meier, genaue Daten kommen gleich per Mail, betreibt auf Norderney einen Club. Er kommt ursprünglich aus

Hamburg und hat da auch seine ersten Erfahrungen im kriminellen Autoschiebermilieu gemacht.«

»Er ist in die Entführung verwickelt?«

»Wenn ich das nachweisen könnte, würde er hier bei uns in der Zelle sitzen. Tut er aber nicht. Ich brauche Infos über seine Verbindungen, die alten und – wenn es irgendwie geht – die neuen. Er war zunächst Geschäftsführer des Clubs und hat ihn nach kurzer Zeit übernommen. Wo kam das Geld her, wer finanziert die Sache tatsächlich, welche Leute stehen hinter ihm? Das Übliche.«

»Alles diskret und sofort, vermute ich.«

»So ist es. Kannst du da jemanden dransetzen?«

»Ich mache es selbst. Morgen Nachmittag hörst du von mir. Schick mir die Daten, dann lege ich gleich los.«

»Ralf, du hast was gut bei mir.«

»Darauf komme ich zurück. Versprochen.«

Sie verabschiedeten sich, Hella sagte zu, sich zu melden, wenn sie in Hamburg zu tun haben würde.

Kaum hatte sie aufgelegt, meldete sich Oberstaatsanwalt von Bohlen. »Sie sind schwer zu erreichen.«

»Ich habe mich mit dem LKA in Hamburg in Verbindung gesetzt. Auf dem kleinen Dienstweg sozusagen. Der Kollege vor Ort wird sich wegen Robert Meier umhören.«

»Diskret, hoffe ich.«

»Selbstverständlich. Danke für den Beschluss bezüglich Meiers Finanzen. Mein Kollege hat alles Notwendige in die Wege geleitet.«

»Ich habe heute mit Herrn Krone gesprochen. Er wünscht sich, dass die ganze Angelegenheit nicht an die große Glocke gehängt wird. Er möchte vermeiden, dass seine Familie im Fokus der Medien steht und eventuelle Nachahmer angelockt werden.«

»Was ist mit der angedrohten Klage?«

»Von der war keine Rede mehr. Unter uns, sie hätte ohnehin keine Aussicht auf Erfolg gehabt, und ohne mediales Aufsehen wäre das auch nicht zu bewerkstelligen gewesen.«

»Was heißt das Ganze jetzt für unsere Ermittlungen?«

»Sie ermitteln von Wittmund aus weiter. Falls Sie Hilfe brauchen, wenden Sie sich an Ihren Kollegen Eilers. Er wird Sie, soweit es von Emden aus geht, unterstützen.«

»Ich vermute, dass Alexander Krone und seine Tochter nicht mehr für weitere Befragungen zur Verfügung stehen?«

»Da vermuten Sie richtig. Falls es wirklich notwendig sein sollte, werden wir ihn oder seine Tochter von der Staatsanwaltschaft vorladen lassen. Wenden Sie sich in dem Fall an meinen Kollegen Koller. Er ist informiert.«

Hella war klar, dass der Oberstaatsanwalt gerade ein Kontaktverbot zur Familie Krone ausgesprochen hatte. Staatsanwalt Koller würde seine Anweisungen haben und die Krones nur im absoluten Ausnahmefall vorladen.

»Was ist mit Robert Meier?«

»Sollte er in die Sache verwickelt sein, werden Sie sicher schnell und effektiv handeln, Frau Hauptkommissarin. Herr Meier hat mit der Familie Krone nicht das Geringste zu tun.«

Die zweite deutliche Ansage. Alexander Krone wäre froh, wenn Meier aus dem Verkehr gezogen werden würde. Zwei Fliegen mit einer Klappe – seine Tochter würde keinen Kontakt mehr zu Meier haben, und die Chancen auf Rückgabe des Lösegelds wurden größer.

»Ich denke, Sie haben mich verstanden, Frau Brandt. Informieren Sie Kollege Koller unverzüglich, wenn es neue Entwicklungen in dem Fall gibt. Falls Sie weitere Fragen haben, wenden Sie sich ebenfalls an ihn.«

Oberstaatsanwalt von Bohlen verabschiedete sich und wünschte Hella eine erfolgreiche Woche.

»Klasse!« Lars hatte soeben von dem Gespräch mit dem Oberstaatsanwalt erfahren. »Scheinbar können die reichen Schnösel sich alles erlauben. Als stände Krone außerhalb des Gesetzes.«

»Kein Wort zu den Kollegen. Das bleibt unter uns, klar?«

»Wie du meinst.«

»Was ist mit der Agentur?«

»Das Haus ist vor zwei Monaten gebucht worden. Kurz zuvor hatten die ursprünglichen Mieter für diese Zeit abgesagt. Die ganze Korrespondenz ging über Mail. Die Überweisung war eine Bareinzahlung in einer großen Hamburger Bank. Ich habe da schon angerufen. Sie haben eine Videoüberwachung, aber die Aufzeichnungen sind schon vor Wochen gelöscht worden. Die E-Mail-Adresse ist über den Google-Dienst eingerichtet worden. Um von denen die IP-Adresse zu bekommen, brauchen wir einen Beschluss und müssen dann den offiziellen Weg gehen. Bevor wir Auskunft aus den USA bekommen, werden vermutlich Monate vergehen.«

»Uns bleibt keine andere Wahl.«

»Die werden irgendwo in einem Café gesessen haben. Die IP-Adresse wird uns mit Sicherheit nicht weiterbringen.«

»Lars, mach es einfach. Muss ich dir wirklich sagen, wie aufwendig die meisten Ermittlungen sind und wie wenig gerichtsverwertbare Ergebnisse sie gleichzeitig bringen?«

Lars stöhnte leise. »Natürlich nicht, aber wenn ich dann auch noch das vom Oberstaatsanwalt höre, bin ich …«

»Wir finden die Täter«, unterbrach Hella ihn. »Hast du Meiers Bankdaten bekommen?«

»Ja, ich bin bei der ersten Sichtung.«

»Wir müssen wissen, wie er an das Geld für den Club gekommen ist. Gehört der Laden ihm allein? Wie kann er sich diese Yacht leisten? Gibt es weitere Geldgeber oder Verbindungen? Wer wohnt oder wohnte in den drei Wohnungen, die offensichtlich nicht an Feriengäste vermietet werden? Wie hat er die Wohnungen finanziert? Hat er Kredite laufen, oder wie sind sie bezahlt worden? Wie sehen seine Steuererklärungen der letzten Jahre aus?«

Lars stand auf. »Dann schlage ich mal vor, dass ich gleich die Teamsitzung schwänze.« Er grinste. »Mit Erlaubnis der Chefin, sozusagen.«

Er wandte sich ab, drehte sich aber an der Tür um. »Die Agentur, die das Entführungs-Haus vermittelt hat, sitzt übrigens in Hamburg.«

»Schon wieder Hamburg«, murmelte Hella. »Da scheinen einige Fäden zusammenzulaufen.«

»Sieht ganz danach aus«, sagte Lars und ließ Hella allein.

Bevor Hella sich auf den Weg zur Teamsitzung machte, ließ sie sich von Enno Franzen über die aktuellen Ermittlungen informieren. Gegen fünfzehn Uhr saß sie wieder hinter ihrem Schreibtisch und führte ihre Recherchen zu Robert Meier weiter. Lars hatte ihr die Steuererklärungen des Clubs gemailt. Robert Meier war nicht Eigentümer, sondern besaß lediglich dreißig Prozent der Anteile. Die restlichen siebzig wurden von einer Firma mit Sitz in Hamilton, der Hauptstadt von Bermuda, gehalten. Die Umsätze des Lokals erschienen Hella sehr hoch, ohne dass sie Vergleichsdaten gehabt hätte. Sie rief bei einem ehemaligen Kollegen des LKA in Hannover an, der im Bereich der Wirtschaftskriminalität Experte war, und erfuhr, dass der Umsatz des Clubs doppelt so hoch war wie der Durchschnitt in vergleichbarer Umgebung.

»Du denkst sicher an Geldwäsche«, sagte der LKA-Beamte. »Das Finanzamt wird da aber sicher schon genau hingesehen haben. Die Einkäufe müssen dem Umsatz entsprechen, ansonsten wäre es lange aufgeflogen. Die Frage ist allerdings in solchen Fällen, ob die Ware auch angekommen ist oder nur die Rechnung bezahlt wurde. Das ist alles schwer nachzuweisen.«

»Und auch nicht im Fokus unserer Ermittlungen. Darum sollen sich andere kümmern«, sagte Hella. »Ich versuche, mir nur ein Bild zu machen, wie die Finanzströme dort laufen. Was würde ein Geschäftsführer in einem solchen Club verdienen?«

»Das ist Verhandlungssache, aber sagen wir mal, zehntausend sind monatlich durchaus drin. Wenn er, wie du eben gesagt hast, auch noch einen relevanten Geschäftsanteil besitzt, kann das Gehalt durchaus höher sein, oder er bezieht noch Einnahmen aus Gewinnausschüttungen der Firma.«

»Oder er hat noch Einnahmen aus nicht ganz so legalen Geschäften«, warf Hella ein. »Dank dir für deine Auskünfte.«

»Kein Thema, Hella. Wenn du noch Fragen hast, immer gern.«

Hella verabschiedete sich von ihrem ehemaligen Kollegen, machte sich einige Notizen und verließ das Büro.

29

Hella reichte Gesa die Tasse Tee und setzte sich neben sie auf die Holzbank, die vor ihrer Kate stand. Leon hatte sie aus der Küche gescheucht und gemeint, er würde sie rechtzeitig zum Essen rufen.

»Wir haben uns ja eine Weile nicht mehr gesehen. Geht es dir gut?«, fragte Hella.

»Mir schon und dir?«

»Ich war ein paar Tage auf Norderney, aber leider nicht, um dort Urlaub zu machen. Wir haben gerade einen schwierigen Fall zu lösen.«

»Und sonst?«

»Was meinst du?«

»Du siehst so verändert aus. Dein Blick, deine Stimme. Ich weiß nicht ... Ist etwas passiert?«

Hella zögerte eine Weile. »Ich bin schwanger.«

Gesa nickte nachdenklich. »Ja, das habe ich mir schon gedacht.« Sie fragte nicht weiter, saß einfach neben ihr und trank ihren Tee.

»Es ist nicht meine erste Schwangerschaft«, fuhr Hella leise fort.

»Ist es lange her?«

»Sehr lange. Mein Sohn ist schon neunzehn.« Zum ersten Mal war ihr das »mein Sohn« nicht schwergefallen.

»Deine Eltern?«, fragte Gesa und bedachte Hella mit einem fürsorglichen Blick. »Hast du deshalb keinen Kontakt zu ihnen?«

Hella nickte. »Ich habe es Leon erzählt.«

»Das ist gut.«

»Er möchte sie trotzdem sehen.«

Gesa nickte wieder nachdenklich.

»Du fragst gar nicht, ob wir das Kind wollen.«

»Nein, warum sollte ich?«

»Weil ich zweifle und nicht weiß, ob ich das …« Hella konnte nicht aussprechen, was sie sagen wollte.

»Du wirst sicher das Richtige tun, meine Liebe.«

Erst nach ein paar stillen Minuten reagierte Hella. »Ein Kind bedeutet große Verantwortung. Über viele Jahre. Und wenn ich dann plötzlich allein dastehe?«

»Was möchtest du? Eine Garantie, dass die nächsten zwanzig Jahre alles so bleibt, wie es im Moment ist? Du? Die mutigste Frau, die ich kenne? Die jeden Tag immerzu wichtige Entscheidungen trifft und allen möglichen Gefahren ins Auge sieht? Selbst wenn du dir das wünschen würdest, es gibt keine Garantie. Nicht für die nächste halbe Stunde und auch nicht für die nächsten Jahre.«

»Leon will die ersten Jahre mit dem Kind zu Hause bleiben.«

»Ja, das ist gut.« Es klang, als habe Gesa nie etwas anderes erwartet.

»Du bist nicht erstaunt?«

»Nein, überhaupt nicht. Leon ist ein toller Mann, das passt zu ihm.« Gesa sah sie an. »Was macht dir wirklich Angst, Hella?«

»Dass alles noch einmal von vorn anfängt. Die dunkle Zeit zurückkommt, mir alles aus den Händen gleitet.« Hella wischte sich die Tränen aus dem Gesicht. »Ich weiß es doch auch nicht.«

»Leon liebt dich, und er wird euer Kind lieben. Die Angst musst du selbst besiegen.«

»Ja, vielleicht ist es an der Zeit«, flüsterte Hella.

Hella kuschelte sich an Leon. »War ein schöner Abend mit Gesa.«

»Finde ich auch.« Er küsste sie. »Hast du ihr von der Schwangerschaft erzählt?«

»Sie hat gleich bemerkt, dass etwas mit mir ist. Ja, ich habe es ihr gesagt. Auch das andere.«

Leon strich ihr sanft über die Schulter. »›Das andere‹ ist dein erwachsener Sohn. Den du vielleicht bereits kennengelernt hast.«

Und der sicher nicht mehr mit mir sprechen wird, fügte Hella in Gedanken hinzu. »Du warst heute gar nicht bei der Arbeit?«, wechselte sie das Thema.

»Ich habe mir freigenommen. Ich brauchte etwas Zeit zum Nachdenken.«

»Wo warst du?«

»Ich bin mit der Fähre nach Spiekeroog gefahren. Ein langer Strandspaziergang, ein Gespräch mit einem Freund. Alles gut.«

»Du bist dir doch nicht mehr so sicher?«, fragte Hella vorsichtig.

»Mit unserem Kind? Im Gegenteil. Ich bin mir noch sicherer! Ich bleibe die ersten Jahre daheim und werde für unser Kind sorgen.« Er sah ihr direkt in die Augen. »Wenn das für dich in Ordnung ist.«

»*Unser* Kind.«

»Ja, unser Kind, Hella.«

Hella legte den Kopf auf seine Brust und hörte eine Weile seinem Herzschlag zu. »Gesa meint, ich wäre eine mutige Frau. Ich glaube, sie täuscht sich. Ich habe Angst.«

»Ich weiß. Aber das eine schließt das andere nicht aus. Im Gegenteil.«

»Und wenn ich mich gegen ... die Schwangerschaft entscheide?«

»Dann ist das deine Entscheidung, und ich werde sie mittragen. Du musst keine Angst haben, dass sich deshalb zwischen uns etwas ändert. Ich will das Kind, unser Kind. Da bin ich mir ganz sicher.«

Hella schwieg einen Moment und atmete tief durch. Dann richtete sie sich auf und lächelte. »Ich will es auch, Leon. Das Kind und dich und unser gemeinsames Leben.« Sie schmiegte sich noch näher an Leon und lehnte ihren Kopf an seine Brust.

Hella parkte ihren Dienstwagen im Hof des Wittmunder Polizeigebäudes und lief beschwingt die Treppe zu ihrem Büro hoch. Als sie ihren Rechner hochgefahren hatte, klopfte es an der Tür, und Lars trat ein. »Hast du Zeit für mich?«

»Immer doch!«, meinte Hella gut gelaunt.

Lars warf ihr einen irritierten Blick zu, setzte sich aber wortlos auf den Stuhl vor ihrem Schreibtisch. »Ich war gestern noch eine Weile hier«, begann er. »Die ersten Daten zur finanziellen Situation von Robert Meier hatte ich dir ja schon zugemailt.«

Hella nickte und erzählte von ihrem Gespräch mit dem LKA-Kollegen in Hannover.

»Ja, an Geldwäsche habe ich auch schon gedacht, als ich den Umsatz des Clubs gesehen habe. Aber fangen wir von vorn an. Die fünf Wohnungen auf Norderney gehören alle Meier, zumindest offiziell. Zu den fünf kommt ja noch sein Apartment, das er auch gekauft hat.«

»Kredite?«

»Nur einen. Für sein selbst bewohntes Apartment, allerdings mit sehr hohen monatlichen Ratenzahlungen. Die anderen hat er zumindest nicht über eine deutsche Bank finanziert. Ich habe die Eingänge zu den Zeiten, als die Wohnungen gekauft wurden, kontrolliert. Das Geld kam von einer Firma auf den Bermudas. Insofern wird er dort wohl einen Kreditvertrag vorweisen können.«

»Dieselbe Firma, die am Club beteiligt ist?«

»Nein, eine andere, aber mit derselben Adresse. Also gehe ich mal davon aus, dass die Firmen zusammenhängen. Er selbst bezieht ein Geschäftsführergehalt von einundzwanzigtausend Euro, also knapp über eine Viertelmillion im Jahr. Weitere offizielle Einnahmen habe ich nicht gefunden.«

»Wie viel hebt er monatlich im Durchschnitt ab?«

»Außer den notwendigen Abgaben, sprich Heizung, Strom, Wasser und Grundsteuer, hebt er nur selten etwas bar ab. Selbst die Kreditkarte wird nur ab und an belastet. Ich gehe mal davon aus, dass er noch eine Firmenkreditkarte hat, um dies und das zu bezahlen.«

»Klingt danach, als habe er genügend Bargeld zur Hand.«

»Definitiv!«

»Keine Ratenzahlung an die Firma, die ihm nach deiner Vermutung das Geld geliehen hat?« Beim Wort »geliehen« hatte sie die Hände gehoben und Anführungsstriche in die Luft gemalt.

»Nein. Aber wir kennen die Verträge nicht. Eventuell muss er erst nach einer gewissen Zeit bezahlen, oder es gibt andere Vereinbarungen. Um das zu beurteilen«, sagte Lars, »bin ich leider nicht qualifiziert genug in diesen Fragen.«

»Da sollen sich später andere drum kümmern. Wie hoch ist denn der Gesamtbetrag, der für die Wohnungen investiert wurde?«

»Das sind dreieinhalb Millionen. Also durchaus relevant. Hinzu kommt seine Yacht, die sechshunderttausend gekostet hat. Auch hier gab es eine Geldzahlung von den Bermudas.«

»Was musste er für den Club bezahlen?«

»Das war vergleichsweise günstig. Die Immobilie gehört weiter dem vorherigen Betreiber. Der hat eine halbe Millionen für die Übergabe bekommen. Vermutlich gibt es langfristige Mietverträge mit einer günstigen Pacht.«

»Somit sind wir schon fast bei einer Summe von fünf Millionen«, sagte Hella.

»Exakt! Kommen wir zu den Wohnungen. Wie gesagt: Zwei sind normal vermietet über eine Agentur. Die Einnahmen laufen auf ein Extrakonto und sammeln sich dort an. Die drei anderen Wohnungen scheinen an Mitarbeiter vergeben zu werden, da ich hier keine offiziellen Mieteinnahmen finden konnte. Hin und wieder ist dort jemand offiziell gemeldet, aber zumeist nur für eine Saison. Der einzige Name, der dort seit drei Jahren auftaucht, ist Tom Asper. Ich habe Kollege Hinrichs angerufen. Das ist Meiers Stellvertreter im Club. Achtundzwanzig, geboren und aufgewachsen in Hamburg. Er stand mehrfach vor Gericht, wurde auch verurteilt, aber immer für kleine Sachen und ohne Gefängnisstrafen. Vermutlich kennen sich Meier und er aus den guten alten Hamburger Zeiten.«

Hella nickte und griff zum Handy, um Ralf Groß in Hamburg anzurufen. Sie gab ihm den Namen durch und bat darum, Tom Asper mit in die Recherchen einzubeziehen.

Lars, der das Gespräch verfolgt hatte, sah sie fragend an. Hella erklärte ihm, was Ralf Groß für sie machte.

»Hast du ihm das Phantombild geschickt?«

»Ja, das hat er vorliegen. Wo waren wir stehen geblieben?«

Lars sah auf seine Notizen. »Bei den Wohnungen. So bin ich auf Tom Asper gekommen. Ich habe übrigens ein Foto im Netz entdeckt. Ziemlich attraktiv – ich würde mal sagen, dass eine Menge Frauen auf solche Typen fliegen.« Er legte ihr einen Ausdruck des Fotos vor. Dunkles, zurückgekämmtes Haar, markante männliche Gesichtszüge, arroganter Blick.

Hella grinste. »Wenn du das sagst.«

»Mit deiner Erlaubnis werde ich ihn, soweit es ohne Beschluss geht, weiter durchleuchten.«

»Tu das. Was ist mit Meiers Steuererklärungen?«

»Die scheinen vorbildlich zu sein. Er setzt kaum etwas ab und reicht die Erklärungen rechtzeitig ein. Die Einnahmen dort sind die gleichen, wie ich sie auch auf den Bankkonten finden konnte.«

»Dann fasse ich mal zusammen«, sagte Hella. »Unserem Mann geht es finanziell mehr als gut. Er gibt kaum etwas von seinem Geld aus, was vermuten lässt, dass er Schwarzgeld zur Verfügung hat. Die Vermietung der drei Wohnungen ist nicht wirklich nachvollziehbar, die Kredite, wenn es denn welche waren, laufen alle über eine ausländische Firma. Lediglich seine eigene Wohnung ist sozusagen klassisch finanziert.«

»Korrekt!«

»Die Frage ist jetzt: Warum braucht dieser Mann weitere zwei Millionen Euro, wenn er der Drahtzieher der Entführung sein sollte? Selbst wenn er seine Helfer auszahlen muss, würden für ihn mindestens eineinhalb übrig bleiben.«

»Die Frage habe ich mir auch gestellt«, sagte Lars. »Und ich bin leider zu keinem Ergebnis gekommen.«

»Wird ihm der Boden auf Norderney zu heiß, und er will untertauchen? Dafür braucht er natürlich Geld. Gibt es Anzeichen, dass er die Wohnungen gerade zu Geld macht?«

»Die gleiche Idee hatte ich auch und habe in den entsprechenden Verkaufsportalen nach Angeboten gesucht und leider nichts gefunden.«

»Okay, wir haben zwei mögliche Szenarien, falls Meier etwas mit der Sache zu tun hat. Entweder hat er ohne Kim Krones Wissen die Sache durchgezogen, oder sie wusste Bescheid.«

Lars wiegte den Kopf hin und her. »Und wie kommt Antonia da ins Spiel? Warum hat Kim sich nicht einfach selbst entführen lassen? Das Risiko mit einer fremden Person ist doch viel zu hoch. Und wenn Meier ohne ihr Wissen gehandelt hat, warum lässt er dann Antonia kidnappen? Er hätte ja wohl problemlos sicherstellen können, dass die richtige Person entführt wird.«

Hella nickte. »Meier beauftragt nur, dass Kim entführt wird. Seine Leute, die natürlich von außerhalb kommen und Kim nur von Fotos kennen, verwechseln die Frauen.«

»Das hätte Meier aber schnell gemerkt, weil Kim Krone weiter frei war.«

»Genau! Also muss er den Plan ändern und Kim überreden, in der entscheidenden Phase mit ihm für ein paar Tage unterzutauchen. Zwei Fliegen mit einer Klappe: Er hat ein Alibi, Kim passiert nichts, und er ist weniger verdächtig, damit etwas zu tun zu haben.«

»Das waren schon drei Fliegen«, bemerkte Lars schmunzelnd.

Hella reagierte nicht auf seine Bemerkung und fuhr fort: »Oder Kim Krone war in alles einbezogen, wollte nicht selbst entführt werden und ist auf die Idee mit Antonia gekommen.«

»Die zweite Variante klingt nach einem reichlich komplizierten Plan. Aber gut … möglich wäre es schon. Und deine erste Variante klingt nicht nach Profis … Wir hatten ja bereits beschlossen, dass solche am Werk waren. Alles funktionierte wie am Schnürchen, es wird nur die falsche Person entführt?«

»Wie wir's drehen und wenden, es wird kein Schuh daraus.«

»Und«, sagte Lars, »wir dürfen auch nicht die Möglichkeit außer Acht lassen, dass die beiden gar nichts mit der Entführung zu tun haben.« Er hob schützend die Hände. »Ich weiß, zu viel der Zufälle. Kim verschwindet genau zum richtigen Zeitpunkt. Kaum vorstellbar.«

»Richtig! Ich setze darauf, dass Meier der Drahtzieher ist. Er hat die Verbindungen und ist kaltblütig genug. Auf die ein oder andere Weise steckt er da mit drin. Davon bin ich überzeugt.«

30

Hella betrat den Verhörraum, in dem Johanna Thies bereits Platz genommen hatte. Nach dem Gespräch mit Lars hatte sie sich dazu entschieden, Johanna von zwei uniformierten Kollegen aus der Schule abholen zu lassen, um sie ein weiteres Mal zu befragen.

»Guten Tag, Frau Thies.«

Johanna Thies sah sie wütend an. »Was soll das schon wieder?«

Hella setzte sich an den Tisch, stellte das Aufnahmegerät an und zählte die Formalien auf. »Ihre Mitschülerin Antonia Wittmeier ist entführt und für fast eine Woche gefangen gehalten worden. Sie haben sie überredet, mit nach Norderney zu kommen, Sie haben uns bei den ersten Befragungen bewusst die Unwahrheit gesagt und die Ermittlungen erschwert. Wir gehen inzwischen davon aus, dass Sie von der Entführung wussten oder zumindest geahnt haben, dass etwas dergleichen passieren würde.«

Johanna Thies sprang auf. »Sind Sie vollkommen durchgedreht? Ich habe damit nichts zu tun und hatte keine Ahnung, was da läuft.«

»Setzen Sie sich wieder!«, fuhr Hella sie an. »Ihnen scheint nicht bewusst zu sein, worum es hier geht. Sie stehen kurz davor, in Untersuchungshaft genommen zu werden. Ist Ihnen klar, was das bedeutet?«

Johanna Thies sank zurück auf den Stuhl. Ihre Gesichtsfarbe war um mehrere Nuancen blasser geworden, ihren Augen sah Hella an, wie fassungslos sie angesichts der Ankündigung war.

»Wenn Sie nicht sofort voll und ganz mit uns kooperieren, kann ich nichts mehr für Sie tun. Dann gehen die Dinge ihren Lauf. Glauben Sie mir, das wollen Sie nicht.«

»Was soll ich tun?«, fragte sie mit brüchiger Stimme.

»Wer kam auf die Idee, Antonia nach Norderney zu holen?«

»Das … war doch … ein großer Joke«, stammelte Johanna Thies.

»Wer hatte die Idee?«

»Kim und ich.«

»Gemeinsam. Überlegen Sie genau!«

»Wir. Zusammen.« Sie schluckte. »Ich weiß es nicht mehr genau.«

»Fangen wir anders an. Woher kannte Kim Krone Antonia?«

Johanna Thies zuckte mit den Schultern. »Einfach so. Wie man sich halt kennt.«

»Überlegen Sie! Wann hat Kim Antonia zum ersten Mal gesehen?«

Die junge Frau atmete flach. »Das ist noch nicht so lange her, glaube ich. Kim war bei mir zu Besuch, und Antonia kam vorbei. Ich weiß nicht mehr, warum, aber sie blieb für eine halbe Stunde oder so.«

»Wann war das?«

Johanna Thies schloss die Augen. »Ja, kurz vor der Matheklausur. Sie wollte mir Unterlagen vorbeibringen.« Johanna zog ihren Kalender aus der Umhängetasche, die neben dem Stuhl stand, und blätterte darin herum. »Das war Anfang Juni. Drei Wochen vor den Sommerferien.«

»Und wie ging es weiter?«

»Keine Ahnung.«

»Wann haben Sie Kim das nächste Mal gesehen?«, versuchte Hella einen anderen Weg.

»Zu Beginn der Ferien. Ich war zehn Tage bei ihr auf Norderney.«

»Haben Sie da über Antonia gesprochen?«

»Kann sein, ja, Kim hat mich nach ihr gefragt. Ja, mir fällt gerade ein: Sie ist dann mit mir heimgefahren, als ich zurück nach Wittmund bin, und wir waren bei Antonia. Nur kurz.«

»Und dann?«

»An dem Wochenende, Kim ist spontan ein paar Tage bei mir geblieben, haben wir etwas zusammen unternommen.«

»Wo und was?«

»Oldenburg. Wir sind nach Oldenburg gefahren. Samstagnacht war das. Wir sind erst am nächsten Morgen zurück nach Wittmund gekommen. Antonia ist dann direkt nach Hause gefahren. Mit dem Bus.«

»Wer hatte die Idee, Antonia nach Norderney einzuladen? Sie oder Kim Krone?«

»Kim, glaube ich. Das war aber viel später. Vor ein paar Wochen war ich für zwei Tage bei ihr. Da hat sie damit angefangen. Ja, jetzt erinnere ich mich. Zuerst dachte ich, Kim sei eifersüchtig, weil ich mich zu der Zeit viel mit Antonia getroffen habe. Sie meinte, Antonia sei schlimmer als eine Nonne, wenn es um Männer geht. Ich habe ihr gesagt, dass das nicht stimmt, und so ging es dann weiter. Wer dann die Idee mit der Wette hatte, weiß ich nun wirklich nicht mehr.«

»Wie viele Pillen hat Kim Krone Ihnen an diesem Abend gegeben, als Antonia verschwunden ist?«

Johanna Thies zögerte lange, bevor sie antwortete. »Eine. Zwei wären doch viel zu viel gewesen.«

»Wer hätte den Wetteinsatz bezahlt? Kim Krone?«

»Natürlich. Ich habe kein Geld zu verschenken.«

»Fanden Sie nicht, dass es ein recht hoher Betrag für eine Wette ist?«

»Schon, aber das war Kims Sache. Ich habe mich da nicht eingemischt.«

»Wer hat Antonia dazu überredet. Sie oder Kim?«

»Ich habe mitgemacht«, gab sie nach einer Weile zu. »Kim zu widersprechen ist nicht besonders klug. Sie wird immer gleich wütend und ist dann ewig sauer.«

»Sie wussten von den Kameras in den Zimmern und draußen im Garten. Haben Sie jemals Aufnahmen gesehen?«

Johanna Thies nickte. »Kim hatte welche auf ihrem Laptop. Darauf war aber nur sie selbst zu sehen.«

»Sie hat doch sicher gesagt, was sie mit den Kameras vorhatte?«

Johanna Thies stöhnte. »Ich wollte damit nichts zu tun haben, und das habe ich ihr auch gesagt. Nichts!«

»Was wollte Kim Krone aufnehmen? Und was wollte sie mit den Aufnahmen machen?«

»Motivieren. Sie hat es ›motivieren‹ genannt. Die Männer waren ihr nicht … Kim wollte mehr Geld. Ich habe ihr aber gesagt, dass …«

»Ich weiß, Frau Thies. Trotzdem: Hat Kim jemals eine Aufnahme gemacht, wenn sie oder wer auch immer Männerbesuch hatte?«

»Das weiß ich nicht. Wirklich! Das müssen Sie mir glauben. Ich bin an dem Samstag doch auch wegen der Kameras nicht mit Max in die Villa gegangen.«

»Kennen Sie einen Tom? Tom Asper?«

Johanna nickte. »Aus dem Club in Norderney. Er arbeitet da.«

»Und Kim? Sie kennt ihn sicher auch, oder?«

»Sie hat ihn mir vorgestellt. Also ja, sie kennt ihn natürlich.«

Hella wartete und sah Johanna Thies dabei auffordernd an.

»Was meinen Sie?«, fragte die junge Frau. »Ob Kim ihn besser kennt? Das weiß ich nicht. Kim flirtet mit allen Männern, die attraktiv sind.« Sie zuckte mit den Schultern und fügte hinzu: »Oder Geld haben.«

»Wirkten die beiden auf Sie sehr vertraut?« Als Johanna Thies nicht antwortete, wiederholte Hella die Frage.

»Mag sein, aber ich habe ja schon gesagt, dass Kim …«

»Sie hat Ihnen nie etwas über Tom Asper erzählt?«

»Ich weiß wirklich nicht, ob sie was mit Tom hatte. Das wollen Sie doch wissen, oder? Ich bin doch auch nur selten auf der Insel gewesen. Es kann ja sein, dass …« Sie stutzte. »Ich weiß wirklich nichts darüber.«

»Frau Thies, wenn Sie mir etwas verschweigen sollten, hat das für Sie erhebliche Nachteile. Haben Sie mich verstanden?«

Sie nickte und senkte ihren Blick. »Werde ich jetzt festgenommen?«

Hella nannte die Uhrzeit und stellte das Aufnahmegerät ab, bevor sie aufstand. »Sie können gehen. Falls Ihnen noch etwas einfällt, meine Nummer haben Sie ja. Ich rate Ihnen übrigens davon ab, mit Kim Krone Kontakt aufzunehmen. Ich denke, Sie verstehen, was ich meine.«

Johanna Thies stand langsam auf, als traue sie dem Frieden nicht. »Ja, ich habe Sie verstanden.«

»Und?«, fragte Lars, als er eine Stunde später in Hellas Büro kam.

»So, wie ich das einschätze, hat Kim Krone seit Längerem darauf hingearbeitet, dass Antonia ein Wochenende auf Norderney verbringt.«

»Das muss aber nicht zwingend etwas mit der Entführung zu tun haben.«

»Nein, natürlich nicht. Trotzdem ist es ein Puzzleteil von vielen. Hast du noch was Neues?«

»Dieser Tom Asper … Das Foto liegt ja noch auf deinem Tisch. Ich habe sein altes Facebook-Profil entdeckt, das er, seitdem er auf Norderney ist, nicht mehr gepflegt hat. Eine Menge dummer Machosprüche und wirres Verschwörungstheorie-Zeug. Für uns alles irrelevant. Aber die Kontakte sprechen Bände. Er hat – oder sollte ich sagen, hatte – diverse Facebook-Freunde im kriminellen Rockermilieu. Diese Typen, die Geld eintreiben, im Drogenhandel mitmischen und ihre Finger im Rotlichtgewerbe haben. Wie gesagt, das ist Jahre her …«

»Der junge Mann wird immer interessanter. Ich bin gespannt, was Ralf vom LKA über ihn herausbekommt. Aber du hast noch mehr, oder?«

Lars schmunzelte. »Könnte sein. Ich habe mit den Kriminaltechnikern in Emden telefoniert. Mir ist aufgefallen, dass wir die Kameras, die in der Villa eingebaut waren, nicht mit der auf der Fähre verglichen haben.«

»Und?« Hella ärgerte sich, dass ihr das nicht selbst aufgefallen war.

»Treffer! Der gleiche Typ und noch besser: Die Teile haben Seriennummern, wusstest du das?«

»Mach's bitte nicht so spannend, Lars. Danach steht mir im Moment nicht der Sinn.«

»Die Nummern liegen sehr eng zusammen, was bedeutet,

dass die Wahrscheinlichkeit, dass sie von ein und derselben Person gekauft wurden, recht hoch ist.«

»Können wir den Kauf zurückverfolgen?«

»Das wäre jetzt der nächste Schritt. Ich wollte dich vorher informieren. Wenn sich der Hersteller querstellt, brauchen wir wieder einen Beschluss. Die Teile gehen vermutlich erst mal an den Großhandel und dann an den Einzelhandel.«

»Oder sie wurden im Internet gekauft«, sagte Hella.

»Wie gesagt, ich bin dabei.«

»Gute Arbeit, Lars. Wirklich! Ich hätte daran denken müssen.«

Lars nickte leicht verlegen. »Dafür hast du doch Kollegen. Alles kannst auch du nicht im Blick haben. An der Cloud, die Kim Krone genutzt hat, bin ich ebenfalls dran. Das wird aber noch schwieriger.«

»Konzentrier dich auf die Kameras. Das scheint mir die vielversprechendere Spur zu sein.«

»Bin dabei.« Lars wandte sich ab und verließ ihr Büro.

Hella konzentrierte sich in den nächsten zwei Stunden auf die Arbeit als Leiterin des Kriminalermittlungsdienstes. Sie ging eine Reihe von Vorgängen durch, besprach sich zwischendurch mit Enno Franzen, bevor sie sich wieder an die Ermittlungsarbeit im Entführungsfall machte. Immer wieder gingen ihre Gedanken zu dem Kind in ihrem Bauch. Sie war froh darüber, keine typischen Beschwerden durchmachen zu müssen. Der Kaffee schmeckte ihr wie immer hervorragend, und übel war ihr auch nicht. Sie griff zum Telefon.

»Hella Brandt«, begrüßte sie den Kriminaltechniker, der ihr Team auf Norderney unterstützt hatte.

»Moin, Frau Kollegin. Was kann ich für Sie tun?«

»Lars Mattes steht ja mit Ihnen in Verbindung wegen der Kameras. Ich habe noch eine andere Frage: Wie schwer ist es, diese Teile aufzubauen und anzuschließen?«

»Für mich wäre es kein großes Ding, aber das ist wohl nicht Ihre Frage.«

»Ich persönlich bin Laie in solchen Dingen und froh, wenn mein Rechner nicht abstürzt. Wie lange würde ich dafür brauchen?«

»Wenn Sie viel Glück haben und beim Installieren keinen Fehler machen, kann es funktionieren. Aber eigentlich sollte da jemand dran, der mit diesen Dingen vertraut ist.«

»Danke, das hat mir sehr geholfen.«

»Gern. Ich hoffe, Sie buchten die Typen bald ein. Wenn Sie noch Fragen haben, jederzeit.«

Hella verabschiedete sich und schrieb eine Notiz in ihren Block. Kim Krone konnte nach ihrer Einschätzung die Kameras nicht selbst aufgebaut und installiert haben. Sie hatte auf Hella nicht den Eindruck gemacht, als habe sie in dem Bereich Erfahrung. Wer hatte ihr geholfen? Robert Meier? Oder kam hier unter Umständen noch eine weitere Person aus seinem Dunstkreis in Frage. Hella schrieb den Namen »Tom Asper« auf und notierte daneben das Wort »Kamera« mit zwei Fragezeichen.

Als Nächstes meldete sie sich in Hamburg. »Hallo, Ralf, Hella hier! Hast du was Neues für mich?«

»Ein paar Infos habe ich schon. Ob dir das weiterhilft, kann ich natürlich nicht beurteilen.«

Hella hörte, wie er Seiten umblätterte.

»Dein Robert Meier ist hier in der Szene gut bekannt. Er war eine große Nummer, bevor er von heute auf morgen aus Hamburg verschwunden ist. Seine Verurteilungen kennst du sicher, dass er mehrmals angeklagt wurde, ohne verurteilt zu werden, weißt du vermutlich auch.«

»Das haben wir alles, ja.«

»Die Staatsanwaltschaft soll sehr froh gewesen sein, als er Hamburg den Rücken gekehrt hat. Es sind in den Prozessen reihenweise Zeugen umgekippt oder waren plötzlich nicht mehr erreichbar. Eine ganz wichtige Zeugin ist tot in der Elbe gefunden worden. Um es kurz zu machen, Robert Meier war keine kleine Nummer hier. Er hat tief im Zuhältermilieu gesteckt, manche gingen sogar davon aus, dass er die Nummer eins war,

Drogendealerei inklusive. Bis die Albaner kamen und ihm das Leben immer schwerer gemacht haben. Warum er so plötzlich abgetaucht ist, weiß hier keiner so genau. Vielleicht wurde ihm der Boden zu heiß, oder die Konkurrenz hatte etwas gegen ihn in der Hand, womit sie ihn erpressen konnte. Kurzum: Dein Mann ist mit allen Wassern gewaschen, ist sicher immer noch gut vernetzt und weiß sich aus der Affäre zu ziehen.«

»Konntest du etwas wegen der Verbindung zu der Firma auf den Bermudas herausfinden?«

»Nein, tut mir leid. Ich war bei den Kollegen aus dem Wirtschaftsressort, die aber weder die Firma kannten noch eine Verbindung zu Meier herstellen konnten. Unter Umständen stammt der Kontakt nicht aus Hamburger Zeiten. Tut mir leid.«

»Hast du das Phantombild herumgezeigt?«

»Klar doch! Ich habe damit einige Kollegen genervt. Niemand konnte dieses Gesicht dem ehemaligen Umfeld von Meier zuordnen. Also Fehlanzeige. Der Typ sieht ja auch relativ jung aus. Vielleicht war er zu Meiers Hamburger Zeit noch gar nicht aktiv, oder er kommt nicht aus Hamburg. Ehrlich gesagt hätte ich mir an Meiers Stelle das ›Personal‹ nicht unbedingt in Hamburg gesucht. Auswahl gibt es heutzutage ja in Hülle und Fülle.«

»Also halte ich mal fest: Du würdest Meier zutrauen, eine solche Entführung durchzuziehen? Kontakte scheint er ausreichend zu haben, Skrupel im Gegenzug keine.«

»Definitiv! Im Grunde ist das für Meier eine eher kleine Sache, aber auf der anderen Seite scheint er es in den letzten Jahren ruhiger angegangen zu sein. Offensichtlich hat er sich auf dieser Insel zur Ruhe gesetzt. Sozusagen.«

Ralf Groß hatte recht. Hella fand auch keinen zwingenden Grund, weshalb sich Meier auf die Entführung hätte einlassen sollen. Er schien finanziell abgesichert zu sein, seine Geschäfte liefen hervorragend, und vermutlich hatte er noch eine Reihe von weiteren lukrativen Sachen am Laufen. Das alles stand für ihn auf dem Spiel, wenn die Polizei plötzlich in seinem Umfeld intensiv ermittelte.

»Und der zweite Mann? Dieser Tom Asper?«

»Der ist hier eine klitzekleine Nummer gewesen. Sein Bruder steckt zwar tief im kriminellen Rockermilieu, er war aber eher ein Laufbursche im Umfeld von Robert Meier. Absolut nichts von Bedeutung.«

»Okay. Erst mal danke, Ralf. Du hast mir viel Zeit und Mühe erspart. Wenn ich dir mal helfen kann, melde dich.«

»Darauf kannst du wetten!«

Hella lachte. »Dann will ich mal hoffen, dass die Hamburger Kriminellen jetzt nicht alle Ostfriesland als Rückzugsort entdecken.«

Groß stimmte in ihr Lachen ein. »Ich werde sie warnen, dass sie dort auf eine knallharte Kollegin treffen, die nicht mit sich spaßen lässt.«

Sie verabschiedeten sich nach ein paar persönlichen Worten. Hella stand auf und ging im Zimmer auf und ab. Was bedeuteten die neuen Informationen? Waren sie auf dem Holzweg? Die zentrale Frage war: Warum sollte sich Meier auf die Entführung einlassen, wenn er ausreichend Geld zur Verfügung und kein Interesse daran hatte, Staub aufzuzwirbeln, was seine illegalen Geschäfte gefährden würde.

Sie setzte sich wieder hinter ihren Schreibtisch und versuchte, ihre Gedanken zu ordnen. Dabei schrieb sie die Namen aller Beteiligten auf ein großes weißes Blatt und verband sie mit Strichen und Pfeilen. Anschließend schrieb sie sich Fragen auf.

Wer konnte wissen, dass Alexander Krone unerwartet auf Norderney auftauchte?

Wer hat für Kim Krone die Kameras installiert?

Gab es brisante Filmaufnahmen, und waren sie Gegenstand von Erpressungen?

Wieso ist Antonia entführt worden und nicht Kim?

Wer hatte die Idee, eine längere Bootstour zu machen? Robert Meier oder Kim Krone?

Woher kamen die Helfer? Wer hat Antonia bewacht? Wer war bei der Lösegeldübergabe dabei?

War Kim Krone Mitwisserin, oder ist sie benutzt worden für ein perfides Spiel?

Jemand klopfte an ihre Tür, und ein müde aussehender Lars trat ein. »Spricht etwas dagegen, dass ich heute etwas früher gehe?«

Hella warf einen Blick auf die Uhr. »Früher ist gut. Du hast schon seit mindestens einer Stunde Feierabend. Ab nach Hause.«

»Ich bin schon fast weg. Die Sache mit den Kameras läuft. Ich hoffe, dass ich da morgen mehr Infos habe. Kim Krones Cloud bin ich auch auf der Spur – oder besser gesagt ein Freund von mir, der etwas mehr Ahnung hat als ich. Die Vermittlungsagentur aus Hamburg schickt mir die Daten der Überweisung. Von der DNA-Auswertung der Haare und Hautschuppen habe ich noch nichts gehört. Sozusagen ist alles am Laufen.«

»Klingt doch gut! Ruh dich aus. Ich bin morgen ab acht wieder im Büro.«

Lars nickte ihr zu und verschwand. Hella räumte ihren Schreibtisch auf und machte sich ebenfalls auf den Weg nach Hause.

31

Als Hella auf ihr Fahrzeug zuging, das auf dem Parkplatz der Polizeibehörde stand, bemerkte sie Benjamin Weiher, der auf sie zu warten schien. Sie trat auf ihn zu und reichte ihm die Hand.

»Suchen Sie mich?«

Er ignorierte ihre ausgestreckte Hand und nickte. »Haben Sie ein paar Minuten Zeit für mich?«

»Ja, natürlich. Wollen wir in mein Büro gehen?«

»Lieber nicht. Es ist etwas Privates.«

Hella stockte für einen Moment der Atem, bevor sie antworten konnte. »Dann gehen wir doch in ein Café. Gleich zwei Straßen weiter gibt es …«

»Kenne ich«, unterbrach er sie. »Meinetwegen.«

Auf dem Weg schwieg der junge Mann. Hella war von seiner Anwesenheit zu überrascht, um einen klaren Gedanken fassen zu können. Sie lief neben ihm her und gab sich Mühe, gelassen zu wirken.

Als sie nach einer gefühlten Ewigkeit im Café saßen und bestellt hatten, sah sie ihn fragend an. Ohne Erklärung schob er ihr ein Blatt zu. Hella fing an zu lesen. Eine E-Mail vom Jugendamt, das offensichtlich auf eine Frage von Benjamin Weiher antwortete. Gut sichtbar stand am Ende der Mail ihr Name und die damalige Adresse.

Ihr Herz raste, und ihre Hand zitterte, als sie das Blatt an Benjamin zurückgab. Der junge Mann sah sie auffordernd an, schwieg aber. Hella rang nach Luft und stöhnte leise. »Ich wusste es nicht. Aber ich hatte eine Ahnung, als ich Sie das erste Mal getroffen habe«, brachte sie mit letzter Kraft hervor.

»Wie alt waren Sie?«, fragte Benjamin leise.

»Fünfzehn. Bei der Geburt gerade sechzehn geworden.«

»Warum?«

Hella wagte zum ersten Mal, seit sie ihn auf dem Parkplatz

getroffen hatte, ihn direkt anzuschauen. »Es gibt keine Entschuldigung dafür, Benjamin.«

»Warum? Wo waren Ihre Eltern? Warum haben die mich nicht großgezogen? Warum?«

»Sie wollten es nicht. Sie sind sehr religiös und …« Es verschlug ihr die Sprache. Wollte sie wirklich die Verantwortung auf ihre Eltern schieben? Es war so einfach, alles von sich zu weisen, zu behaupten, dass man zu jung gewesen war, um eine Entscheidung zu fällen. War sie nicht auch froh gewesen, als …? Nein, sie hatte unterschrieben, aber ohne in letzter Konsequenz zu ahnen, was das für Folgen haben würde. Trotzdem, ihre Unterschrift stand auf den Dokumenten – und die ihrer Eltern. Es gab keine Ausrede. Sie war verantwortlich.

»Haben Sie noch Kontakt zu Ihren Eltern?«

Hella schüttelte den Kopf.

»Wegen mir? Hat man Sie gezwungen, mich zur Adoption freizugeben?«

Hella nahm wie durch eine Nebelwand wahr, dass ihr Kaffee serviert wurde und Benjamin für sie beide bezahlte.

Eine Weile saßen sie sich schweigend gegenüber, bis Benjamin, der seinen Kaffee nicht anrührte, eine weitere Frage stellte.

»Habe ich … Geschwister?«

»Nein oder …«, sie schloss die Augen, »… noch nicht.«

»Sie sind …?«

Hella nickte. »Ja, ich bin schwanger. Ich weiß es erst seit ein paar Tagen.« Endlich hatte sie ihre Stimme wiedergefunden. Auch wenn ihr jedes Wort schwerfiel, war sie froh, mit Benjamin sprechen zu können.

»Das ist verrückt. Wir begegnen uns, und Sie erfahren, dass Sie ein Kind bekommen.«

»Ich wollte es rückgängig machen. Die Adoption, meine ich, aber es ging nicht mehr. Sie …« Hella schluckte. »Darf ich dich duzen?«

Als Benjamin nickte, fuhr sie fort. »Ich war siebzehn und konnte nur an dich denken. Aber beim Jugendamt haben sie mir klargemacht, dass es kein Zurück geben würde. Ich habe nichts erfahren.«

»Leben meine Großeltern noch?«

»Ja, beide. Die Adresse, die in der Mail steht, stimmt auch noch.«

»Haben sie nach mir gefragt?«

»Nur meine Mutter. Als du sechzehn geworden bist, hat sie wohl gehofft, dass du dich mit mir in Verbindung setzt. Sie hat mir einen Brief geschrieben, ich habe ihr aber nicht geantwortet.«

»Sehe ich meinem Vater ähnlich?«

»Du bist ihm wie aus dem Gesicht geschnitten.«

»Weiß er von mir?«

»Nein. Ich habe nie verraten, wer er ist. Ich wollte nicht, dass er Schwierigkeiten bekommt. Er war auch schon weggezogen, bevor man bei mir etwas sehen konnte.«

»Sie wissen nicht, wo er lebt?«

»Willst du mich nicht duzen?« Hella wagte nicht zu atmen, bevor er geantwortet hatte.

»Vielleicht … vielleicht später. Ich muss mich erst an den Gedanken gewöhnen, dass wir uns begegnet sind und ich Sie jetzt kenne. Verstehen Sie das?«

»Ja. Sehr gut sogar.« Hella lächelte matt. »Ich kann herausbekommen, wo dein leiblicher Vater lebt. Möchtest du das?«

»Ja, das wäre schön.«

Sie unterhielten sich noch eine Weile. Hella erzählte von ihrer Oma, Benjamins Urgroßmutter, die ihr so viel bedeutet und ihr während der schweren Zeit beigestanden hatte. Benjamin hörte zu, nickte hin und wieder oder stellte eine Frage, von sich selbst erzählte er nur wenig. Irgendwann merkte Hella, dass er unruhig wurde, und sie fragte, ob sie sich in den nächsten Tagen wieder treffen könnten.

»Ich weiß es noch nicht, Frau Brandt. Ich möchte es schon, aber …«

»Lass dir Zeit. Du hast meine Nummer, und ich schreibe dir noch auf, wo ich wohne. Wir können uns jederzeit wiedersehen, wenn du das möchtest.«

»Möchten Sie es denn?«

»Ja, natürlich, Benjamin! Unglaublich gern. Und ich möchte, dass das Kind in meinem Bauch seinen Bruder kennenlernt, wenn es so weit ist.«

Wenig später standen sie schweigend voreinander vor dem Café, bis Hella fragte, ob sie ihn nach Esens mitnehmen könne.

»Nein, ich bleibe noch hier in Wittmund.« Er reichte ihr die Hand, die Hella ergriff. »Auf Wiedersehen, Frau Brandt. Ich melde mich auf jeden Fall bei Ihnen.«

Er lächelte, bevor er sich abwandte und die Straße hinunterging. Hella schaute ihm nach, bis er in eine Seitenstraße abbog und nicht mehr zu sehen war.

32

Hella lag wach im Bett. Leon schlief ruhig neben ihr. Sie hatten sich stundenlang über ihre Zukunft mit Kind unterhalten.

Leon war tagsüber in Wilhelmshaven in der Firma gewesen, hatte sich aber am frühen Nachmittag freigenommen. Als Hella nach Hause gekommen war, hatte sie schon auf dem Weg vom Auto zum Haus erschnuppern können, dass Leon in der Küche stand. Irgendwann spätabends hatte Hella Leon von dem Gespräch mit Benjamin erzählt. Er hatte schließlich vorgeschlagen, ihn einmal zum Essen einzuladen.

Hella richtete sich im Bett auf. Seit sie auf Benjamin getroffen war, hatte sie nicht mehr an den Fall gedacht. Jetzt kam das ungute Gefühl zurück, etwas Wichtiges übersehen zu haben. Sie ging die Fakten in Gedanken durch und ließ die verrücktesten Hypothesen an die Oberfläche kommen. Jedes Mal landete sie wieder bei Robert Meier und bei dem unglaublichen »Zufall«, dass Kim wenige Stunden vor dem Eintreffen ihres Vaters quasi untergetaucht war. An die Familie Krone war zunächst nicht mehr heranzukommen. Bevor die Staatsanwaltschaft Vater und Tochter vorladen würde, brauchten sie handfeste Indizien. Robert Meier würde vermutlich auch nicht mehr so kooperativ wie auf Helgoland sein und sich ähnlich wie Alexander Krone abschotten. Auch bei ihm fehlte Hella der Nachweis, dass er etwas mit der Entführung zu tun hatte. Wenn sich in den nächsten Tagen keine der Polizeidienststellen meldete, denen das Phantombild zugesandt worden war, musste sie die Staatsanwaltschaft davon überzeugen, mit der Zeichnung in die Öffentlichkeitsfahndung zu gehen.

Gegen zwei Uhr wälzte sich Hella immer noch im Bett herum und versuchte zu schlafen. Normalerweise hätte sie sich einen doppelten Whisky gegönnt und wäre schnell müde geworden, aber Leon hatte sie am Abend noch einmal beschworen, weder Alkohol noch zu viel Kaffee zu trinken. Stöhnend drehte sich sie ein weiteres Mal um und schlief schließlich kurz vor drei endlich ein.

Nach einer kurzen Besprechung mit Lars hatte sich Hella an liegen gebliebene Routinearbeiten gemacht und wollte sich gegen zehn Uhr gerade einen Kaffee holen, als Lars in ihr Büro gestürmt kam.

»Treffer!«, schrie er und wedelte mit mehreren Blättern herum. »Du wirst es nicht glauben. Das ist der Hammer!«

»Beruhig dich erst mal«, sagte Hella lachend und zeigte auf den Stuhl vor ihrem Schreibtisch.

Lars ignorierte die Aufforderung zum Setzen, umrundete den Schreibtisch und legte Hella drei Ausdrucke vor. »Treffer! Die Haare in der Wohnung sind von ...?« Er sah Hella triumphierend an. »Jetzt rate mal.« Er hatte einen der Ausdrucke in der Hand behalten und grinste Hella triumphierend an. Sie warf einen Blick auf das Stück Papier, das eine DNA-Analyse der Haare dokumentierte.

»Sag schon. Wer ist es?«

Lars legte das letzte Blatt vor. »Robert Meier höchstpersönlich. Da bin ich aber gespannt, wie er uns seine Anwesenheit in diesem Haus erklären will.«

»Verrückt!«, sagte sie staunend und studierte die Analyse. Das Laborergebnis war eindeutig. »Wir müssen nach Norderney. Fahr nach Hause und pack ein paar Sachen. Ich rufe den Staatsanwalt an. Wir brauchen einen Beschluss für die Wohnung und die Büroräume.«

»Soll ich Kollege Eilers um Unterstützung bitten?«

»Ruf ihn schon mal an und warne ihn vor. Ich spreche gleich mit ihm.«

Lars nickte, sammelte die Ausdrucke wieder ein und verschwand aus Hellas Büro.

Hella fuhr den Sandweg entlang, der von ihrer Kate zur Hauptverkehrsstraße nach Bensersiel führte. Auf dem Rücksitz ihres Dienstfahrzeugs lag die kleine Reisetasche, die sie kurz zuvor gepackt hatte. Lars war direkt von Wittmund aus zum Flughafen Norden gefahren, Eike Eilers und einer seiner Kollegen hatten sich von Emden aus auf den Weg gemacht. Hella wählte die Küstenstraße über Dornumersiel und Neßmersiel, die sie direkt zu dem kleinen Flughafen hinter dem Deich führen würde. Die Zeit, die sie für die fünfundzwanzig Kilometer über die Landstraße brauchen würde, wollte sie zum Nachdenken nutzen.

Dass Robert Meier in dem Ferienhaus gewesen sein musste, war durch den DNA-Nachweis erbracht. Vermutlich würden die gefundenen Hautpartikel das gleiche Ergebnis bringen. Was hatte er dort gemacht? Hella hatte nicht im Traum damit gerechnet, dass das gefundene Material von Meier sein würde. Wieso hatte er auf Helgoland nicht die DNA-Probe verweigert, wenn er die Befürchtung haben musste, dass etwas in dem Haus gefunden worden war. Was hatte ihn dazu veranlasst, das Haus zu betreten? Hatte es Schwierigkeiten mit dem Bewacher gegeben, oder hatte er sich selbst überzeugen wollen, wer letztendlich dort festgehalten wurde, nachdem ihm klar geworden war, dass es nicht Kim Krone sein konnte? Wenn die Entführer schnell mitbekommen hatten, dass sie die falsche Person gekidnappt hatten, machte plötzlich der verweigerte Kontakt zwischen Entführungsopfer und Alexander Krone durchaus Sinn. Hella hatte sich von Anfang an gewundert, dass die angebliche Stimme von Kim kaum zu identifizieren gewesen war. Robert Meier musste kurzfristig umdisponiert und Kim Krone dazu überredet haben, mit ihr eine längere Bootsfahrt zu unternehmen. Erst als die Übergabe geklappt hatte, war er wieder aufgetaucht.

Hella parkte neben Lars' Auto. Als sie ausstieg, fuhren die Emder Kollegen gerade vor. Sie wartete, bis sie ihr Auto abgestellt hatten, und begrüßte sie.

»So schnell sieht man sich wieder«, sagte Eike Eilers grinsend. »Kollege Mattes hat uns schon über die Details informiert. Wann fliegen wir?«

Hella warf einen Blick auf die Uhr. »Der Flieger steht seit vierzehn Uhr bereit. Also sofort.«

Lars empfing sie vor der kleinen Abflughalle und begleitete sie zu der wartenden Maschine.

Auf dem kurzen Flug übers Wattenmeer schwiegen die Ermittler. Gerd Hinrichs erwartete sie auf dem Parkplatz des Flughafens. Sie zwängten sich in seinen Dienstgolf und fuhren in Richtung Polizeistation.

»Der Durchsuchungsbeschluss ist gerade per Fax angekommen«, antwortete Hinrichs auf Hellas Frage und zeigte auf ein paar Papiere, die in der Ablage zu sehen waren. »Ich kann noch einen Kollegen abstellen. Dann wären wir zu sechst.«

»Okay«, sagte Hella. »Kollege Mattes kommt mit mir. Sie durchsuchen mit den Kollegen aus Emden und Ihrem Mann den Club, wir gehen in seine Wohnung. Wir sprechen uns dann per Handy ab, sodass wir gleichzeitig die Räumlichkeiten betreten.«

Gerd Hinrichs nickte. »Worauf sollen wir achten?«

»Nehmen Sie alle Computer mit, suchen Sie nach weiteren Kameras der verwendeten Marke, nach Kaufunterlagen dafür und nach allem anderen, was irgendwie mit der Entführung zusammenhängen könnte.«

»Das Lösegeld muss auch irgendwo sein«, fügte Eilers hinzu. »Vielleicht können wir Fingerabdrücke des Bankpersonals darauf finden. Wir haben von den beiden Herren, die das in der Bank gemacht haben, die Abdrücke genommen.«

»Okay«, sagte Hella. »Setzen Sie uns in der Nähe von Meiers Wohnung ab. Wir warten dann auf Ihr Zeichen, wann wir reingehen.«

Hella ließ ihr Handy zurück in die Tasche gleiten. Soeben hatte sich Eike Eilers gemeldet und bestätigt, dass sie jetzt den Club betreten würden.

»Dann mal los«, sagte Hella zu Lars und ging schnellen Schrittes auf das Haus zu, in dem Robert Meier seine Wohnung hatte.

Auf ihr Klingeln öffnete er und sah die beiden Kommissare mit einem spöttischen Grinsen an. »Sind Sie schon wieder auf unserer schönen Insel? Was ist es dieses Mal? Ein kleiner Banküberfall oder was soll ich gemacht haben?«

Hella reichte ihm den Beschluss. »Sie kennen das ja sicher. Halten Sie sich also bitte zurück, während wir Ihre Wohnung durchsuchen.«

In diesem Moment klingelte Meiers Handy. Er nahm das Gespräch an und erfuhr vermutlich von einem Mitarbeiter, dass der Club durchsucht wurde. »Was soll der Scheiß? Sind Sie vollkommen durchgedreht?«

»Treten Sie bitte zur Seite«, sagte Lars und ging einen Schritt vor.

Meier starrte ihn wütend an, ließ die Ermittler aber in die Wohnung. Sie liefen einmal durch die Räumlichkeiten und teilten die Arbeit untereinander auf. Meiers Laptop war schnell gefunden, sein Handy lag auf dem Wohnzimmertisch, einen weiteren Rechner schien er nicht zu haben. Hella tütete alles ein und beschriftete es. Anschließend durchsuchte sie systematisch den ersten Raum, Meier immer in ihrem Rücken. »Ich hoffe mal, der junge Mann wird mein Schlafzimmer nicht durcheinanderbringen«, sagte er.

»Das wird sich wohl nicht vermeiden lassen«, antwortete Hella und zog ein Buch nach dem anderen vom Regal und blätterte es durch. Als eine der Schubladen der Schrankwand hakte, zog Hella sie ganz heraus und fand an der Rückwand ein flaches Paket, das dort befestigt war. Sie entfernte das Klebeband und legte das mit Folie umwickelte Päckchen auf den Tisch.

»Was ist das?«, schrie Meier entsetzt. »Was haben Sie mir da untergeschoben?« Er war auf Hella zugekommen und stand jetzt drohend vor ihr.

»Treten Sie bitte zurück, Herr Meier«, fuhr sie ihn scharf an, die rechte Hand auf der Waffe liegend.

Lars, der den kleinen Tumult mitbekommen haben musste, stand in der Tür und beobachtete Meier, der sich jetzt einen Schritt von Hella zurückzog.

Die Hauptkommissarin öffnete das Paket. Vier nebeneinanderliegende Geldscheinstapel kamen zum Vorschein. Hella überschlug die Summe und kam auf etwa hunderttausend Euro.

»Das gehört mir nicht«, stammelte Meier und fuchtelte wild mit den Händen herum.

»Herr Meier, ich nehme Sie hiermit vorläufig fest«, sagte Hella und zog ihre Handschellen aus dem Gürtel. »Bitte!«

Lars war inzwischen hinter Meier getreten, seine Waffe im Anschlag. Langsam hob Meier beide Arme und ließ sich ohne Gegenwehr die Handschellen anlegen.

Zwei Stunden später trafen Hella und Lars auf der Polizeistation ein. Gleich nach der Festnahme hatten sie Meier von einem örtlichen Beamten abholen und in die kleine Arrestzelle bringen lassen. Kurz nach Hella und Lars kamen auch die anderen Ermittler zurück.

Hella eröffnete die Sitzung. »Kollegen, wir kommen unserem Ziel näher: Neben dem Geld haben wir geringe Mengen Kokain sichergestellt, die gehen vermutlich noch als Eigenbedarf durch. Was habt ihr gefunden?«

Eike Eilers berichtete von der Durchsuchung der Büroräume und des Clubs. Sie hatten neben drei Rechnern größere Mengen Kokain und Ecstasy entdeckt, die, wie Eilers grinsend meinte, sicher nicht mehr unter Eigenbedarf laufen konnten. »Tom Asper, der während der Durchsuchung anwesend war, befindet sich jetzt in einem Nebenraum und wartet auf seine Befragung.«

»Was ist mit dem Geld?«, fragte der zweite Emder Beamte. »Können wir das eindeutig dem Lösegeld zuordnen? Die Nummern sind doch dokumentiert worden.«

»Hatte das Alexander Krone nicht verhindert?«, warf Lars missmutig ein.

»Aber die Bank hat es dennoch gemacht«, sagte Hinrichs, der sich Tage zuvor um den sicheren Transport des Geldes gekümmert hatte.

»Wie kommen Sie darauf?«, fragte Hella erstaunt.

»Ich habe mit dem Geldboten gesprochen. Er hat mir gesagt, dass er selbst daran beteiligt gewesen sei.«

»Sind Sie sicher?« Hella war aufgesprungen. »Mir ist davon nichts bekannt.«

Hinrichs stand auf, sein Handy am Ohr. »Geben Sie mir zehn Minuten.«

Eine knappe Stunde später betrat Hella den Raum, in den Robert Meier kurz zuvor geführt worden war. Gerd Hinrichs hatte mit viel Glück einen kompetenten Ansprechpartner bei der Bank gefunden, der ihm wenig später die registrierten Banknummern zugemailt hatte. Der Bankangestellte bestätigte noch einmal, dass die Registrierung von der Bank ausgegangen sei und Alexander Krone davon keine Kenntnis gehabt habe. Während Lars Tom Asper befragte, wollte Hella das erste Verhör mit Robert Meier durchführen.

Sie startete das Aufnahmegerät, zählte Ort, Zeitpunkt und Anlass des Verhörs auf und nannte die anwesenden Personen.

»Ich will ehrlich sein. Es sieht schlecht aus für Sie. Wir haben nicht nur DNA-Material von Ihnen im Haus gefunden, in dem Antonia Wittmeier festgehalten worden ist, sondern konnten den nicht unerheblichen Geldbetrag aus Ihrer Wohnung eindeutig dem Lösegeld zuordnen. Möchten Sie sich dazu äußern?«

Robert Meier schien seine sonst vor sich hergetragene Arroganz in der Arrestzelle gelassen zu haben. Er starrte Hella mit weit aufgerissenen Augen an und schien nach Worten zu ringen.

»Die Durchsuchung Ihres Clubs hat ein paar für Sie unangenehme Funde ergeben, aber auch das ist Ihnen ja sicher bewusst.«

»Ich habe mit dieser blöden Entführungssache nicht das Geringste zu tun.«

»Wie ist das Geld in Ihre Wohnung gekommen?«

»Verflucht, das weiß ich nicht. Jemand muss es mir untergeschoben haben.«

Hella nannte ihm die Straße und die Hausnummer des Hauses, in dem Antonia gefangen gehalten worden war, und fragte, ob er sich jemals dort aufgehalten habe.

»Nein, was sollte ich da auch wollen?«

»Haben Sie die Entführung zusammen mit Frau Krone geplant und durchgeführt?«, fragte Hella weiter.

Robert Meier schlug mit der flachen Hand auf den Tisch. »Nein. Ich habe niemanden entführt und deshalb auch nichts mit Kim geplant oder was auch immer.«

»Wer waren Ihre Helfer?«

Robert Meier verschränkte die Arme vor der Brust. »Ich sage jetzt nichts mehr, bevor ich nicht mit meinem Anwalt gesprochen habe.«

Hella nickte, nannte die Uhrzeit und beendete das Verhör.

Nach kurzem Durchatmen begab sie sich zu Lars in den Befragungsraum. Sie nickte Eike Eilers zu, der daraufhin aufstand und den Raum verließ.

»Oberkommissar Eilers hat den Raum verlassen, Hauptkommissarin Brandt hat ihn betreten«, sagte Lars ins Aufnahmegerät.

»Guten Tag, Herr Asper.«

Der Mann nickte ihr mit stummer Miene zu.

»Kommen wir noch einmal zu den gefundenen Drogen«, fuhr Lars fort.

»Ich sag's gern noch mal: Damit habe ich nichts zu tun. Das muss ausschließlich von Rob ausgegangen sein. Haben Sie den Mist nicht auch in seinem Büro gefunden?«

»Sie verstehen sicher, dass es uns schwerfällt, das zu glauben«, brachte sich Hella ein. »Letztendlich werden das aber unsere Kollegen vom Drogendezernat in Emden klären müssen.«

Asper zuckte mit den Schultern. »Wie Sie meinen.«

»Sie kennen Kim Krone?«, fragte Hella weiter.

»Die Freundin vom Chef? Ja, die ist seit Anfang des Jahres regelmäßig im Club.«

»Sie kennen sie persönlich?«

»Wie meinen Sie das?«, fragte Asper ohne jegliche Gefühlsregung.

»Sind Sie mit ihr befreundet? Sprechen Sie häufiger mit ihr?«

»Befreundet? In meinem Job versucht man, sich den Gästen gegenüber so distanziert wie möglich zu verhalten. Professionelle Distanz sozusagen. Natürlich sollen die Gäste den Eindruck haben, man wäre gut mit ihnen bekannt oder gar befreundet. Das ist ja gerade die hohe Kunst in meinem Gewerbe. Aber ich kann schließlich nicht mit Hunderten von Personen wirklich befreundet sein.«

»Was heißt das konkret in Bezug auf Frau Krone?«

»Doppelte Distanz, würde ich mal sagen. Sie steht unter dem Schutz vom Chef. Da überlegt man sich jeden Blick, falls Sie wissen, was ich meine.«

»Sie waren schon mal in der Villa der Familie Krone?«

»Ja, ein Mal. Ich sollte Kim mit dem Auto abholen, und leider war sie noch nicht fertig. Also hat sie mich hereingebeten und mir etwas zu trinken angeboten.«

»Wann war das?«

»Das ist noch nicht so lange her. Drei Wochen oder vier. Das kann ich nicht mit Bestimmtheit sagen.«

»Das war das einzige Mal, dass Sie sich dort aufgehalten haben?«

»Aufgehalten! Ich habe dort nur gewartet. Und ja, ich glaube, das war nur dieses eine Mal.«

Hella stand auf. »Mein Kollege befragt Sie weiter.«

33

Hella verließ das Befragungszimmer und bat Eilers, Lars weiter zu unterstützen. Sie ging vor die Tür, um Luft zu schnappen. Da sich die Polizeistation in unmittelbarer Nähe der Strandpromenade befand, entschloss sie sich zu einem kurzen Spaziergang. Sie schrieb Lars eine WhatsApp, in der sie ihre Rückkehr in einer Stunde ankündigte, und lief die wenigen Meter, bis sie freie Sicht auf die Nordsee hatte.

Auf einer abgelegenen Bank rief sie den Staatsanwalt an und berichtete ihm von den Ergebnissen der Durchsuchung und dem Verlauf des Verhörs. Er ordnete an, dass Robert Meier am Folgetag in Emden dem zuständigen Amtsrichter vorgeführt werden sollte, und erbat sich einen ausführlichen Bericht für den nächsten Vormittag. Aller Voraussicht nach würde Meier anschließend bis zu seinem Haftprüfungstermin in die JVA nach Meppen verlegt werden.

Die Aufgabe der nächsten Tage würde sein, weitere Beweise und Indizien für Meiers Verstrickung in die Entführung zu suchen, damit die Staatsanwaltschaft vor dem Haftrichter und später beim Prozess bestehen konnte.

Hella ging in Gedanken die letzten Stunden durch. Meier hatte sich beim Fund des Geldes erschrocken gezeigt, aber unter anderen Umständen hätte Hella seine Reaktion als fassungslose Schockstarre bezeichnet. Zuvor hatte er in Seelenruhe der Durchsuchung beigewohnt, ohne sonderlich nervös zu sein.

Hella war sich schon den ganzen Tag vorgekommen wie eine Schauspielerin, die nach einem klar vorgegebenen Drehbuch agierte, oder wie eine Marionette, deren Fäden von einer anonymen Kraft gezogen wurden.

Die Beweislage war eindeutig, aber die Puzzlestücke passten zu gut ineinander oder zogen sich auch noch an wie Magneten. Wenn Meier von dem Geldversteck gewusst hatte, hätte er nach

Hellas Erfahrung bei der Durchsuchung anders reagieren müssen. Und warum sollte Meier das Risiko eingehen, dass bei ihm ein Teil des Lösegeldes gefunden werden konnte? Bisher waren sie davon ausgegangen, dass die gesamte Operation generalstabsmäßig geplant worden war – und jetzt dieser gravierende Fehler?

Schon seit sie seine Finanzen und vermutlichen Verstrickungen ins Drogen- und Zuhältergeschäft durchleuchtet hatte, war Meier für Hella als Verdächtiger immer weiter in die Ferne gerückt. Einzig Kim Krone könnte ihn dazu überredet haben, bei diesem waghalsigen Unternehmen an erster Stelle mitzumachen.

»Er war es nicht«, murmelte Hella und sprang auf. »Wir werden hier nach Strich und Faden verarscht«, sagte sie laut.

Sie lief zur Polizeistation zurück, ließ Meier aus der Arrestzelle holen und bugsierte ihn auf den Stuhl, auf dem er schon eine Stunde zuvor gesessen hatte.

»Wer von Ihnen kam auf die Idee, den Trip mit der Yacht zu unternehmen?«

»Ohne meinen Anwalt sage ich nichts mehr.«

»Ihre Entscheidung, aber wenn Sie wirklich das Geld nicht selbst in Ihrer Wohnung deponiert haben, muss es jemand anders getan haben. Und der entscheidende Punkt ist: Der ganze Ablauf der Erpressung hätte nicht so laufen können, wenn Kim Krone nicht genau zu diesem Zeitpunkt untergetaucht wäre. Entweder haben Sie sie dazu überredet, oder es war umgekehrt. Verstehen Sie jetzt, worauf ich hinauswill?«

Robert Meier atmete flach und schien zu überlegen. Schließlich fauchte er: »Diese verwöhnte elende Schlampe!« Er richtete sich gerade auf und sah Hella direkt und scheinbar mit neuer Energie an. »Kim hat mich in dieser Nacht angefleht, zu ihr in die Villa zu kommen. Sie hätte panische Angst, dass die Polizei ihr etwas anhängen würde. Weil doch diese Freundin verschwunden war. Sie hat mich gedrängt, für ein paar Tage mit ihr abzuhauen.«

»Können Sie das beweisen?«

Meier starrte sie an und schüttelte schließlich den Kopf. »Nein, wie denn?«

»Warum haben Sie behauptet, dass Sie nie in der Villa der Krones waren?«

Meier stöhnte leise. »Das war eine Absprache mit Kim. Sie wollte auf keinen Fall, dass ihr Vater von uns erfährt. Ich war auch wirklich nur ein einziges Mal länger dort.«

»Sie wussten von den Kameras in Kims Schlafzimmer?«

»Das war ihre Idee. Ich habe ihr gleich gesagt, dass sie davon die Finger lassen sollte und dass ich bei solch einer windigen Sache nicht dabei bin. Die ganze Geschichte war viel zu gefährlich. Einer der Typen hätte sie nur anzeigen müssen und …« Er brach abrupt ab und schien zu überlegen, ob er zu viel gesagt hatte.

»Wenn es zu keiner Erpressung gekommen ist, haben Sie sich auch nicht schuldig gemacht. Das Nachdenken über ein Verbrechen ist nicht strafbar.«

»Ich wollte damit nichts zu tun haben.«

»Wann haben Sie Kim das gesagt?«

»Das muss Anfang des Sommers gewesen sein. So genau weiß ich es nicht mehr. Warum ist das wichtig? Sie sollten sich lieber um diese kleine Schlange kümmern. Die hat es faustdick hinter den Ohren.«

»Da haben wir ein gemeinsames Problem. Auch ich kann nicht beweisen, dass Kim Krone hinter der Entführung ihrer Freundin steckt. Im Moment zeigen alle Indizien ausschließlich auf Sie. Sie haben die Kontakte, die Mittel und die Gelegenheit, um die Entführung zu organisieren. Wir haben Ihre DNA in dem Haus gefunden, einen Teil des Lösegeldes in Ihrer Wohnung. Glauben Sie mir, für die Untersuchungshaft reicht das allemal. Und ich vermute, dass wir in den nächsten Stunden und Tagen weitere Beweise, die auf Sie als Täter hinweisen, finden werden.«

Robert Meier wurde leichenblass. »Ich bin im Arsch, oder?«

»Meine Aufgabe ist es nicht, einen Unschuldigen hinter Gitter zu bringen. Auch wenn Sie sicher kein Unschuldslamm sind und einige illegale Geschäfte hier auf Norderney laufen haben, sollten Sie nicht wegen etwas vor Gericht stehen, mit dem Sie nichts zu tun haben.« Wenn es denn so ist, fügte Hella in Gedanken hinzu.

»Was soll ich machen?«

»Sie werden morgen dem Amtsrichter in Emden vorgeführt und vermutlich danach in die JVA in Meppen verlegt. Wir haben also nur ein paar Stunden Zeit, um zu agieren.« Robert Meier nickte. »Kim Krone kann unmöglich die ganze Operation allein durchgezogen haben. Wer hat ihr geholfen?«

»Ich weiß es nicht«, sagte Meier nachdenklich.

»Wer ist im Club für die Technik und den IT-Bereich zuständig?«

»Tom. Er hat …« Meier schluckte. »Er will meinen Job«, sagte er mit brüchiger Stimme. »Er will mich aus dem Weg haben.«

»Hatte Tom Asper persönlichen Kontakt zu Kim Krone?«

»Sie ist tabu für alle, solange ich …« Er schien sich an etwas zu erinnern, fuhr sich mit der Hand durch die Haare und stöhnte leise. »Ich hatte schon einen Verdacht. Keine Ahnung, warum, aber Kim … Sie hat ein paar Bemerkungen zu Tom gemacht. Das ist schon eine Zeit her, aber irgendwann habe ich … Tom hat sie mal abgeholt, und das hat ewig gedauert. Er meinte, sie wäre noch nicht fertig gewesen, aber ich hatte so ein merkwürdiges Gefühl.«

»Kim Krone hat vor mir keinen Hehl daraus gemacht, dass sie regelmäßig mit anderen Männern verkehrt«, warf Hella ein.

»Das ist doch was anderes. Sie braucht das für ihr Ego, und die Kerle finanzieren ihr das ein oder andere. Nur mit mir ist sie … war sie zusammen.«

Hella sah auf ihr Handy. Kurz nach zwanzig Uhr. »Wir brechen das hier jetzt ab. Ich lasse Sie zurück in die Arrestzelle bringen.«

»Und dann?«

»Vertrauen Sie mir.« Sie stand auf und holte einen der örtlichen Beamten, der Meier abführte.

Nach einer kurzen Teambesprechung verabredeten sie sich für den nächsten Morgen um sieben Uhr. Tom Asper war unter der Auflage, die Insel nicht zu verlassen, entlassen worden, Hella, Lars und Eike Eilers würden im Wechsel die Nachtschicht in der Polizeistation übernehmen.

»Was ist los?«, fragte Lars, als sich alle Beamten verabschiedet hatten. Er war auf Hellas Wunsch noch zurückgeblieben.

»Setz dich erst mal«, sagte Hella und begann, ihm von ihrem Plan zu erzählen.

Hella reichte Robert Meier das Handy. »Es läuft alles genau so, wie ich es Ihnen gesagt habe. Weichen Sie von dem Plan ab oder versuchen zu fliehen, war's das. Haben Sie mich verstanden?«

Meier nickte. Lars stand in gebührendem Abstand hinter ihm und würde eingreifen, sobald Meier sich nicht an die Absprachen hielt.

Vor zwei Stunden, als Hella Lars den Plan erklärt hatte, war er nur sehr zögerlich darauf eingegangen, ihr zu helfen. Er war keineswegs davon überzeugt, dass Robert Meier nichts mit der Entführung und Lösegelderpressung zu tun hatte, und vermutete, dass Meier die Aktion zur Flucht nutzen würde. Immer wieder waren sie den Plan durchgegangen, hatten ihn verändert, um sich abzusichern. Jetzt befanden sie sich zu dritt in dem Haus, in dem Antonia festgehalten worden war.

»Also«, sagte Hella und fixierte dabei Robert Meier, »Sie rufen jetzt Tom Asper an. Das Telefon bleibt auf laut gestellt.«

Lars hatte eine halbe Stunde zuvor eine Kamera inklusive Mikrofon im Zimmer versteckt aufgebaut. Diese kleine Spionageausrüstung hatte er stets in der Reisetasche dabei, wenn sie auf einem Außeneinsatz waren. Die Aufnahmen wurden direkt auf sein Tablet gesendet und dort gespeichert.

Robert Meier schaltete sein Smartphone an und suchte die Nummer seines Stellvertreters heraus. Nach dem zweiten Klingeln nahm Tom Asper das Gespräch an.

»Hey, Rob. Haben sie dich doch rausgelassen?«

»Wäre es dir lieber gewesen, ich würde dort weiter in der Zelle schmoren?«

»Quatsch! Ich dachte nur …«

»Hören wir auf, um den heißen Brei herumzureden. Erst mal danke für die hundert Riesen. Das Versteck war etwas billig, aber gut, lassen wir das.«

Tom Asper schien zu erstaunt zu sein, um antworten zu können.

Robert Meier lachte höhnisch. »Hattest du wirklich geglaubt, ich falle auf diese dumme Inszenierung herein? Tom, das enttäuscht mich aber jetzt, dass du mich für so dämlich hältst. Ich dachte, du hättest in den letzten Jahren wirklich ein paar Dinge begriffen.« Er machte eine kurze Pause und schrie dann ins Telefon. »Ich bin der verdammte Chef und werde es auch bleiben, du Arschloch. Und jetzt setz deinen Hintern in Bewegung und komm hierher.«

»Wohin?«, fragte Asper mit zitternder Stimme.

»Wohin wohl? Hier ins Haus, wo du die Kleine gefangen gehalten hast. Ich bin hier, und wenn du nicht in spätestens zehn Minuten vor mir stehst, gnade dir Gott. Und bevor du anfängst zu überlegen: Du hast keine Chance, von der Insel zu kommen. Ich finde dich.«

»Rob, ich weiß nicht, was du von mir willst und wo ich da hinkommen soll …«

»Scheiße, Mann. Ich habe alle Beweise in der Hand, die dich für mindestens zehn Jahre in den Knast bringen. Alles. Und diese kleine Schlampe gleich mit. Was meinst du, warum mich die Bullen freigelassen haben?« Wieder ertönte sein hämisches Lachen. »Na, kommst du drauf? Genau, ich habe deine gefakten Beweise alle vernichtet, du Arschloch. Entscheide selbst: Entweder tauchst du hier auf, oder du bist morgen früh der Erste, den die Bullen verhaften werden.«

»Was willst du von mir?« Aspers Stimme klang jetzt nach einem ängstlichen Kind.

»Einen Deal, was sonst? Und bring die Kohle mit. Oder das, was davon übrig ist.«

»Wo muss ich hin?«

»Verarsch mich nicht, Mann. Zehn Minuten. Die Zeit läuft.« Meier beendete das Gespräch und reichte Hella das Smartphone. »Und? Wird das reichen?«, fragte er.

Hella nickte. »Sie haben Talent. Wenn er jetzt nicht kommt, hat er mit der Sache nichts zu tun.« Sie sah auf die Uhr. »Wenn er die Haustür aufmacht, rufen Sie ihn in diesen Raum. Wir brauchen die Aufnahme.«

Robert Meier stöhnte. »Das ist mir klar!«

Die Sekunden fühlten sich an wie Minuten. Hella und Lars hatten sich im Nebenraum positioniert. Falls Meier oder Asper aus dem Haus flüchten wollten, mussten sie über den Flur und somit an ihnen vorbei.

»Warum kommt der Idiot nicht?«, flüsterte Lars mit bebender Stimme.

»Abwarten. Wir haben noch eine Minute.«

In diesem Augenblick hörten sie, wie jemand vorsichtig die Haustür öffnete. »Rob?«

»Hier hinten! Komm her, Mann, und halte deine Hände so, dass ich sie sehen kann.«

Schritte erklangen, auf dem Monitor von Lars' Tablet tauchte Tom Asper auf, die Hände halb gehoben. »Rob, es ist nicht so, wie du denkst.«

»Komm rein und stell dich da hin.«

Meier war auf der Aufnahme von hinten zu sehen, und der Plan war, dass Asper frontal aufgenommen wurde. Langsam bewegte er sich an die Stelle, auf die Meier gezeigt hatte.

»Und lass deine Hände da, wo ich sie sehen kann. Verstanden?«, donnerte Meier in den Raum hinein.

»Schon gut! Ich mach ja, was du sagst. Aber hör mir zu, okay?«

»Wo ist die Kohle?«

»Da komm ich so schnell nicht dran, Rob. Aber morgen ist das kein Problem.«

»Wo ist die Kohle?«

»Bei Kim. Sie wollte es so.«

Meier lachte. »Und du Pisser machst, was die kleine Schlampe sagt? Phantastisch.«

»Sie hat mich in der Hand, verflucht. Sie weiß alles über unsere Geschäfte und hat …«

»Schnauze! Das klären wir später. Was sollte jetzt der ganze Scheiß mit der Kleinen vom Festland? Wer ist auf diese blöde Idee gekommen?«

»Kim, wer sonst? Das war nicht mein Plan. Sie hat mich erpresst.«

»Ach, und da dachtest du, du schlägst mal schnell zwei Fliegen mit einer Klappe. Der Meier weg und die Kohle noch obendrauf. Super Idee!«

»Was soll ich machen, Rob? Sag es, und ich tue es.«

»Endlich hast du begriffen, wo der Hase langläuft. Hunderttausend habe ich ja schon. Ich will weitere eineinhalb Millionen.«

Tom Asper stöhnte. »Rob, da bleibt nichts mehr für mich übrig. Oder meinst du, ich habe das Ding allein durchgezogen?«

»Wer hat dir geholfen?«

Asper winkte ab. »Egal.«

»Raus damit, Alter. Entweder du spielst mit offenen Karten, oder du kannst unseren Deal vergessen.«

»Baumeister und zwei seiner Leute aus Hamburg.«

»Dieses Arschloch hast du uns hierhergeholt? Is nicht wahr, oder?«

»Der ist in Ordnung, und das weißt du auch.«

»Wie viel hat er bekommen?«

»Vierhundert. Weniger ging nicht.«

Robert Meier lachte. »Passt doch! Du gehst zwar leer aus, aber Strafe muss sein. Morgen um …«

Weiter kam Robert Meier nicht. Tom Asper zog in einer schnellen Bewegung eine Pistole, die er hinten im Hosenbund getragen hatte, und schoss. Im nächsten Augenblick wurde Meier nach hinten geschleudert und verschwand aus dem Bild.

Hella und Lars stürmten ins Zimmer und standen kurz darauf mit gezogenen Waffen vor Tom Asper, der zu überrascht war, um noch zu reagieren.

Er ließ sich widerstandslos festnehmen.

Eine Stunde später saßen Lars, Hella und Hinrichs, den sie hinzugezogen hatten, erschöpft um den Besprechungstisch und gönnten sich einen Kaffee. Robert Meier war nach wenigen Minuten Bewusstlosigkeit wieder aufgewacht, hatte sich stöhnend aufgerichtet und verstört gefragt, ob es bei der Polizei nicht bessere Schutzwesten geben würde. Beim Sturz hatte er sich den Kopf unglücklich gestoßen. Nachdem ihn ein Arzt untersucht hatte, war er zur Polizeistation gebracht worden.

Hella setzte ein Protokoll der Ereignisse auf, das Meier unterschrieb. Sein Pass wurde eingezogen, und er bekam die Auflage, die Insel nicht ohne Erlaubnis zu verlassen.

Gleich darauf berichtete Hella dem Staatsanwalt, der schließlich der gleichen Meinung war wie sie. Kim Krone würde am Morgen vorläufig festgenommen und zusammen mit Tom Asper aufs Festland geflogen werden.

»Das war's«, sagte Lars, als der Helikopter gegen zehn Uhr vormittags abhob. Kim Krone hatte bei ihrer Festnahme nicht ein Wort gesagt, dafür hatte ihr Vater umso deutlichere Tiraden über Hella und Lars abgelassen.

»Schön wär's. Vor uns liegt noch tagelange, wenn nicht wochenlange Arbeit, bis wir den Fall endgültig an die Staatsanwaltschaft abgeben können.«

»Meinst du, dass Kim Krone in Untersuchungshaft bleibt?«

»Das hängt von ihrer Aussage ab. Wenn sie geständig ist, wird sie vermutlich bis zum Prozess auf freiem Fuß bleiben. Asper sicher nicht.«

»Das war ein Mordversuch.« Lars stutzte. »Ob wir wegen der Aktion im Haus Probleme bekommen?«

»Du sicher nicht. Du hast nur auf meinen Befehl hin gehandelt. Alles andere werden wir sehen. Der Staatsanwalt schien mir im Moment noch handzahm, aber das kann sich schnell ändern. Es war schon sehr gewagt, was ich da gemacht habe. Hätte die Kugel zehn Zentimeter höher getroffen …«

»Hat sie aber nicht. Und die leichte Gehirnerschütterung wird Meiers geringstes Problem sein, wenn die Kollegen aus Emden ihn erst mal in die Mangel nehmen.«

»Denke ich auch.« Sie hielt kurz inne. »Ich wollte dir für dein Vertrauen danken. Das hätte nicht jeder mit mir durchgezogen. Respekt!«

Lars nickte. »Alles gut, Chefin!«

Epilog

Die folgende Woche war von intensiven und langen Verhören geprägt.

Kim Krone schwieg auf Anraten ihrer Anwälte und wurde daraufhin in Untersuchungshaft genommen. Tom Asper war geständig und versuchte, Kim Krone die Schuld zuzuschieben.

Weitere gefälschte Beweise wurden gefunden, die auf Robert Meier als alleinigen Täter hinweisen sollten. Die Kameras für die Villa der Krones und den Einsatz auf der Fähre waren auf Meiers Namen über das Firmenkonto gekauft und bezahlt worden, von Meiers Laptop war auf die Seite der Vermittlungsagentur zugegriffen worden, und die Hautpartikel in dem Haus, in dem Antonia gefangen gehalten worden war, konnten ebenfalls Meier zugeordnet werden.

Asper bestätigte, dass die Spuren von ihm gelegt worden waren. Die Befragung von Alexander Krones Sekretärin ergab, dass Kim bei ihr erfragt hatte, wann ihr Vater den Rückflug von Singapur gebucht hatte. Ebenso hatte Kim von ihr erfahren, dass ihr Vater anschließend auf Norderney ein paar Tage Urlaub machen wollte. Das restliche Lösegeld konnte in der Villa der Krones gefunden und die Fingerabdrücke auf einzelnen Scheinen Kim Krone zugeordnet werden.

Die Staatsanwaltschaft ging davon aus, dass der Plan von Kim Krone ausgearbeitet worden war und Asper die Drecksarbeit gemacht hatte, in der Hoffnung, später Meiers Platz einnehmen zu können.

Nach Hinterlegung einer hohen Kaution und einem Teilgeständnis wurde Kim Krone aus der Untersuchungshaft entlassen und verpflichtet, sich bis zum Prozessbeginn nicht von Norderney zu entfernen. Asper blieb in Untersuchungshaft.

Leo Baumeister, der mutmaßliche Entführungshelfer, war festgenommen worden, nannte nach tagelangen Verhören die Namen seiner Helfer und legte letztendlich ein Geständnis ab.

Das restliche Lösegeld konnte bei den drei Personen sichergestellt werden.

Robert Meier war von Ermittlern aus Emden durchleuchtet worden und würde aller Voraussicht nach wegen mehrerer Delikte vor Gericht gestellt werden.

Filmaufnahmen, die Kim Krone oder Johanna Thies mit einem Mann im Bett zeigten, wurden bei den weiteren Ermittlungen nicht gefunden. Hella vermutete, dass Kim Krone die Kameras nie für diesen Zweck vorgesehen hatte und sie als Ablenkungsmanöver für die Polizei und als Begründung gegenüber Robert Meier für die spontane Flucht nach Helgoland benutzt hatte.

Über all das grübelte Hella nach, während sie an Leon gekuschelt auf dem Sofa saß und eine Tasse Milchkaffee in den Händen schwenkte. Jetzt hielt sie inne und sah Leon liebevoll an.

Er strich ihr eine Haarsträhne aus dem Gesicht. »Und morgen hast du dir wirklich freigenommen?«, wollte er wissen.

»Nicht nur das, ich habe beschlossen, das Handy auszustellen.«

»Vierundzwanzig Stunden nur für uns«, sagte Leon lächelnd.

Hella hatte ihm bisher verschwiegen, dass sie auf Norderney in die gefährliche Situation mit Tom Asper geraten war. Zwar hatte sie, genau wie Lars, eine Schutzweste getragen, aber das würde Leon nicht weiter interessieren. Vermutlich würde er darauf bestehen, dass sich Hella während der Schwangerschaft ausschließlich auf die Büroarbeit konzentrierte.

Als hätte er ihre Gedanken gelesen, meinte Leon ernst: »Eine Sache noch, Hella, versprich mir, dass du dich in den nächsten neun Monaten von Situationen fernhältst, die dich und unser Baby in Gefahr bringen können. Ich habe da irgendetwas von einer Schießerei gehört. Ein Freund auf Norderney hat mir …«

Hella küsste ihn. »Halb so wild, reine Gerüchteküche! Versprochen, ich pass auf mich auf!«

Leon strich ihr zärtlich über den Bauch. »Wir brauchen dich. Und das für eine sehr lange Zeit.«

Hella lehnte den Kopf an seine Schulter und flüsterte: »Ich liebe dich, Leon Lange. Was hältst du von einem Spaziergang? Ein bisschen Seeluft täte mir jetzt gut!«

»Vielleicht hält Gesa ja als Absacker später noch ein Glas Wasser für dich bereit!«, sagte Leon lachend und zog Hella vom Sofa hoch.